라면을
끓이며

■ 일러두기

이 책은 오래전에 절판된 산문집 『너는 어느 쪽이냐고 묻는 말들에 대하여』(생각의나무, 2002), 『밥벌이의 지겨움』(생각의나무, 2003), 『바다의 기별』(생각의나무, 2008)에 실린 글의 일부와 그후에 새로 쓴 글을 합쳐서 엮었다.

이 책의 출간으로, 앞에 적은 세 권의 책과 거기에 남은 글들을 모두 버린다.

_김훈

라면을 끓이며

김훈 산문

문학동네

차 례

1부 밥

2부 돈

3부 몸

4부 길

5부 글

1부

밥

라면을 끓이며

나는 오랜 세월 동안 라면, 김밥, 짜장면을 먹어왔다. 거리에서 싸고 간단히, 혼자서 끼니를 해결할 수 있는 음식이다. 칼국수, 육개장, 짬뽕, 우동도 먹었다. 부대찌개나 닭볶음탕, 쌈밥은 두 사람 이상이라야만 먹을 수 있다. 그 맛들은 내 정서의 밑바닥에 인 박여 있다. 나는 허름한 식당에 친밀감을 느낀다. 식당의 간판이나 건물 분위기를 밖에서 한번 쓱 훑어보면 그 맛을 짐작할 수 있다. 가게 이름이 촌스럽고 간판이 오래돼서 너덜거리고, 입구가 냄새에 찌들어 있는 식당의 음식은 대체로 먹을 만하다. 이런 느낌을 과학적으로 증명할 수는 없지만, 대체로 어긋나지 않는다. 낯선 지방의 소도시에 가서도 나는 간판의 느낌으로 밥 먹을 식당을 골라낸다.

계통이 없는 수많은 메뉴를 유리창에 써붙인 집은 잘하는 집이 아니다. 음식을 잘하는 집은 자신 있는 메뉴 두어 개로 중심을 잡고 거기에 딸린 반찬들을 준비한다. 라면의 계통 안에서도 수많은 변화가 있고, 김밥의 영역 안에서도 다양성이 있는데, 너무 잡스러우면 대개 맛이 없는 식당이다.

삼겹살을 구워서 상추에 싸고 거기에 쌈된장 찍은 마늘을 얹어서 아래턱이 빠지도록 입을 벌리고 욱여넣는 식사법은 한국인이 발명한 종합적인 '한입'이다. 생선회도 이렇게 먹는데, 여기에는 깻잎이 추가된다. 이 '한입'은 쌀밥, 육류, 야채, 양념, 향신료 모든 것을 한 방에 먹여준다. 야유회를 나온 회사 직원들이나 입영하는 아들을 먹여 보내는 가족들의 회식은 대체로 이 삼겹살구이에 소주 몇 잔이다. 이것은 온갖 맛의 패키지인데, 먹고 싶은 욕망을 순식간에, 그리고 싸잡아서 만족시킨다.

나는 이런 패키지보다는 식재료의 개별성이 한 개씩 씹히는 음식을 좋아한다. 무더운 여름날, 몸과 마음이 지쳐서 흐느적거릴 때, 밥을 물에 말고 밥숟가락 위에 통통한 새우젓을 한 마리씩 얹어서 점심을 먹으면 뱃속이 편안해지고 질퍽거리던 마음이 보송보송해진다. 잘 익어서 사각거리는 오이지를 고추장에 찍어서 물에 만 밥을 먹거나, 소금물에 담근 짠지를 가늘게 썰어서 찬물에 띄우고 거기에 식초와 고춧가루를 쳐서 먹으면 마음이 개운해진다. 마음이 개운해진다는 것은 느끼하고 비리고 들척지근한 것들을 생리적으로 내친다는 뜻이다. 나는 무짠지가 우러난 국물에 찬밥을 말아먹는다. 그 맛은 단순하고 선명해서 음식의 맛이라기보다는 모든 맛이 발생하기 이전의 새벽의 맛이고, 자연이 인간에게 주는 가장 시원적인 맛이다.

퇴계退溪(1501~1570) 선생은 도산陶山에서 공부할 때 끼니 때마다 반찬은 세 가지만 차려놓고 잡수셨다. 제자 김성일金誠一(1538~1593)이 뵈러 갔더니 밥을 내주시는데 반찬은 무와 가지와 미역뿐이었다. 뵈러 온 사람들은 모두들 먹기가 거칠어도 내색을 못하고 있는데, 선생은 복 받은 얼굴로 맛있게 드셨다. 무, 가지, 미역, 이 세 가지 반찬은 모두 장아찌였거나 나물이었거나 생재료였을 것이다.*

나는 성인의 글을 아무리 읽어도 글 따로 마음 따로, 마음 따로 몸 따로여서 글을 읽어서 성인의 뒤를 따라가기는 틀린 것 같은데, 타고난 식성만큼은 성인과 닮아 있음을 다행으로 여긴다. 우선 식성만이라도 성인의 언저리에 닿아 있다면 그

* 『국역 학봉전집』 2권(민족문화추진회, 1999) 377쪽과 『국역 퇴계집』 2권(민족문화추진회, 1968) 288쪽에 퇴계의 댁을 찾아뵙고 스승이 내려주신 밥을 먹은 김성일과 권철權轍(1503~1578)의 글이 실려 있다.

보다 더 중요하고 본격적인 국면은 따라갈 희망이 없다 하더라도 멀리서 바라볼 수는 있지 않겠는가.

요즘엔 김밥도 퓨전이 나와 있는데, 그 속에 치즈, 샐러드, 불고기, 게살, 소시지 따위를 넣어서 뚱뚱하게 만든다. 나는 이런 김밥은 딱 질색이다. 내가 좋아하는 김밥은 그 속에 단무지와 시금치 또는 우엉 한 줄만 넣은 것이다. 절인 무와 실파, 깻잎, 고구마순처럼 야채만으로 속을 넣은 김밥도 좋다. 이런 김밥은 씹으면 청량감이 느껴진다. 또 일본식으로 초에 절인 매실과 깻잎만으로 만든 김밥도 깔끔하고 단정하다. 김밥 안에 하나의 주된 기둥을 이루는 맛이 있어야 하고 그 주변을 장식하는 부수적인 맛이 있어야 하는데, 중심부가 약하거나 중심부와 주변부가 뒤섞인 것은 좋은 김밥이 아니다. 그리고 김밥은 자그마해서, 입을 크게 벌리지 않아도 한입에 쏙 들어가야 한다. 햄버거는 그 두꺼운 볼륨을 두 손으로 움켜쥐고 하마처럼 입을 벌려서 입안으로 밀어넣어야 하지만, 김밥을 먹는 행위의 즐거움은 재료의 에센스들을 동그랗게 모아놓은 음식을 입안으로 쏙 집어넣는 그 경쾌함에 있다.

김밥은 과자나 떡 같은 주전부리가 아니라, 당당히 '밥'의 계열에 속한다.

김밥은 끼니를 감당할 수 있는 음식이지만, 끼니를 해결하는 밥 먹기의 엄숙성에서 벗어나 있다. 김밥은 끼니이면서도 끼니가 아닌 것처럼 가벼운 밥 먹기로 끼니를 때울 수가 있다. 김밥으로 끼니를 때울 때, 나는 끼니를 때우고 있다는 삶의 하중에서 어느 정도 벗어날 수 있다. 김밥의 가벼움은 서늘하다. 크고 뚱뚱한 김밥은 이 같은 정서적 사명을 수행하지 못한다. 뚱뚱한 김밥의 옆구리가 터져서, 토막난 내용물이 쏟아져나올 때 나는 먹고산다는 것의 안쪽을 들여다보는 비애를 느낀다.

내가 사는 동네(경기도 고양시 신도시지역)에서는 보통김밥은 한 줄에 2000~2500원이고 퓨전김밥은 3000~3500원이다.

고급식당에는 여러 사람이 좋은 옷 입고 와서 식사와 사교를 겸해서 먹지만, 김밥이나 라면을 파는 식당의 손님은 대부분이 지나가다가 배고파서 들어온 사람들이다. 혼자서 온 사람은 거리 쪽을 바라보면서 혼자 먹는 1인용 자리에 앉지만 1인용 자리가 없을 때는 2인용, 또는 4인용 테이블에서 모르는 사람과 마주앉아서 먹어야 한다.

모르는 사람과 마주앉아서 김밥으로 점심을 먹는 일은 쓸쓸하다. 쓸쓸해하는 나의 존재가 내 앞에서 라면을 먹는 사내를 쓸쓸하게 해주었을 일을 생각하면 더욱 쓸쓸하다. 쓸쓸한 것이 김밥과 함께 목구멍을 넘어간다. 나는 김밥을 먹고, 그는 라면을 먹는다. 나의 단무지와 그의 단무지는 똑같이 생겼지만 따로따로여서 나는 나의 단무지를 먹고 그는 그의 단무지를 집어먹는데, 내 앞에 앉은 이 사내는 이 사람인지 저 사람인지 그 사람인지, 그 어느 누구도 아닌지 알 수 없다. 그는, 그 어느 누구도 아닌 존재이지만, 내가 김밥을 먹고 그가 라면을 먹을 때, 나는 덩달아서 라면이 먹고 싶어진다. TV 광고에서, 라면 국물을 쭉 들이켠 연기자가, 아, 하면서 열반에 든 표정을 지을 때도 나는 갑자기 라면이 먹고 싶어진다.

추위와 시장기는 서로를 충동질해서 결핍의 고통을 극대화한다. 추운 거리에서 혼자 점심을 먹게 될 때는 아무래도 김밥보다는 라면을 선택하게 된다. 짙은 김 속에 얼굴을 들이밀고 뜨거운 국물을 마시면, 콱 쏘는 조미료의 기운이 목구멍을 따라가며 전율을 일으키고, 추위에 꼬인 창자가 녹는다. 김밥과 라면을 함께 먹으면 어떤 맛도 온전히 살아남지 못하고, 뷔페 식당의 음식을 모조리 뒤섞어서 비빈 것처럼 엉망진창이 되어버린다. 그걸 알면서도 라면을 먹으면서 김밥을 또 주문하니, 슬프다. 시장기의 근원은 어디에 있는 것인가.

맛은 화학적 실체라기보다는 정서적 현상이다. 맛은 우리가 그것을 입안에서 누리고 있을 때만 유효한 현실이다. 그

외 모든 시간 속에서 맛은 그리움으로 변해서 사람들의 뼈와 살과 정서의 깊은 곳에서 태아처럼 잠들어 있다. 맛은 추억이나 결핍으로 존재한다. 시장기는 얼마나 많은 추억을 환기시키는가. 그 영육靈肉 복합체는 유년의 천막학교에서 미군들한테 얻어먹은 레이션(전투식량)의 맛까지도 흔들어 깨운다. 이 궁상맞음을 비웃어서는 안 된다. 당신들도 다 마찬가지다. 한 달 벌어 한 달 살아가는 사람이 거리에서 돈을 주고 사먹을 수 있는 음식은 뻔하다.

라면이나 짜장면은 장복을 하게 되면 인이 박인다. 그 안쓰러운 것들을 한동안 먹지 않으면, 배가 고프지 않아도 공연히 먹고 싶어진다. 인은 혓바닥이 아니라 정서 위에 찍힌 문양과도 같다. 세상은 짜장면처럼 어둡고 퀴퀴하거나, 라면처럼 부박浮薄하리라는 체념의 편안함이 마음의 깊은 곳을 쓰다듬는다.

라면은 규격화되어서 대량소비되는 음식이다. 라면의 인 속에는 수많은 남들이 나와 똑같이 이 미끈거리는 밀가루 가락을 빨아들이고 있으리라는 익명성의 안도감도 작용하고 있을 성싶다. 이래저래 인은 골수염처럼 뼛속에 사무친다.

라면이 처음 나온 것은 1963년이었다. 쌀값이 얼마라는 기사는 일기예보나 증권시세처럼 연일 신문에 대서특필되었다.

춘궁기에는 2백만 명 이상이 굶주렸다. '기아 퇴치' 또는 '절량 농가 근절'이라는 국정지표를 써붙인 현수막이 관공서 건물마다 걸려 있었고, 박정희 소장은 기자회견에서 "나는 국민을 굶기지는 않겠다"며 울먹였다. 이 배고픈 시절에 나타난 라면의 맛은 경이로운 행복감을 싼값으로 대량공급했다. 그 맛의 놀라움은 장님의 눈뜸과도 같았고, '불의 발견'과 맞먹을 만했다.

라면의 탄생은 수천 년 동안 이어진 허기를 달래준, 식량사의 전환으로 꼽힌다. 라면의 제조기술은 모두 일본에서 배운 것이지만 한국 라면은 1인분의 양이 일본 라면의 1.5배가 넘고 칼로리가 높아서 한 끼의 식사가 될 수 있도록 보강되었다. 라면의 등장은 1차 산업으로 식재료를 증산하지 않더라도 대량 가공과 보관, 유통과 가격정책만으로도 식량난을 완화시킬 수 있다는 사실을 증명해 보였다. 박정희 소장도 라면사업에 깊은 관심과 격려를 보냈다. 그때 한국의 1인당 국민소득은 100달러를 밑돌아, 에티오피아 캄보디아와 함께 세계 최빈국으로 분류되어 있었고 필리핀의 원조를 받고 있었다. 나는 중학생이었는데, 처음부터 이 이국적인 식품의 노리끼리한 맛에 끌려들었다.

소설가 이문열은 그의 소설 『변경』에서 60년대 초의 라면 맛에 다음과 같이 경의를 표하고 있다.

노랗고 자잘한 기름기로 덮인 국물에 곱슬곱슬한 면발이 담겨 있었는데, 그 가운데 깨어넣은 생계란이 또 예사 아닌 영양과 품위를 보증하였다. (…) 철은 갑작스레 살아나는 식욕으로, 그러나 아주 공손하게 라면을 먹기 시작했다. 그때의 주관적인 느낌으로는 세상에서 가장 귀하고 맛난 음식을 먹고 있는 듯했다.

_이문열, 『변경』 7권, 문학과지성사, 1998, 177쪽

등장인물이 생애의 첫 라면을 '공손하게' 먹었다는 표현은 의미심장하다. 그때 라면 맛은 그후에 닥쳐올 산업화시대 전체 삶의 맛이었다. 사람들이 결국 그 맛에 인이 박이고 거기에 주눅들려 살아가게 되리라는 예감을 그 '공손하게'라는 네 글자는 함축하고 있다.

이제는 세상을 떠난 문학평론가 김현도 이승에서 어지간히 라면을 잡수셨던 모양이다. 그는 라면에 물을 아주 조금만 붓고 끓여서 떡처럼 만들어 술안주로 먹기까지 했다고 자신의 글에서 밝혔다. 김현은 라면을 먹으면서, 상실된 삶의 두께를 괴로워했다. 그는 전통과 당대가 단절된 틈바구니에서 라면을 먹었다(김현, 『두꺼운 삶과 얇은 삶』, 나남, 1986, 221쪽 참조).

1960년대의 라면은 지금의 것보다 기름기가 많았고 빨랫비누, 덜 익은 닭고기, 소기름 같은 냄새가 났는데, 그런 냄새까지도 모두 첨단적이고 이국적이며 영양가 있게 느껴졌다. 그리고 그 냄새와 식감은 박정희 시대 전체를 아우르는 중요한 시대적 질감으로 자리잡았다. 라면을 먹으면 근육이 불어나고 힘이 솟는다는 아이들도 있었다.

육군에 갔더니 거기서도 라면은 밥보다도 인기가 높았다. 주말에는 고정 메뉴로 라면을 먹었고 혹한기 기동훈련이나 유격훈련 때의 특식, 국군의 날, 축구시합 뒤풀이의 특식은 모두 라면이었다. 강원도 산골에서 온 어떤 하사관은 내무반 페치카에 라면을 끓여서 곧바로 먹지 않고 십 분쯤 지난 뒤에 먹었다. 그 까닭을 물었더니, 불어서 양이 많아지기를 기다린다는 것이었다. 군대생활의 즐거움은 화랑담배와 라면에 있다고, 그는 신병들을 한 줄로 세워놓고 연설했다. 내무반에서 라면을 끓여먹을 수 있는 군번이 못 되는 신병들은 분말수프를 주머니에 넣고 다니면서 밥 먹을 때 국이나 밥에 뿌려서 먹었고, 맹물에 그 가루를 풀어서 국처럼 마시기도 했다.

처음 나왔을 때, 라면은 1개에 10원이었는데, 지금은 권장소비자가격이 800원 정도다. 식당에 공급되는 라면은 10개나 20개 단위로 묶여 있어서 포장비가 빠지니까 소비자가격보다는 쌀 것이다. 여기에 가래떡이나 만두 두어 개를 넣어서 끓이고 단무지나 김치를 곁들여서 3000원쯤 받고 계란을 한 개 풀면 3500원, 돼지고기 몇 점을 얹으면 4000원이다.

이제 1인당 국민소득이 3만 달러를 넘어섰고 먹을 것이 넘쳐나지만 라면시장은 위축되지 않는다. 라면은 한국인의 정서적 토양의 기층에 착근되었다. 외환위기와 대량해고, 청년고용 절벽, 내수침체의 시절에도 국내 라면시장은 더욱 번창했고 2013년에는 매출액 2조를 넘어섰다. 세계 인스턴트 라면협회의 2013년 통계에 따르면 평균 한국인은 1년에 라면 74.1개를 먹는다. 인도네시아는 60개, 베트남은 57개 순이다. 전체 한국인은 1년에 라면 36억 개(!)를 먹고 중국인은 462억(!!) 개를 먹는다. 이 통계를 보면 한국인은 세계에서 라면을 가장 많이 먹는다. 증명할 수는 없지만, 나는 1960년대 이후 한국 라면시장의 팽창은 그 무렵부터 구조적으로 전개된 빈부의 양극화, 인구의 대량 소외 현상과 무관하지 않다고 생각한다. 라면을 좋아하건 푸아그라를 좋아하건, 입맛은 빈부 차이와 관계없다는 말은 사람을 조롱하는 거짓말이다. 누군들 깨끗하고 신선한 음식, 갓 잡아온 것과 갓 뽑아온 것들, 산과 바다와 흙의 기운을 지닌 풋풋한 것들을 먹고 싶지 않겠는가. 부자들도 라면을 좋아할 수 있고 부자들이 때로는 라면을 먹기도 한다고 해서, 라면시장의 팽창이 자본주의의 싹쓸이가 몰고 온 인간소외 사태와 관련이 있으리라는 나의 생각이 틀린 것은 아니다. 다만 증명하기 어려울 뿐이다. 라면시장의 배후를 이루는 인구집단은 늘 새롭게 형성되고 있다. 있건 없건 간에 누구나 먹어야 하고, 한 번 먹어서 되는 일이 아니라 때가 되면 또다시, 기어이 먹어야 하므로, 라면 회사들 간에 시장점유율을 다투는 엎치락뒤치락은 있겠지만, 이 치고받는 품질경쟁과 광고전이 소비를 펌프질해서 라면시장 전체의 앞날은 소외된 군중 속에서 번창할 것이다.

된장이나 간장, 무짠지, 오이지, 고추장아찌는 맛의 심층구조를 갖는다. 시간이 그것들의 맛의 심층을 빚어낸다. 기다림 없이는 짠지다운 짠지를 맛볼 수 없다. 김장이나 오이지를 담그고 나서 우리는 설레는 환상을 참으며 그것들의 숙성을 기다려야 한다. 미리 뚜껑을 열고 들쑤시면 동티가 나서 다 망친다. 시간이 간을 재료의 안쪽으로 밀어넣고 재료의 성질을 변화시켜 맛의 심층을 이룬다. 그 맛은 거기에 절여진 시간의 맛이다.

된장찌개 국물은 된장과 여러 건더기들의 삼투와 종합으로써 이루어진다. 그 국물은 된장도 아니고 개별적인 건더기도 아닌, 어떤 새로운 창조물이다. 거기에 깊이가 드리워진다.

그 깊이는 인간을 위안하는 힘이 있다. 미역국의 위안은 섬세하고 된장찌개의 위안은 깊다. 이 깊이와 섬세함은 스밈과 우러남에서 온다. 건더기는 국물 속으로 우러나고 국물은 건더기 속으로 스민다. 완성된 된장찌개 속에서 건더기가 뭉그러져서는 좋은 찌개가 아니다. 건더기는 그 고유한 맛을 국물에 내어주고 나서도 건더기로서의 독자성을 유지하고 있어야 한다. 그때 건더기는 국물의 스밈에 의해 새로운 맛의 건더기로 신생新生하는 것인데, 이 조화 속에서의 독자성은 아름답다.

삶의 심층구조와 서사적 로망을 회복한다는 것은 이제는 영영 불가능해 보인다. 이 부박한 삶의 영양소로서 라면은 몸속으로 들어온다. 시간의 작용이나 기다림, 환상, 스밈, 우러남처럼 삶에 깊이를 가져오는 기능은 음식에서조차 사라지고 있다.

내가 사는 동네에는 짬뽕이나 짜장면, 한 가지만 파는 전문식당이 있다. 이런 식당들은 거의가 24시간 영업을 하고 있고, 손님들은 대부분 젊은이들이다. 짬뽕은 보통짬뽕과 삼선짬뽕*

---

* '두산백과사전'에는 삼선三鮮이 '싼셴'으로 표기되어 있다. 싼셴은 돼지고기, 전복, 표고버섯, 해삼, 닭고기, 새우 중 세 가지를 넣어서 만든 요리로, 맛과 향기가 찬란한 산해진미라고 적혀 있는데, 이것이 나의 동네에서 파는 8000원짜리 삼선짜장면과 같은 것인지는 알 수 없다.
전통음식에 삼선죽三仙粥이라는 것이 있다. 쌀가루에 잣, 복숭아씨, 앵두씨

으로 구분된다. 삼선짬뽕은 보통짬뽕보다 1500~3000원쯤 비싸다. 이 두 등급의 짬뽕에서 면이나 국물은 다 똑같다. 베이직basic은 같고 건더기만 다르다. 삼선짬뽕은 보통짬뽕에 주꾸미나 백합, 모시조개, 물오징어를 몇 점 더 넣은 것이다. 짜장면의 경우도 마찬가지다. 짬뽕을 주문해놓으면 짜장면이 먹고 싶고, 짜장면을 주문해놓으면 짬뽕이 먹고 싶어지는 것은 인지상정이다. 이 두 가지 시장기 사이에서 자기분열을 일으키면서 주문을 바꾸는 손님들은 흔히 있다. 그러나 번복이 너무 늦으면 조리가 이미 시작되어서 바꾸어줄 수가 없다. 그래서 식당 주인들은 그릇을 두 칸으로 나누어서 한쪽은 짜장, 한쪽은 짬뽕을 담아주는 새로운 메뉴를 개발했다. 이 획기적인 메뉴의 이름은 짬짜면이다. 짬짜면의 값이 짬뽕이나 짜장면보다 비싸지는 않다. 짬짜면에는 삼선이 없다.

2, 3년 전까지, 이 동네 짬뽕 값은(짜장면 값과 연동관계에 있다) 보통짬뽕이 5000원, 삼선짬뽕이 6000~7000원이었다. 물론, 가게마다 다소 차이는 있었다. 일 년쯤 지나자 짬뽕

를 빻은 가루를 넣고 끓인 죽이다. 또 『동의보감』에는 삼선탕三仙湯, 삼선산三仙散, 삼선단三仙丹 같은 처방이 보인다. 이때 '삼선'은 세 가지 진귀한 재료라는 뜻이다. 그러나 삼선짬뽕이나 삼선짜장면을 작명할 때 『동의보감』을 참조해서 진귀한 건더기 세 가지를 특정한 것인지, 아니면 다른 뜻이 있는지는 알지 못한다.

값은 양극화되기 시작했다. 보통짬뽕은 4000원, 삼선짬뽕은 8000원으로 가격차가 벌어졌다. 그때, 나는 짬뽕 값의 하한선이 4000원 아래로는 내려가지 않으리라고 생각했다. 몇 달이 지나자 3500원짜리 짬뽕이 나타났고, 짜장면 값의 하한선도 함께 무너졌다. 그때, 식당에서 먹는 라면 값은 3000~3500원 정도였다. 1963년에 라면이 등장한 이후로 라면은 짜장면이나 짬뽕보다는 싼 음식으로 자리 매겨졌고, 그것이 밥의 세계에서 라면의 온당한 자리였다. 짜장면과 짬뽕 값의 하한선이 무너져내리자 라면 값도 위협받게 되었다. 이제 라면 한 그릇의 값은 어디로 가려는가. 라면 속의 건더기들(어묵, 달걀, 가래떡, 만두)은 이제 사라지려는가.

짬뽕 값의 양극화는 시장의 자유로운 질서이며 보이지 않는 손의 조화라고, 다들 알고 있다. 그렇게 말하게끔 되어 있다. 강제로, 채찍을 휘두르지 않아도, 보이지 않는 손의 인도를 받아서, 없는 자들은 스스로 3500원짜리 짬뽕을 먹고, 아직도 견딜 만한 자들은 8000원짜리를 먹게 된다. 음식을 파는 쪽에서도 값을 올리고 또 내려서 양극화된 격차 안에 양쪽 모두를 편안하게 수용함으로써 시장의 질서는 자유롭고 조화롭다.

나는 3500원짜리 짬뽕이 어떤 식재료를 쓰는지 확인하지는 못했다. 그러나 그 국물은, 3500원짜리나 8000원짜리나 똑같다. 그 국물의 맛은 식재료를 우려낸 맛이 아니라, 여러 가지 가루를 섞어서 만든 맛이다. 그 국물은 몸에 스며서 몸을 위로하는 기능이 없었고, 목구멍에 불을 지르는 듯이 날카롭고 사납게 달려든다. 그런 식당에는 초저녁부터 새벽까지 젊은이들로 붐빈다. 인근 상가에서 알바를 마치고 나왔거나, 알바를 시작하려고 새벽참을 먹는 젊은이들, 근무교대하는 전경들, 소방대원들, 외출 나온 병사들, 여러 배달부들, 비틀거리고 게걸거리는 술 취한 젊은이들, 여관에서 막 나왔는지 눈이 퀭하고 넋이 빠진 젊은 남녀들이 3500원짜리나 8000원짜리 짬뽕을 먹고, 목구멍 쥐어뜯는 국물을 마신다. 국물은 무한리필이다. 일회용 컵에 담아서 얼마든지 가져다주는데, 대부분 한 컵 이상 마시지 못한다. 배달통을 든 젊은이는 도시락에 밥을 담아와서 짬뽕 국물에 말아먹는다. 먹기를 마친 젊은이들은 아직 날이 밝지 않은 새벽 거리로 나간다. 길바닥에는 마사지룸, 키스방, 안마방의 나체 전단이 깔려 있다. 이 거리의 라면, 짬뽕, 짜장면 값은 어디로 가려는가.

라면은 대량으로 생산, 유통, 소비되지만, 낱개로 포장되고 낱개로 거래된다. 라면은 한 '개'를 사고팔 수 있다. 곡류, 육류, 야채류를 거래할 때는 '개'라는 단위를 쓰지 않는다.

이 먹이현실 속에서 라면의 존재방식은 개별적인 동시에 전체적이다. 한국인이 1년에 36억 개의 라면을 먹는다는 것은 이미 말했다. 라면은 낱개로서 36억의 물량을 이루고, 36억의 물량을 다시 낱개로 해체한다. 라면 국물을 쭈욱― 들이켤 때 모든 사람들의 창자는 그 분말수프의 국물 맛에 전율을 느끼지만, 그 전율이 36억을 군집으로 묶어내지는 않는다. 라면은 개별적이지만, 그 모든 개별성으로 전체를 이루는 지배권을 형성하고, 그 안에 36억을 키우고 또 늘리면서 다시 그것을 해체한다. 그래서 라면의 실체는 개체로서도 존재하고 전체로서도 존재하는데, 그렇기 때문에 그 개체나 전체가 모두 신기루처럼 보이는 착시를 일으킨다.

라면의 생산, 유통, 소비 양태는 모든 식품들 중에서 가장 공업적이다. 이제, 과수농업이나 축산업, 양식업은 제1차 산업이라기보다는 공업의 생산방식으로 전환되었다. 조류독감이 돌면 철새들은 약하고 부상당한 것들 몇 마리만 죽지만, 양계장의 닭들은 모두가 동시에 싹 죽는다. 양계장의 닭들은 공업적 틀 안에서 사육되고 그 형질이 유전되어서 생명체로서의 독자성을 상실했기 때문에, 강하거나 약한 차이가 없이, 모두 다 일제히, 이탈자 없이 '싹' 죽는다는 것이다. 나는 이 얘기를 여러 전문가들한테서 들었다. 이제, 닭은 닭이 아니라 닭고기를 만드는 생산공정의 한 단계일 뿐이다. 과수원의 포도나무나 사과나무는 인간이 작업하기에 알맞게, 키가 크지 않고 가지가 벌어지지 않도록 어릴 때부터 쇠줄에 결박되어 있다. 그 나무들은 나무가 아니라, 사과나 포도를 뽑아내는 기계처럼 보인다.

라면은 닭이나 나무 같은 생명체를 직접 거치지 않고 공장에서 대량생산된다는 점에서, 모든 식품 중에서 가장 공업적이다. 라면 포장지에는 60여 종의 첨가물이 적혀 있어서 제조 과정의 공업적 성격을 알 수 있게 해준다.

1963년 이후 라면은 생산, 유통, 소비의 모든 단계에서 공업화, 대량화의 길을 달려왔는데, 라면 회사들의 광고 정책은, 이와는 반대로 라면의 천연적 성격을 강조하는 방향으로 전개되었다. 라면은 식재료를 고아내고 우려낸 맛이고, 자연 속에 고유하게 존재하는 맛이라는 것을 대중 정서에 각인하려는 라면 회사들의 광고 정책은 상당 부분 성공한 것으로 보인다(1년에 36억 개!). 개별성과 전체성, 인공과 천연, 라면의 왕국은 그 양극단에 걸쳐서 광활한데, 거기서는 실체가 신기루고, 신기루가 실체다.

사실, 이 글은 오랜 세월 동안 라면을 끓이고 또 먹어온 나의 라면 조리법을 소개하려고 시작했는데, 도입부가 좀 길어졌다. 이제부터가 본론이다. 라면 포장지에는 끓는 물에 면과 분말수프를 넣고 나서 4분 30초 정도 더 끓이라고 적혀 있지만, 나는 센 불로 3분 이내에 끓여낸다. 가정에서 쓰는 도시가스로는 어렵고, 야외용 휘발유 버너의 불꽃을 최대한으로 크게 해서 끓이면 면발이 붇지 않고 탱탱한 탄력을 유지한다. 면이 불으면, 국물이 투박하고 걸쭉해져서 면뿐 아니라 국물까지 망친다. 그러나 실내에서 휘발유 버너를 쓰는 일은 위험해서, 나를 따라 하면 안 된다(어린아이 조심!).

또 물은 550ml(3컵) 정도를 끓이라고 포장지에 적혀 있지만, 나는 700ml(4컵) 정도를 끓인다. 물이 넉넉해야 라면이 편안하게 끓는다. 수영장이 넓어야 헤엄치기 편한 것과 같다. 라면이 끓을 때, 면발이 서로 엉키지 않아야 하는데, 물이 넉넉하고 화산 터지듯 펄펄 끓어야 면발이 깊이, 또 삽시간에 익는다. 익으면서 망가지지 않는다.

라면을 끓일 때, 가장 중요한 점은 국물과 면의 조화를 이루는 일이다. 이것은 쉽지 않다. 라면 국물은 반 이상은 남기게 돼 있다. 그러나 그 국물이 면에 스며들어 맛을 결정한다. 국물의 맛은 면에 스며들어야 하고, 면의 밀가루 맛은 국물 속으로 배어나오지 않아야 한다. 이것은 고난도 기술이다. 센

불을 쓰면, 대체로 실패하지 않는다. 식성에 따라서 다르겠지만, 나는 분말수프를 3분의 2만 넣는다.

나는 라면을 조리할 때 대파를 기본으로 삼고, 분말수프를 보조로 삼는다. 대파는 검지손가락만한 것 10개 정도를 하얀 밑동만을 잘라서 세로로 길게 쪼개놓았다가 라면이 2분쯤 끓었을 때 넣는다. 처음부터 대파를 넣고 끓이면 파가 곯고 풀어져서 먹을 수가 없이 된다. 파를 넣은 다음에는 긴 나무젓가락으로 라면을 한 번 휘젓고 빨리 뚜껑을 덮어서 1분~1분 30초쯤 더 끓인다. 파는 라면 국물에 천연의 단맛과 청량감을 불어넣어주고, 그 맛을 면에 스미게 한다. 파가 우러난 국물은 달고도 씁쌀하다. 파는 라면 맛의 공업적 질감을 순화시킨다.

그다음에는 달걀을 넣는다. 달걀은 미리 깨서 흰자와 노른자를 섞어놓아야 한다. 불을 끄고, 끓기가 잦아들고 난 뒤에 달걀을 넣어야 한다. 끓을 때 달걀을 넣으면 달걀이 굳어져서 국물과 섞이지 않고 겉돈다. 달걀을 넣은 다음에 젓가락으로 저으면 달걀이 반쯤 익은 상태에서 국물 속으로 스민다. 이 동작을 신속히 끝내고 빨리 뚜껑을 닫아서 30초쯤 기다렸다가 먹는다. 파가 우러난 국물에 달걀이 스며들면 파의 서늘한 청량감이 달걀의 부드러움과 섞여서, 라면은 인간 가까이 다가와 덜 쓸쓸하게 먹을 만하고 견딜 만한 음식이 된다.

나는 이 모든 것을 스승 없이 혼자서, 수많은 실험과 실패를 거듭하며 배웠다. 레시피를 읽고 따라 한 것이 아니다. 앞으로도 새롭게 열어나가야 할, 전인미답의 경지가 보이기는 하지만 라면 조리법 개발은 이제 그만하려 한다.

나는 라면을 먹을 때 내가 가진 그릇 중에서 가장 아름답고 비싼 도자기 그릇에 담아서, 깨끗하고 날씬한 일회용 나무 젓가락으로 먹는다.

라면을 끓일 때, 나는 미군에게 얻어먹던 내 유년의 레이션 맛과 초콜릿의 맛을 생각한다. 라면을 끓일 때 나는 저 헤아릴 수 없이 많은 양계장의 닭들과 사지를 결박당한 과수원의 포도나무 사과나무 배나무 들과 양식장에서 들끓는 물고기들을 생각한다. 라면을 끓일 때 나는 사람들의 목구멍을 찌르며 넘어가는 36억 개 라면의 그 분말수프의 맛을 생각한다. 파와 계란의 힘으로, 조금은 순해진 내 라면 국물의 맛을 36억 개의 라면에게 전하고 싶다.

그런 생각을 하면서 한눈을 팔다가 라면이 끓어 넘친 적이 한두 번이 아니다. 라면의 길은 아직도 멀다.

광야를 달리는 말

지금은 세상을 떠난 내 아버지, 휘諱 광주光洲(1910~1973)에 대하여 적는다. 나는 터럭을 겨우 쓰고 몸통을 쓰지 못한다. 아버지를 묻던 겨울은 몹시 추웠다. 맞바람이 치던 야산 언덕이었다. 언 땅이 곡괭이를 튕겨내서, 모닥불을 질러 땅을 녹이고 파내려갔다. 벌써 40년이 지났다. 그때 나는 육군에서 갓 제대해 밥벌이를 찾아서 거리를 헤매고 있었다.

아버지는 오래 병석에 누워 계셨고, 가난은 가히 설화적이었다. 병장 계급장을 달고 외출 나와서 가끔씩 아래를 살펴드렸다. 죽음은 거역할 수 없는 확실성으로 그 언저리에 와 있었다. 아래를 살필 때, 아버지도 울었고 나도 울었다.

"너 이러지 말고 나가서 놀아라. 좀 놀다가 부대에 들어가야지.”

아버지는 장작처럼 마른 팔다리를 뒤척이면서 말했다.

땅을 파는 데 한나절이 걸렸다. 관이 구덩이 속으로 내려갈 때, 내 어린 여동생들은 따라 들어갈 것처럼 땅바닥을 구르며 울었다. 불에 타는 듯한, 다급하고도 악착스런 울음이었다. 나는 내 여동생들을 꾸짖어 단속했다.

“요사스럽다. 곡을 금한다.” 내 아버지한테서 배운 말투였다. 여동생들은 질려서 울지 못했다. 아버지의 관이 내려갈 때 나는 비로소 내 여동생들의 ‘오빠’라는 운명에 두렵고도 버거운 충만감을 느꼈다. 나는 가부장의 아들로 태어난 가부장이었던 것이다. ‘오빠’라는 호칭은 지금도 나에게 두렵고 버겁다. 나는 둘째아들이기 때문에 내 여동생들은 나를 ‘작은오빠’라고 부른다. 이, ‘작은오빠’라는 호칭은 여전히 나를 목메게 한다.

지금은 한식날 아버지 무덤에 성묘 가서도 나는 울지 않는다. 내 여동생들도 이제는 다들 늙어서 울지 않는다. 슬픔도 시간 속에서 풍화되는 것이어서, 40년이 지난 무덤가에서는 사별과 부재의 슬픔이 슬프지 않고, 슬픔조차도 시간 속에서 바래지는 또다른 슬픔이 진실로 슬펐고, 먼 슬픔이 다가와 가까운 슬픔의 자리를 차지했던 것인데, 이 풍화의 슬픔은 본래 그러한 것이어서 울 수 있는 슬픔이 아니다.

우리 남매들이 더이상 울지 않는 세월에도, 새로 들어온 무덤에서는 사람들이 울었다. 이제는 울지 않는 자들과 새로 울기 시작한 자들 사이에서 봄마다 풀들은 푸르게 빛났다.

나는 내 아버지와 그의 시대를 긴 글로 써보려는 계획을 가지고 있다. 나의 시도는 여러 번 실패하였고 지금은 파지만 쌓여 있지만, 새가 알을 품듯이 나는 그 생각을 품고 있다.

내가 실패를 거듭하는 까닭을 나는 안다. 내 아버지의 삶의 파탄과 광기, 그의 꿈과 울분과 절망의 하중을 내가 감당하지 못하기 때문이다. 그 신산한 기억들을 나는 겨우 몇 자 쓰려 한다. 아버지는 63년을 살고 기세棄世하였다. 나는 이제 아버지보다 더 오래 살고 있다. 나는 젊은 날의 내 아버지가 때때로 내 가엾은 아들처럼 느껴진다.

아버지는 1910년에 태어났다. 고조선에서부터 이어진 나라가 그해에 망해서 없어졌다. 나는 1948년에 태어났다. 그해에 한반도 남쪽에서는 대한민국이, 북쪽에서는 조선민주주의인민공화국이 수립되었다. 1910년과 1948년, 이 두 해는 우리 부자의 곤고한 삶의 좌표이며 감옥이다. 내가 세 살 때 한국전쟁이 터졌고, 나는 엄마 등에 업혀 피난열차에 실려서 부산으로 갔다. 수많은 피난민의 자식들이 열차 지붕에서 얼어 죽고, 굶어죽고, 바람에 날려가서 죽고, 졸다가 떨어져서 죽고, 버려져서 죽고, 장티푸스로 죽고, 뇌염으로 죽고, 감기에 페니실린 주사 한 대를 못 맞아 죽었는데, 나는 안 죽고 살아서 이 글을 쓴다.

나의 아버지는 열아홉 살에 길림吉林을 거쳐서 상해上海로 갔고, 중일전쟁 시기를 거기서 보내고 1945년 11월 귀국하는 임시정부 제1진과 함께 서울로 돌아왔다. 상해 임정에서 그의 역할이 무엇이었는지는 분명치 않다. 그가 임정의 조직 안에 개설된 학교에서 망명 한인의 자제들에게 한국어, 국사를 가르치고 연극을 지도했다는 사실은 그 당시 망명자들의 기록에 여기저기 나온다. 그리고 나의 아버지는 방종한 삶의 태도 때문에 김구金九(1876~1949)에게 불려가 가끔 야단도 맞았던 모양이다. 김구에게 야단맞은 일은 내 아버지의 평생 자랑거리였다.

상해에서, 젊은 그들은 망국의 울분에 신음했고 자유세계를 향한 열정에 타올랐다. 젊은 내 아버지는 상해 전차電車승차권 검표원을 하거나 부두 노동으로 밥벌이를 했고, 이집 저집 동포 선후배의 집을 전전하며 얻어먹었고 또 굶었다. 그는 가리방 등사기 한 대를 장만해서 문학 연극 영화 지망생들을 모아 동인지를 발행했다. 그는 상해 시절을 회고하면서 다음과 같은 문장을 남겼다.

> 조국이란 것이 우리에게는 그리 매력적인 존재가 아니었다. (…) 으스러지게 부둥켜안아보고 싶고, 그 품에 안기고 싶은 조국이지만 우리에게 몸부림만 치게 하고 일경日警의 칼자루 밑에 찍소리도 못하는 조국.

아, 젊은 내 아버지는 망해버린 조국에 대한 그리움에 흐느끼면서도 조국이라는 사슬에 얽매여 칭칭 감기는 운명을 저주하고 있었다. 아버지가 남긴 이 문장을 읽으면서, 나는 가엾은 내 아들과 같은 젊은 아버지를 안아주고 싶었다.

해방된 조국에 돌아와보니, 백성들은 모두 창씨개명을 하고 일본의 노예가 되어서 아무런 희망도 느낄 수 없었지만 일제 36년 동안 겨레의 명맥을 지탱해준 사람은 만주나 상해에서 돌아온 망명 패거리가 아니고 점령당한 한반도에서 지옥의 나날을 감당해온 저 기진맥진한 백성일 것이다, 나는 저들과 함께 다시 살아가야겠다고 생각했다……고 내가 조금 자라서 말을 알아들을 만할 때 나의 아버지는 말해주었다.

1949년 6월 26일 김구가 육군 소위 안두희의 흉탄에 서거하자, 김구를 받들어서 나라 만들기에 동참하려던 수많은 청년들의 꿈은 좌절되었고, 나의 아버지도 그 청년들 중의 한 사람이었다.

내 아버지는 공회전과 원점회귀를 거듭하는 한국 현대사의 황무지에 맨몸을 갈았다. 그는 비명을 지르고 좌충우돌하면서 그 황무지를 건너갔다. 건너가지 못하고, 그 돌밭에 몸을 갈면서 세상을 떠났다. 그의 생업은 신문기자이거나 소설가였는데, 밥을 온전히 먹을 수 있는 노동은 아니었다.

아버지는 당대 현실 속에서 자신의 좌표를 설정할 수가 없었다. 아버지는 하해와 같은 억겁의 술을 마셨다. 아버지는 식민지의 종로 뒷골목에서 술을 배웠다. 아버지는 망명지 길림에서 마셨고 상해에서 마셨고 천진天津에서 마셨고 북경에서 마셨고 양자강 남쪽의 포구마을들을 떠돌아다니면서 마셨다. 아버지는 해방된 조국에 돌아와서 그 막막한 잡초밭에서 마셨고 좌우의 피 튀김 속에서 마셨고 전선戰線이 낙동강까지 밀려내려온 피난지 부산에서 마셨고 환도 후에 잿더미가 된 명동의 폐허에서 마셨고 이승만 치하에서 자유당의 무능과 부패를 저주하며 마셨고 박정희 소장이 대통령이 되는 과정을 보면서 마셨다.

그는 이승만 정권, 장면 정권, 박정희 정권을 향해 활화산과도 같은 저주를 뿜어냈다. 폐지 수집하듯이 매절원고를 몰아가서 원고료를 잘라먹는 출판업자들과, 외상값을 독촉하는 술집 주인들, 호적초본을 떼어주면서 턱으로 사물을 가리키는 구청 직원들과, 껌을 씹으며 병실에 들어오는 간호원들을 그는 이를 갈며 증오했다.

그는 문협이사장 선거와 예총회장 선거를 증오했고, 신문 연재소설이나 대학 선생 자리를 얻으려고 쇠고기 몇 근을 사 들고 권력자를 찾아다니는 자들의 가엾은 몰골을 연민했으며, 소인 잡배 들끓는 한국 문단을 저주했다.

내가 중고교를 다닐 무렵에, 아버지는 두어 달에 한 번씩 집에 들어왔다가 다음날 또 어디론지 나갔다. 우리 형제들은 아버지가 어디로 다니시는지를 묻지 않았고, 엄마는 아예 아버지를 상대하지 않았다. 엄마는 아버지를 미워했지만 나는 아버지를 미워하지 않았다. 어쩌다가 새벽에 아버지가 돌아오면, 나는 아버지가 누운 건넌방 아궁이에 장작을 때서 방을 덥혀드렸고 아버지 방에 들어가 요 밑에 손을 넣어서 바닥이 따스해졌는지 확인했다. 아침에는 냄비를 들고 돈암동시장에 가서 선지해장국을 사와서 아버지께 드렸다. 아버지는 내가 사온 해장국에 목이 메는지 잘 드시지 못했고, 엄마는 내가 하는 짓을 보면서 "사내놈들은 다 똑같다. 다 한통속이다. 저

놈도 자라면 제 아비처럼 될 놈이다"라면서 울었다. 엄마하고 아버지하고 싸우면, 나는 아버지를 그냥 내버려두라고 엄마한테 대들었는데, 엄마는 더 크게 울었다. 가난은 그 끝과 바닥이 보이지 않았다. 가난은 본래 스스로 그러한 것처럼 누구를 나무랄 수도 없었고 누구의 책임도 아니었다.

새벽에도 아버지는 잠들지 못하시는지, 방안에서는 쿨룩쿨룩 기침 소리가 들렸다. 아버지의 기침 소리는 거칠고 깊었다. 기침 소리에, 몸속이 무너지고 찢어지는 소리가 섞여 있었다. 아버지의 방 아궁이에 장작을 때면서 나는 오직 아버지의 기침이 멎기만을 빌었다.

불 때기를 마치고 아버지의 방으로 들어가서 요 밑에 손을 넣어보면 방바닥은 그제야 온기가 돌았다. 아버지는 침을 흘리며 잠들어 있었다. 잠든 아버지를 들여다보면서, 나는 아버지의 몸과 마음이 모두 잠들어서 아버지가 적어도 당분간만이라도 이 세상을 괴로워하지 않는 그 짧은 동안을 감사했고 안도했다.

대낮이 되어서 자리에서 일어난 아버지는 나를 불러서 천자문을 써보라고 하셨다. 아버지가 글자를 부르면 내가 받아썼다. 내가 글자 몇 개를 받아쓰지 못하자 아버지는 "진서를 배워라. 언문으로는 안 돼" 한마디를 남기고 또 어디론지 나갔다. 우리는 아버지의 행선지를 묻지 않았다.

우리가 셋방에서 셋방으로 이사를 할 때도 아버지는 오지 않았다. 아버지는 우리들이 이사 간 집을 알지 못했다. 며칠 뒤 아버지는 복덕방에 가서 새로 이사 온 집을 물어서 찾아오곤 했다. 이사 온 집을 한번 돌아보고 나서, 아버지는 우리를 야단쳤다.

"너희는 배산임수를 모르느냐?"

아아, 배산임수背山臨水. 산을 등지고 흐르는 물을 앞에 두는 낙원에, 아버지와 우리는 한 번도 갈 수 없었다. 그래서 배산임수가 아님을 타박하는 아버지의 말은 우리를 야단치는 말이 아니라 당신의 그리움을 토로하는 말처럼 들렸다.

중학교 때 나는 『허클베리 핀의 모험』이라는 소설에 빠져 있었다. 학원사에서 나온 청소년용 문고판이었는데, 겉표지는 노란색이었고 삽화가 들어 있었다. 마크 트웨인의 소설 중에서도 허클베리는 톰 소여보다 훨씬 재미있었다. 허클베리는 공부 못하고 집구석은 가난하고 싸움 잘하고 말썽만 부리는 불량청소년이었지만, 미지의 세계에 대한 동경과 모험심으로 가득 차 있었고, 그 동경을 실천할 수 있는 결단성과 행동력을 가진 소년이었다. 톰은 허크의 하수인에 불과했다.

허클베리네 아버지는 술주정뱅이에다 돈은 안 벌어오고

집에도 안 들어오는 사내였다. 다시는 술 안 먹겠다고 아들한테 맹세해놓고서 그다음 날 대낮부터 또 마시는 사내였다. 어렸을 때 나는 내 아버지가 허클베리 아버지와 비슷하다고 생각했다. 중학교 1학년 때던가. 천지분간 못하는 나는 어느 날 모처럼 집에 온 아버지에게 물었다.

"아버지는 꼭 허클베리네 아버지 같아요."

그때 아버지는 술에 취해 있었는데, 내 말이 무엇을 겨누고 있는지를 대번에 알아차렸다. 아버지가 허공을 올려다보더니 한참 뒤에 말했다.

"광야를 달리는 말이 마구간을 돌아볼 수 있겠느냐?"

나는 대답하지 못했다. 아버지는 또 말했다.

"내 말이 어려우냐?"

아버지에게 말을 달릴 선구자의 광야가 이미 없다는 것을 나는 좀더 자라서 알았다. 아버지는 광야를 달린 것이 아니고, 달릴 곳 없는 시대의 황무지에서 좌충우돌하면서 몸을 갈고 있었던 것이었다.

아버지가 경향신문에 연재소설 『정협지』를 쓰던 기간은 그즈음(1961. 6~1963. 11)이었다. 1961년에 대한민국의 1인당 국민소득은 82달러였다. 그때 대한민국은 세계 최빈국으로 분류되었다. 1963년까지 1인당 국민소득은 100달러를 넘지 못했다. 『정협지』는 100달러 이하인 시대의 허구적 로망으로 굶주림 속에서 찬란했다. 로망은 아편과 같았고 신기루와 같았다. 해마다 오뉴월 보릿고개에 농어촌에서 굶어죽는 자가 속출했고, 겨울에는 연탄가스 중독으로 수백 명이 죽었다. '절량농가를 근절하자' '기아를 퇴치하자' '식량을 증산하자'는 국정 슬로건이 전국 시청 도청 건물에 대형 현수막으로 걸려 있었다. '증산' '수출' '건설'이 박정희 소장의 국정지표였다. 동네 대항 축구시합을 할 때도, 팀을 '증산팀' '수출팀' '건설팀'으로 나누어서 머리띠에 써넣었다. 한강을 건너온 박정희 소장은 곧바로 중앙정보부를 만들고 반공법을 제정하고 민주공화당을 창당해서 권력장악의 기반을 확보하더니, 제 손으로 별 넷을 달고 예편한 직후 1963년 10월 대통령 선거에서 제5대 대통령에 당선되었고, 5대, 6대, 7대, 8대, 9대까지 혼자서 그 자리를 지켰다.

대통령이 외국에 나갈 때, 돌아올 때, 외국의 국가원수가 한국에 올 때와 돌아갈 때는 도심지에서 김포공항까지 환영, 환송의 인파가 동원되어서 거리를 메우며 국기를 흔들어댔다. 학교마다 거리의 구역이 배당되었다. 그 거룩한 날에는 수업을 줄이고 아침부터 거리에 나가서 대통령이나 외국 원수의 행차가 지나가기를 기다렸다. 교통이 차단된 거리는 한

나절 동안 텅 비어 있었고, 행차는 좀처럼 지나가지 않았다. 겨울에는 추워서 발을 동동 굴렀고, 길바닥에서 언 도시락을 까먹었고, 똥오줌을 길바닥에 누면서 높으신 행차를 기다렸다. 빈 거리에 개가 지나갈 때 함성을 지르며 국기를 흔들던 아이들은 교무실에 끌려가서 선생님께 혼났다. 새 집권세력은 불법도박장(파친코)을 허가해주거나, 증권시세를 조작했고, 일본제 승용차를 들여와서 돈을 훑었다. 매머드형 권력부패가 들어앉기 시작한 것이었다. 이 모든 기막힌 사태가 경향신문에 『정협지』가 연재되던 기간에 벌어진 일이다.

『정협지』에 대한 60년대 초반 대중의 열광에는 그 시대의 꿈과 좌절, 고난과 희망이 뒤섞여 있었다. 정情은 사랑과 인정이고, 협俠은 의로움이다. 정은 상대를 긍정하고 보듬는 삶의 태도이고, 협은 세계의 악과 대결하고 타인의 재난에 개입하는 삶의 원리이다. 정과 협은 악세惡世에 신음하는 대중이 갈망하던 세상의 모습일 터인데, 그 서럽고 간절한 꿈은 무협소설의 허구적 로망에 의탁되어 있었다.

아버지는 당신이 쓰신 무협소설이 좀 팔려서 돈이 생기던 시절, 장안의 술값을 혼자서 다 내고 다녔다. 돌아오지 않는 아버지를 찾으러 거리에 나갔다가 술집에서 아버지를 만난 적도 있었다.

아버지는 홀 전체의 술값을 다 내고, 종업원을 불러 "야, 2층은 얼마냐?" 물어서 2층 술값까지 다 냈다. 1층이고 2층이고 간에, 그 술집에 모인 술꾼들은 모두 다 아버지의 친구였고 선배거나 후배였다. 나는 그런 아버지를 보면서 '나는 언제나 좀 저래보나……' 하면서 부러워했던 적도 있다. 그것이 아버지의 가엾은 '광야'였다.

그때 아버지는 늘 밖으로 돌아서 나는 아버지가 그 많은 원고를 어디서 쓰는지 알지 못했다. 다방이나 여관에서 쓴다는 말도 있었다. (나는 아버지의 원고료를 떼어먹은 자들을 지금도 저주한다.) 우리집에는 아버지의 서재가 없었고 우리 식구들은 늘 방 두 칸에서 우글거리며 살았다. 이사 갈 때는 짐보따리를 손수레에 싣고 형이 끌고 내가 밀면서 갔다. 아버지는 대학이나 선생한테서 문학을 배운 적이 없다. 상해 시절에 가리방을 긁어서 문예동인지를 만들면서 스스로 글쓰기를 배우기 시작했다. 『정협지』의 인기가 치솟자 글쓰는 동료들이 아버지를 삼류작가라고 깔보았고, 아버지는 속상하니까 더욱 마셨다. 아버지는 속상했겠지만, 나는 『정협지』를 중요하게 생각하고 있었다. 그것이 우리 형제들이 대통령 행차 때마다 추운 거리에 끌려나갈망정 교복을 입고 학교에 다닐 수 있고 끼니때마다 밥을 먹을 수 있는 물적 토대가 되었기 때문이다.

아버지는, 앞으로 나가지 못하고 자꾸만 공회전하는 그의 시대에 몸을 던져 가루가 되면서 좌충우돌했다. 아버지는 세상에 대한 미움이 많았고, 그 미움 때문에 스스로 괴로워했다.

70년대의 기라성 같은 청년작가 김승옥이 단편소설 「무진기행」을 발표했을 때, 아버지는 문인 친구들과 함께 우리집에 모여서 술을 마셨다. 그들은 모두 김승옥이라는 벼락에 맞아서 넋이 빠진 상태였다.

"너 김승옥이라고 아니?"

"몰라, 본 적이 없어. 글만 읽었지."

그들은 "김승옥이라는 녀석"의 놀라움을 밤새 이야기하면서 혀를 내둘렀다. 새벽에 아버지는 "이제 우리들 시대는 갔다"며 고래고래 소리를 질렀다. 나는 식은 안주를 연탄아궁이에 데워서 가져다드렸다. 아침에 아버지의 친구들은 나에게 용돈을 몇 푼씩 주고 돌아갔다.

나는 고등학교 때 담배를 배웠다. 다른 아이들이 궐련을 피울 때, 나는 아버지의 파이프를 훔쳐서 피웠다. 학교에서 파이프를 피우다가 선생님한테 빼앗기고 벌을 섰다. 다음날 아버지가 학교에 와서 빼앗긴 파이프를 받아냈다. 아버지는 그 파이프를 나에게 돌려주셨다.

"너 가져라. 학교에는 가져가지 마라. 너, 담배 줄여."

아버지는 자상하지 않았고 가정적이지도 않았다. 아버지는 가난했고 거칠었으며 늘 울분에 차 있었다. 아버지에게 광야란 없었다. 아버지는 그 불모한 시대의 황무지에 인간의 울분과 열정을 뿌리고 갔다. 나는 언제나 그런 아버지의 편이었다. 내가 너무 아버지 편을 들어서 늙은 어머니는 지금도 내가 못마땅하지만 어쩔 수가 없는 일이다.

아버지가 세상을 떠나던 날은 몹시 추웠다. 초상 때 아버지 친구들이 많이 왔는데 다들 가난한 글쟁이들이라 부의금 봉투는 별로 없었고 술만 들입다 퍼마시고 돌아갔다. 술 취해서 정치노선 싸움을 벌이며 술상을 뒤집어엎는 사람도 있었다. 발인날은 더욱 추웠다. 아버지의 관이 내려갈 때 나는 내 아버지와 같은 삶을 살지는 않기로 작심했다. 내 아버지가 조국이라는 운명을 저주했듯이 나는 내 아버지의 시대로부터 벗어나야 한다고 다짐했다. 그러나 그것이 가능한 일이었을까? 너무나 슬퍼서 조국을 버리고 싶었다던 내 아버지의 젊은 날의 글을 읽으면 지금도 나는 목멘다. 아버지가 남긴 무협지들을 꺼내 만져보면서 아버지를 묻던 날 이후의 나는 어떤 인간이 되었나를 생각하면, 대답은 안 나오고 등에서 식은 땀이 흐른다.

정화암, 백정기, 이하유, 이을규, 이정규는 내 아버지가 가장 존경했던 상해 시절의 선배들이다. 아버지의 표현에 따르면 그들은 "불타는 투혼의 아나키스트"였다. 아버지는 가끔씩 이 선배들의 묘역에 가서 '선생님'을 부르며 풀을 쥐어뜯고 울었다. 나는 아버지의 유언에 따라 그 선배들의 무덤 가까이에 아버지의 유택을 마련해드렸다. 지난 한식 때 심은 잔디가 잘 퍼져 있다.

기도한다.

주여 망자에게 평안을 주소서.

주여 우리를 불쌍히 여기소서.

바다

동해

나는 2012년 초가을부터 2013년 봄까지, 8개월 동안 경북 울진군 죽변면 후정리 바닷가에 머물렀다.

나의 자리는 한국해양과학기술원의 동해연구소였다. 연구소는 나에게 집필실 한 칸과 원룸식 숙소, 그리고 구내식당의 밥을 제공해주었다.

동해의 수평선은 끝없는 일一자로 전개되어 있었다. 거기에 아침마다 해가 떠올라서 사람의 마을에 새롭고 낯선 시간들이 퍼져나갔다. 이것이 대체 어찌된 일인가, 어째서 이런 일이 있을 수가 있는가. 나는 아침마다 몸과 마음이 들떠서 기댈 곳이 없었는데, 그 놀란 마음속으로 아침햇살은 사정없이 밀려들어왔다. 그것은 경험되지 않은 순수한 시간이었다. 바다는 수억만 년의 시간을 뒤채이면서, 이제 막 창조된 시원始原의 순간처럼 싱싱했고, 날마다 새로운 빛과 파도와 시간과 노을이 가득 차서 넘쳐흘렀다. 바다는 시간을 통과해 나가지만 시간의 흔적이 묻어 있지 않았다. 바다는 늘 처음 보는 바다였다. 바다에서는 가장 오래된 것이 가장 새로웠다. 바다는 논리나 개념이나 사유가 아직 빚어지지 않는, 언어 저 너머의 공간이었으므로, 나는 거기에 마땅히 말을 걸 수가 없었고, 바닷가에서 나는 바다로부터 밀려날 수밖에 없었지만, 그 수평선 너머에서 새로운 낱말들이 태어나 바다의 새들처럼 날아오기를 기다렸다. 바다의 아침빛은 늘 어둠 속에서 잉태되었고, 빛이 다가오는 아침의 울진 바다에서는 숨을 곳이 없었다. 빛과 파도와 노을은 공간에 가득 넘치면서도 공간을 이루지 않았고, 어느 곳에도 머물지 않았다.

동해연구소의 젊은 연구원들은 먼바다, 깊은 물속에까지 탐사장비를 꽂고 전파와 음파를 보내서 바다의 숨소리를 엿듣고 있었다. 깊은 바다의 흔들림, 물살의 흐름, 물의 소리, 캄캄한 바다 밑바닥에 붙어서 사는 생명체들의 비밀을 그들은 탐지하고 있었고, 파도의 모양과 주기를 지속적으로 관찰해서 예측 가능한 법칙성에 접근해가고 있었다. 나는 그 젊은이들의 연구를 놀라운 마음으로 엿보았다. 지식은 순결하다는 것을 나는 알았다.

울진의 아침바다에서 나는 살아온 날들의 기억으로 가득 찬 내 마음의 쓰레기들이 부끄러웠다. 파도와 빛이 스스로 부서져서 끝없이 새롭듯이 내 마음에서 삶의 기억과 흔적들을 지워버리고 새롭게 다가오는 언어들과 더불어 한 줄의 문장을 쓸 수 있을 것인지를, 나는 울진의 아침바다에서 생각하고 있었다.

아, 나는 한평생 단 한 번도 똥을 누지 못한 채, 그 많은 똥들을 내 마음에 쌓아놓아서 이미 바위처럼 굳어졌다. 삶의 기억과 파편들은 내 마음에 찍혀 있고 그 헛것이 주인 행세를 해왔는데, 내가 그 헛것에 갇혀서 오도 가도 못하므로 똥은 이미 허상이 아니고 완강한 실체인 것인데, 허상에서 실체가 빚어질 리 없으므로 똥의 장벽은 완강할 뿐 실체는 아닐 것이었다. 허상은 헛됨으로써 오히려 완강할 테지만 실체는 스스로 자족하므로 완강할 이유가 없을 것이었다.

울진 바다에 비추어보니, 내 마음의 병명은 종신변비였다. 바다가 나의 병명을 가르쳐주었다. 나에게 가장 시급한 처방은 마음에 쌓인 평생의 똥을 빼내고 새로워지는 것이리라.

울진 바다에서 나는 그 처방을 겨우 알았으나 거기에 닿는 방법을 찾을 수는 없었다. 바다에서 나는 변비와 더불어 난감하였다. 밤마다 별이 돋고 달이 떠서 흔들리는 물 위로 달빛은 긴 고랑을 이루며 어두운 수평선 쪽으로 펼쳐졌다. 울진 바다에서 나는 바다의 불가해한 낯설음에 압도되어서 늘 지쳐 있었다. 수평선 너머로부터, 내가 기다리는 새로운 언어는 날아오지 않았고, 내가 바다 쪽을 바라보는 시간은 날마다 길어졌다. 나는 조금씩 일했고 많이 헤매었다. 나의 일은 글을 쓰는 것이었는데, 일보다 헤매기가 더욱 힘들었다. 나는 계획한 일을 다 마무리하지 못하고 봄이 되자 짐을 싸서 달아나듯 울진을 떠났다. 도시로 돌아오니까 내 마음속에는 여전히 한 줄의 수평선이 그어져 있다.

울진에서 나는 하루에 2~4시간씩 걸었다. 주로 아침나절에 걸었고 일과를 마친 저녁에는 가끔씩 죽변항에 나가서 술을 마시거나 연구소에 설치된 체력단련장에서 운동을 했다. 나는 내 몸이 녹초가 되도록 힘을 빼고 나서 잠자리에 들었다. 그래도 잠이 오지 않는 밤에는 파도 소리가 내 불면의 의식 속으로 밀려들어왔다. 내 마음은 파도에 실려서 어두운 수평선 너머를 헤매었다.

나의 걷기 코스는 연구소→후정해수욕장→111반점 앞→

죽변항→수산물 위판장→카페 피렌체→대나무숲길→드라마세트장→죽변등대였고, 돌아올 때는 이 코스를 거꾸로 걸었다. 빠르게 걸으면 두 시간 걸리고 도중에 죽변항 곰칫국으로 아침을 먹고 커피 한잔 마시거나 위판장에서 생선 구경, 배 구경, 갈매기 구경하면 세 시간 걸린다. 눈이 오거나 비가 와도 빠짐없이 걸었다. 날이 흐리거나 바람 불어서 바다가 스산한 날에는 오후에 버스(요금 1000원, 좌석버스는 1500원)를 타고 덕구온천에 갔다. 온천 뒤쪽으로 덕구계곡을 따라서 응봉산에 올라갔다가 내려와서 온천에 목욕하고 막차를 타고 밤에 돌아왔다. 캄캄한 바다에서 파도는 인광으로 허옇게 부서졌다.

아침마다 죽변항은 고기 잡고, 고기 팔고, 고기 사는 사람들의 살림의 활기로 북적거렸다. 어선들은 위판장 시멘트 바닥에 막 잡아온 생선을 부렸고, 생선들이 펄떡거릴 때 비늘에서 아침햇살이 튕겼다. 갈매기들이 떨어진 게 다리나 생선 내장 부스러기를 노리고 날아들었다. 먹고살기 바쁘기는 사람이나 갈매기나 별 차이 없었다. 노련한 선원들은 서로 아무 말도 하지 않으면서 작업의 손발을 맞추었고, 동료의 작업이 편안하도록 자신의 동작을 받쳐주었다.

죽변항 어선들의 태극기는 남루했다. 어선들의 태극기는

바닷바람에 닳고 햇빛에 바래어서 반 토막이나 3분의 1 토막만 남아 바람에 펄럭였다. 어선들의 태극기는 해풍 속에서 풍화되어갔다. 태극이 모두 없어졌고 괘만 남은 깃발도 있었다. 바람에 시달리면서 태극기는 가루가 되어 흩어졌다. 그 어선들의 반 토막 태극기는 살아가는 일의 수고로움과 수고의 경건함을 보여주었다. 남루는 그 경건이 드러나는 방식이며 외양이었다. 반 토막 태극기는 맹렬하게 펄럭였다. 아름다운 태극기였다. 권세 높은 관청 지붕에 높이 솟은 태극기보다 이 닳아빠진 반쪽짜리 태극기는 얼마나 순결한가. 입을 벌려서 직업적으로 애국을 말하지 않아도, 먹고사는 노동의 수고로움 속에서 애국은 저절로 해풍에 펄럭이고 있었다.

죽변항구 뒤쪽 바닷가 언덕에서 신석기시대의 유적과 어로의 도구들이 출토되었다는 것을 나는 울진에 와서 알았다. 죽변항이 고기잡이하기에 좋기는 신석기시대나 지금이나 마찬가지다. 그래서 여기는 오래되어서 날마다 새로운 삶의 본바닥인 것이다. 죽변항의 낡은 어선들을 바라보면서 나는 수천 년 전 이 항구에서 고기잡이를 하던 신석기 사내들과 그들의 고기잡이 도구를 생각했다. 그들의 돌도끼와 돌칼도 내 마음에 떠올랐다. 박물관에서 본 신석기의 돌도끼는 그 손잡이

부분이 인간의 손바닥에 닮아서 반질반질했다. 그 돌도끼를 쥐고 사냥을 해서 처자식을 벌어먹이던 사내들의 고난과 희망, 사냥에 실패해서 빈손으로 돌아오는 저녁의 슬픔, 비 오는 날 그 신석기 사내들의 몸의 비린내도 내 마음에 떠올랐다. 그 사내들은 바로 내 눈앞에 있었다. 신석기시대 죽변항의 어로와 지금의 죽변항의 어로는 그 본질이 같다. 먹이를 던져서 더 큰 먹이를 낚는 것이다. 몸을 먹여살리기 위해 몸을 고단하게 하는 것이다. 생선뼈를 갈아서 낚싯바늘을 만들고 돌에 날을 세워서 돌칼을 만드는 행위는 미래에 대비하는 자의 삶이다. 삶을 지속하려는 자만이 연장을 만든다. 바다에서 밤을 새우고 새벽 죽변항에 돌아오는 어선과 어부들을 보면서 나는 신석기 이래 이 물가에서 먹고살았던 모든 사내들에 대한 동료의식을 느꼈다.

죽변항에는 볼 것도 많고 먹을 것도 많아서 내 아침산책의 발걸음은 늦어졌다. 식당들은 마당에 줄을 매고 생선을 말리고 있었다. 신석기시대의 생선이었다. 큰 방석만한 가오리가 햇볕에 말라가고 있었다. 내장을 빼낸 가오리는 대가리에서 척추, 꼬리에 이르는 뼈대의 구조를 드러냈다. 줄에 매달린 가오리는 그 몸통 안에 하늘을 나는 새의 꿈이 깃들어 있는 듯했다. 가오리는 커다란 새의 날개를 펼치고 건조대에 매달려 있었다. 물고기의 지느러미와 새의 날개는 계통발생상의 친연 관계에 있고, 물고기가 진화해서 새가 된 것이라고 어렸을 때 생물시간에 배웠는데, 아직도 하늘을 날지 못하는 가오리는 비상의 꿈을 온몸으로 펼치면서 햇볕에 말라가고 있었다. 가오리는 뼈를 드러내며 말라가고 그 산맥 같은 뼈 속에 날개의 꿈은 퍼덕거린다.

말라가는 가자미는 내장이 투명하게 들여다보인다. 가자미가 바짝 마르면 내장은 푸른색이 짙어진다. 가자미의 내장은 작다. 다 긁어모아도 밤톨 한 개 정도만하다. 그 작은 내장 속에서 모든 생명의 기능이 작동되고 있다. 가자미는 그 밤톨만한 내장의 기능으로 바다를 헤엄치면서 먹이를 잡고 번식한다. 그 내장 속에서 무슨 일이 일어나고 있는 것인가. 줄에 매달린 가자미를 들여다보는 일은 그래서 놀랍다. 가자미의 두 눈은 각각 다른 방향을 향해 있다. 물고기의 눈이 대부분 그렇지만, 가자미는 두 시선 사이의 각도가 더욱 크다. 사람의 두 눈은 한쪽 방향을 보지만 가자미의 두 눈은 서로 다른 방향을 보고 있다. 가자미의 마음속에는 이 두 개의 영상을 종합해서 통일된 정보와 판단에 도달하는 기능이 있는 것인가. 내 짐작에는 아마도 그럴 것이다. 이 광범위한 시야를 관찰하면서 가자미는 위험을 판단하고 먹이가 있는 방향을 인지할 것이다. 가자미의 눈에는 무엇이 보이는가. 인간과 가자미가 동일한 물체나 풍경을 바라볼 때 인간에게 보이는 것과 가자미에게 보이는 것은 같은가 다른가. 보인다는 것의 내용을 인간과 가자미가 서로 교감할 수 있는가를, 연구소의 젊은 연구원에게 물어보았더니 연구해보겠다고 대답했다. 누군들 그것을 대뜸 알 수가 있겠는가. 줄에 매달린 가자미는 그 어려운 의문을 간직한 채 푸른 내장을 드러내 보이며 하얗게 말라가고 있었다.

나는 죽변항 여러 식당에서 가자미를 많이 먹었다. 구이도 먹고 찌개도 먹고 조림도 먹고 세꼬시 회도 먹었다. 가자미의 얼굴은 다른 생선에 비해 명석하고 정돈된 표정을 지니고 있다(같은 가자미라도 표정이 각각이기는 하지만, 일반적으로 그렇다는 말이다). 가자미의 얼굴은 명태나 복어, 삼식이에 비하면 훨씬 논리적이고 과장이 없다. 가자미구이를 먹으면 가자미 얼굴 표정의 맛이 느껴진다. 맛에 기름기가 없고 담백해서 깔끔하다. 깊은 내면의 비밀을 간직한 생선이 이처럼 논리적인 표정과 맛을 지니고 있다는 것이 더욱 깊은 비밀로 느껴진다. 죽변에서 나는 가자미를 아주 많이 먹었다. 먹을수록 의문은 더 커졌다.

물곰국은 아침에 먹어야 제맛을 알 수 있다. 아침에, 뱃속이 비고 허전해서 축축한 위안이 필요할 때, 딱딱한 음식을 넘기거나 소화시킬 만큼 뱃속이 아직도 일상으로 옮겨오지 못했을 때, 사람의 마음이 밤에서 낮으로 아직 이행하지 못한 그 어슴푸레한 아침나절에 물곰국은 가문 땅에 단비 내리듯이 썰렁한 창자 속으로 스며든다.

물곰국은 인간의 창자뿐 아니라 마음을 위로한다. 그 국물은, 세상잡사를 밀쳐버리고 우선 이 국물에 몸을 맡기라고 말한다. 몸을 맡기고 나면 마음은 저절로 몸을 따라가는 것이라고. 위안의 기능을 갖는다는 점에서, 물곰국은 하나의 완연한 세계를 갖는다. 이런 국물은 이 지구상에 울진 말고는 없다. 물곰의 살은 모든 짐승의 고기가 갖는 육질의 짜임새가 없다. 물곰의 살은 근육도 아니고 국물도 아닌 그 완충의 자리에서 흐느적거린다. 그 살은 씹어 삼키는 살이 아니라 마시는 살이다. 이 완충의 흐느적거림이 인간을 위로한다. 물곰 살을 넘길 때, 생선의 살이 인간의 살을 쓰다듬는다. 그 살은 생명 발생 이전의 원형질과도 같은 맛이다. 물곰은 혀로 느껴지는 맛과 목구멍을 넘어가는 촉감이 일치한다.

물곰국으로 아침을 먹고 나서, 나는 식당 수족관에 갇힌, 살아 있는 물곰을 오랫동안 들여다보았다. 물곰은 동작이 느렸고 얼굴 표정은 매우 비논리적이었다. 물곰은 느린 동작으로, 물결이나 바람처럼 흐느적거렸으며 재빨리 방향을 바꾸지 못했다. U턴해서 뒤로 돌아설 때는 회전 반경이 컸다. 오징어나 돔 종류는 수족관에 잡아넣으면 유리벽을 들이받으며 못 견뎌하지만, 물곰은 그 부자유한 공간을 겨우 견디어내고 있었다. 물곰은 진화를 거부한 물고기처럼 보였다. 물곰의 표정과 몸짓은 그 종족의 최초 개체가 바다 속에 생겨난 고생대의 질감을 그대로 간직하고 있었다. 그 종족은 역사나 시간에 속해 있지 않았다. 저것을 내가 먹었구나, 저 아득한 수억만 년의 표정과 질감을 끓여서 국물로 마셨구나……

어느 날, 식당 수족관에 어린 물곰이 잡혀와 있었다. 물곰은 어린 시절부터 늙음의 표정을 지니고 있었다. 물곰은 태어날 때부터 수억만 년의 늙음을 이미 생명의 바탕에 깔고 있었다. 아마도 물곰은 공격본능이나 방어본능으로부터 얼마쯤은 벗어나 있는 물고기인 듯싶었다. 저러한 늙음, 흐느적거림, 시간으로부터의 자유가 물곰의 살과 뼈에 녹아들어서 그것을 끓인 국물이 인간을 위로하는 것이려니 싶었다. 어린 물곰은 이미 수억만 년 늙어 있었고, 늙었다기보다는, 그 늙음 위에서 새로 태어나고 있었다.

초겨울부터 대게가 잡히기 시작하면 죽변항은 그야말로 살판난다. 아침마다 어선들은 위판장에 수천 마리의 대게를 쏟아놓는다. 대게들은 크기별로 분류되어, 대체로 10열 종대로 100마리씩 묶음이 되어 경매에 부쳐진다. 어부들은 대게가 달아나지 못하도록 뒤집어놓는다. 뒤집힌 대게는 꼼짝 못하고 다리 10개로 허공을 긁으면서 발버둥친다. 일단 뒤집히고 나면 발버둥쳐봐야 아무 소용 없지만, 발버둥질을 그치지 않는다. 발버둥질이 소용없는 까닭은 발버둥쳐봐야 걸리는 것이 없기 때문인데, 대게는 걸리는 것을 찾아서 걸리는 것 없는 허공을 긁어댄다. 대게는 몸을 다시 뒤집어서 다리로 땅을 딛지 못하면 달아날 수 없다. 뒤집힌 몸을 다시 뒤집을 수가 있는가, 없는가. 이 무서운 질문은 대게에게나 인간에게나 똑같이 무서웠다. 나는 어느 날 아침 위판장에서, 뒤집기에 성공한 대게가 물 쪽을 향해서 필사적으로 달려가는 광경을 목격했다. 대게는 다리 10개를 송곳처럼 일으켜세워서 땅을 짚었다. 집게다리 두 개는 위로 추켜올려서 전진 방향의 전방을 엄호했다. 대게는 땅과의 마찰 면적을 최소한으로 줄이면서 다리 8개를 하나의 이동 방향을 향해 질서 있고 민첩하게 작동시켰다.

대게는 마치 장대높이뛰기 선수처럼 땅 위의 점을 딛고 몸을 솟구쳐올렸다. 대게는 죽음의 10열 종대를 벗어나 물 쪽으로 맹렬히 달려갔다. 대게는 흘러가는 그림자처럼 땅 위를 스치며 이동했다. 대게의 다리는 정교하게 짜맞춘 크레인들이 완벽한 하모니를 이루고 있는 것처럼 보였다. 대게가 선착장에서 물로 뛰어내리려는 순간, 경매중개인이 대게를 집어서 다시 10열 종대 안에 거꾸로 뒤집어놓았다. 끌려온 대게는 다리 10개로 허공을 긁어댔다.

대게는 껍데기 안에 살을 지니고 있다. 살은 달고 향기롭다. 대게는 바다 밑바닥에 몸을 붙이고 사는데, 대게의 살에서는 바다의 냄새가 나지 않고 꽃의 향기가 난다. 대게의 향기는 전복, 해삼, 멍게, 골뱅이, 오징어의 냄새와는 전혀 다르다. 대게의 살은 다른 동물의 근육처럼 이동하는 데 쓰이는 것 같지는 않다. 그 살은 수축이나 이완의 기능이 전혀 없다. 대게는 관절의 힘으로 이동한다. 대게의 살 중에서 집게다리 속에 저장된 살이 가장 향기롭다. 대게의 다리들 중에서 집게다리가 가장 고달프고 위태롭다. 집게다리는 적과 싸우는 무기이고, 이동할 때 방향을 잡는 안테나이며 먹이를 집어먹는 팔이다. 대게는 집게다리로 먹이를 움켜서 입으로 밀어넣는다. 사람이 숟가락질로 밥을 떠먹는 동작과 흡사하다. 나는 대게의 몸동작에 대해서 해양연구소의 연구원들에게 물어보았더니, 소상히 가르쳐주었다. 대게의 집게다리는 싸우기와 먹기를 동시에 수행한다. 대게는 그 고달픈 다리 속에 가장 향기로운 살을 저장한다. 대게를 먹으면서 그 고달픔과 향기의 관계를 생각했다. 대게의 꿈과 가오리의 꿈과 인간의 꿈이 만나는 자리가 반드시 있을 것이다. 그런 난데없는 생각들이 내 마음을 스치고 지나갔다. 울진에서 나는 늘 세상 구경 처음 하는 사람처럼 이리저리 쏘다니며 기웃거렸다.

울진은 맑은 땅이다. 저절로 이루어진 것들의 숨결이 울진에는 보존되어 있다. 아, 봉평신라비鳳坪新羅碑(국보 242호)의 글씨체는 얼마나 맑고 순결한가. 서예가 하나의 양식으로 고정되기 이전의 맑음과 천진함이 그 글씨체 속에 살아 있다. 글씨들은 수줍게 웃고 장난친다. 울진에서는 바다 쪽으로 시선이 열리고 콧구멍도 열려서 들이마실 공기와 빛이 얼마든지 생겨난다. 갈 곳 많고 먹을 것 많고 들여다볼 것이 많아서, 나는 노느라고 나의 작업을 다 마치지 못했다. 인간의 놀이터는 무한강산이라는 것을 나는 울진에서 알았다.

죽변등대는 내 아침산책의 끝이었다. 등대는 희고 군더더기가 없고 깔끔했다. 과장되거나 모자라는 구석이 없었다. 단정한 등대였다. 죽변등대는 20초에 한 번씩 섬광을 발한다. 죽변등대의 섬광은 37킬로미터까지 뻗어나간다. '20초 1섬광'은 죽변등대의 개별성이다. 지구상의 모든 등대들 중에서 죽변등대만이 '20초 1섬광'이다. 배들은 그 섬광을 보고 죽변항의 위치를 알고 자신의 위치를 인식한다. 상대의 위치를 알아야 나의 위치를 알 수 있는 것이다. 나 혼자서는 나의 위치를 알 수 없다. 그 등대가 여기는 죽변, 여기는 죽변……이라고 어두운 바다를 향해 신호를 보내고 있다. 거기가 울진이다.

울진에 머무는 동안 나를 보살펴준 동해연구소와 울진의 착한 벗들에게 감사한다.

서해

울진에서 일산으로 돌아왔다가 나는 또 도시를 견디지 못하고 서해안으로 옮겨갔다.

나는 몇 달 전부터 경기만의 작은 섬에 머물고 있다. 경기만의 바다는 밀물 때 가득하고 썰물 때 아득하다. 섬은 육지와 도로로 연결되어서 자동차로 드나들 수 있지만 시야 너머까지 갯벌이 펼쳐져서 뚝방길로 들어오는 자동차의 모습은 외해外海로 나가는 선박과 같다. 자동차는 땅의 저항을 받아서 앞으로 나가지만, 갯가로 다가오는 운전자의 시야는 갯벌의 무한감에 빨려들어가서, 바퀴 밑 땅바닥의 견고함은 문득 증발한다.

이 섬을 드나드는 빛은 비스듬하다. 아침의 빛은 멀리서 오고 저녁의 빛은 느리게 물러가서 하루의 시간은 헐겁고 느슨하다. 이 섬의 빛은 어둠과 대척을 이루지 않는다. 빛이 어둠을 몰아내지 않고 어둠이 빛을 걷어가지 않는다. 빛과 어둠은 지속되는 시간의 가루들을 서로 삼투시켜가면서 교차되는데, 그 흐름 속에 시간과 공간은 풀어져서 섞여 있다. 어둠에 포개지는 빛이 비스듬히 기울 때 풍경은 멀고 깊은 안쪽을 드러낸다. 빛은 공간에 가득 차지만 공간을 차지하지 않고 빈 것을 빈 것으로 채워가면서 명멸한다. 만조의 바다 위에 내리는 빛은 먼 수평선 쪽이 더 찬란하다. 그 먼 빛들의 나라로 들어가면 그 나라의 빛은 더 먼 나라에서 빛나고 있을 터이다. 그래서 빛의 나라는 무진無盡강산이다. 밀물은 마을 앞 방조제 턱밑까지 바싹 달려들고 썰물의 갯벌은 수평선에 포개진다. 빛은 물 위에 내려앉지만 물을 디디지는 않는다. 밀물 때 먼 나라의 빛들은 물에 실려서 섬으로 들어오고, 물이 빠지면 붉은 석양의 조각들이 갯벌 위에 떨어져서 퍼덕거린다. 이 섬에서는 빛이 공간 속을 드나드는 모습과 바닷물이 시간 속을 드나드는 모습이 닮아 있다. 이 흐름 속에서 시간과 공간, 어둠과 밝음, 채움과 비움처럼, 인간이 세계의 골격으로 설정해 놓은 개념들은 스스로 소멸한다. 개념들이 소멸할 때 그 개념에 해당하는 실체가 애초부터 존재하지 않았거나 아직 확보되지 않았다는 것을 겨우 알게 되는데, 이러한 저녁의 자유는 난감하다.

이 마을의 고기잡이배들은 모두 5톤 미만이다. 2톤짜리, 1.5톤짜리도 있다. 2톤짜리 배는 영업용 택시 두 대를 합쳐놓은 크기다. 항법장치나 통신장비가 없어서 배들은 관제소의 인도를 받지 못한다. 육지에서 발신되는 신호들이 배에 닿지 못하고, 배들은 어부들의 목측으로 이동한다. 배들은 바다에서 밤을 지낼 수 없어서 물때에 맞춰서 포구를 드나든다. 배들은 텃밭처럼 가까운 마을 어장에서 물고기 네댓 마리를 건져올린다. 일 나간 배들은 마을에서도 빤히 보이는데, 누구네 집 배인지도 알 수 있다.

"여보 점심때 만두 끓이려는데 들어와서 먹구 가."

"아냐. 지금 좀 잡히는데, 아예 끝내고 다음 물에 들어갈게, 어머니랑 먼저 먹어."

일 나간 어부와 집에서 기다리는 아내 사이에 이런 대화가 핸드폰으로 오고간다.

저녁 밀물에 배들은 포구로 돌아온다. 고기잡이배들이 포구 선착장에 이마를 대고 있는 모습을 멀리서 보면 수초에 붙은 물고기 같다. 영세성은 소형어선들의 운명의 표정인데, 이 영세성은 강인함으로 단련되어 있다. 이 마을 바다에서는 바늘 끝만한 새우들도 가슴을 갑각甲殼으로 무장하고 먹이사슬의 맨 밑바닥을 바쁘게 쏘다니고 있다. 그것들의 총칭은 갑각류이다.

썰물 때, 어선들은 갯벌에 얹혀서 그 신산한 몸통을 햇볕에 말린다. 어선은 그 뼈대를 모두 햇볕에 드러내놓고 빛 속으로 풍화되어간다. 빛이 어선에 닿으면, 어선 몸통의 물기가 마르면서 바람에 날아간다. 어선은 조금씩 빛의 가루가 되어서 공기 속으로 흩어지는 환영을 이룬다. 어선들은 남루하고 지저분하지만, 그 무질서한 갑판 위에 필요 없는 물건은 한 점도 실려 있지 않다. 모든 어로장비와 잡동사니들은 작업의 순서와 인간 육체의 공학적 기능에 맞춰서 다들 제자리에 정확히 배치되어 있다. 어선의 헝클어진 모습은 가지런한 무질서이며 시원적始原的 삶의 경건성이다. 어선은 작업의 내용을 형식으로 얽어매지 않고 무질서한 외양으로 흩어놓는다. 그 노동의 표정은 허술하고도 단단하다. 삶의 하중이 중첩된 그 표정이 오히려 느슨해 보이는 까닭은 새롭게 다가오는 무게를 감당하기 위해서 지나간 시간의 무게를 비우기 때문일 것인데, 그때 비워지는 무게는 하중이 아니라 표정으로 드러난다. 무거움을 가벼움으로 드러내 보이는 그 표정은 생애화된 노동의 풍경이다.

보름사리에 썰물은 수평선 너머로 몰려간다. 그때 오래전에 이 바다에서 침몰한 목선들의 형해가 미라처럼 갯벌 위에 드러난다. 뻘에 묻혀서 삭아버린 그 어선들은 이제는 아무런 중량감이나 실물감이 없고 다만 어선의 혼백처럼 흔적뿐인데, 그 가벼움에는 더이상 감당해야 할 무게가 남아 있지 않다.

어촌마을 건조대에는 손바닥만한 물고기들이 햇볕에 말라간다. 잡혀온 물고기들은 내장 속까지 석양을 받으며 건조대에서 말라가고 있다. 물고기나 뱀이 수백만 년의 세월 동안 저 자신의 생명을 환경에 적응시켜가면서 새로 바뀌었다고 진화론에 적혀 있지만, 건조대에서 말라가는 작은 물고기의 뼈대 속에서 새가 되지 못한 것의 꿈과 고난은 수백만 년의 파도 속을 떠돌고 있었다.

개별적으로 창조된 생명이란 없다고, 내가 젊어서 읽은 과학책에 쓰여 있었는데, 진화는 개별적 생명의 온전성을 부정하는 것이 아니라 오히려 그 독자성의 전개과정이었을 것이다. 생명이 멸종되고 살아남는 전개과정의 한 단계라고 해서 그 작은 물고기의 개별적 독자성이 훼손되지는 않을 것이다. 그러므로 쥐라기 시조새의 날개 끝에 돋아 있던 발톱은 생명의 전개과정의 한 대목이면서 그 자체의 독자성이다. 섬을 어슬렁거리는 내 마음속에서, 건조대에서 말라가는 작은 물고기의 내장과 소형어선의 엔진과 쥐라기 시조새의 발톱은 대등한 위상과 기능을 갖는다. 그것들은 모두 수백만 년의 시공을 건너서 멸절의 위기를 통과해가고 있고, 소형어선은 그 바다에 그물을 내리고 미끼를 놓아서 비상의 꿈으로 퍼덕이는 물고기 몇 마리를 건져올린다.

내가 사는 섬의 앞쪽에는 더 작은 섬들이 있다. 빛이 비스듬히 드나들고 풍경이 넓게 전개되어서 아침에는 서쪽 섬이 멀어 보이고 저녁에는 동쪽 섬이 멀어 보인다. 저녁에, 그 작은 섬들에 등불이 반짝여서 거기에 사람이 살고 있음을 알 수 있다. 등불은 짐승이 숨을 쉬듯이, 바람 속에서 깜박거린다.

젊은이들이 다들 도시로 떠나고 섬에는 노인들만 남아 있다. 아기가 없는 섬에 유모차가 많다. 대처의 젊은 부부들은 아이가 걷기 시작하면 유모차를 버린다. 노인들은 젊은 부부들이 쓰다 버린 유모차를 섬으로 가져와서 걸음걸이할 때 의지로 삼는다. 밭일 나갈 때, 바지락 캐러 갈 때, 이웃에 마실 갈 때, 누가 온다고 기별이 와서 선착장에 마중 나갈 때, 노인들은 이 유모차에 기대어 조심조심 걸어간다. 집집마다 마당에 유모차들이 놓여 있다. 노인들은 갯벌 가장자리에 유모차를 세워놓고 뻘 안으로 들어가서 바지락을 캔다. 유모차 좌석

위에 나무판을 깔고, 거기에 바지락과 호미, 꼬챙이, 고무장화를 싣고 노인들은 그 무게에 의지해서 집으로 돌아온다. 몸의 무게와 짐의 무게가 서로 기대면서, 석양에 긴 그림자를 이끌고 몸과 짐이 함께 이동한다. 손자가 자라서 유모차를 졸업하자 손자의 유모차를 밀고 다니는 노인도 있었다. 허리가 굽은 노인은 남성보다 여성 쪽이 훨씬 더 많다. 여자들은 생리, 출산, 하혈, 수유, 눈물로 피와 육즙을 모두 빨려서 그렇게 꼬부라진 것이라고, 젊어서 마누라 속 많이 썩인 늙은 어부가 말해주었다. 어부의 말은 의학적으로 타당하게 들렸다.

섬의 유모차들은 모두 물건을 실을 수 있도록 바구니를 붙였고, 헐거워진 이음새를 고무줄로 고정시켰다. 유모차는 아이와 노인 사이를 건너가면서, 용도 변경에 따른 외양을 갖추고 있었다. 그 유모차도 2톤짜리 어선처럼 불가결한 것들만으로 구성되어서 무거운 것들을 가벼운 표정으로 드러내고 있었다. 섬에서, 소형어선의 엔진과 작은 물고기의 내장과 노인들의 유모차는 동일한 계통발생에 놓여 있다.

안개 낀 봄날 저녁에 한 60대 사내가 아내를 태운 휠체어를 밀면서 갯벌로 뻗은 뚝방길 저쪽 끝으로 가고 있었다. 그 사내는 휠체어 포켓에서 물병을 꺼내서 아내의 입에 대어주었고, 수건으로 입을 닦아주었다. 뚝방길 끝 쪽은 어둠 속으로 가라앉았고, 물때가 바뀔 시간이었다. 나는 이쪽 갯가에 앉아서 그 사내가 휠체어를 돌려서 나오기를 기다렸다. 나는 아무 인연도 없는, 생면부지의 사내와 휠체어를 기다렸다.

"물 들어옵니다. 그만 돌아오시오"라고, 나는 소리치고 싶었다. 바다가 어두워지고, 밀물이 차츰 다가왔을 때 그 사내는 돌아왔다. 갯가에 자동차가 세워져 있었다. 그 사내는 아내를 안아서 차에 태우고 휠체어를 접어서 뒷자리에 실었다. 사내는 차를 몰아서 마을을 떠났다. 그는 이 마을 주민이 아니었다. 나는 그 부부의 생애를 짐작할 수 없었다. 그가 사라진 쪽을 한참 동안 바라보다가 나는 마을로 돌아왔다. 유모차를 밀고 나갔던 노인들도 모두들 마을로 돌아와 있었다. 창문마다 노란 불이 켜졌고, 방안에서 저녁밥상에 둘러앉은 사람들의 말소리가 들렸다. 폐타이어나 플라스틱 함지박에 심은 조롱박이 비닐끈을 타고 올라와서 그 창문에 넝쿨손을 내밀고 있었다. 말리던 생선과 빨래를 모두 거두어들여서 건조대와 빨랫줄은 비어 있었다. 바다에 나갔던 새들이 숲으로 돌아갔고, 나는 방으로 돌아왔다. 책상 위에는 원고지의 무수한 빈칸이 펼쳐져 있었다.

밥 1

아, 밥벌이의 지겨움!! 우리는 다들 끌어안고 울고 싶다. 배터리가 다 떨어지면 핸드폰은 꼬르륵 소리를 내면서 죽는다. 핸드폰이 죽는 소리는 가볍고 하찮다. 핸드폰은 아무런 의미도 없는 유언을 남기고 죽는다. 핸드폰이 죽을 때 내는 이 꼬르륵 소리는 대선사들의 오도송悟道頌보다도 더 절박하게 삶의 하찮음을 일깨운다. 핸드폰이 꼬르륵 죽어버리면 나는 이 세계와 단절된다. 거리에서, 핸드폰이 꼬르륵 죽어버리면, 나는 문득 이제 그만 살고 싶어진다. 내가 이 세상과 단절되는 소리가 이처럼 사소하다니. 꼬르륵……

모든 '먹는' 동작에는 비애가 있다. 모든 포유류는 어금니로 음식물을 으깨서 먹게 되어 있다. 지하철 계단에 쭈그리고 앉아서 짜장면을 먹는 걸인의 동작과 고급 레스토랑에서 냅킨을 두르고 거위간을 먹는 귀부인의 동작은 같다. 그래서 밥의 질감은 운명과도 같은 정서를 형성한다.

전기밥솥 속에서 밥이 익어가는 그 평화롭고 비린 향기에 나는 한평생 목이 메었다. 이 비애가 가족들을 한울타리 안으로 불러모으고 사람들을 거리로 내몰아 밥을 벌게 한다. 밥에는 대책이 없다. 한두 끼를 먹어서 되는 일이 아니라, 죽는 날까지 때가 되면 반드시 먹어야 한다. 이것이 밥이다. 이것이 진저리나는 밥이라는 것이다.

밥벌이도 힘들지만, 벌어놓은 밥을 넘기기도 그에 못지않게 힘들다. 술이 덜 깬 아침에, 골은 깨어지고 속은 뒤집히는데, 다시 거리로 나아가기 위해 김 나는 밥을 마주하고 있으면 밥의 슬픔은 절정을 이룬다. 이것을 넘겨야 다시 이것을 벌 수가 있는데, 속이 쓰려서 이것을 넘길 수가 없다. 이것을 벌기 위하여 이것을 넘길 수가 없도록 몸을 부려야 한다면 대체 나는 왜 이것을 이토록 필사적으로 벌어야 하는가. 그러니 이것을 어찌하면 좋은가. 대책은 없는 것이다.

모든 밥에는 낚싯바늘이 들어 있다. 밥을 삼킬 때 우리는 낚싯바늘을 함께 삼킨다. 그래서 아가미가 꿰어져서 밥 쪽으로 끌려간다. 저쪽 물가에 낚싯대를 들고 앉아서 나를 건져올리는 자는 대체 누구인가. 그 자가 바로 나다. 이러니 빼도 박도 못하고 오도 가도 못한다. 밥 쪽으로 끌려가야만 또다시 밥을 벌 수가 있다.

예수님이 인간의 밥벌이에 대해서 말씀하시기를 "하늘을 나는 새를 보라. 씨 뿌리지도 않고 거두지도 않거늘 하늘에 계신 아버지께서 먹이시느니라"라고 하셨다지만, 나는 이 말을 믿지 못한다. 하느님이 새는 맨입에 먹여주실지 몰라도 인간을 맨입에 먹여주시지는 않는다.

봄에, 새잎 돋는 나무를 바라보면서 나는 늘 마음이 아팠다. 나무들은 이파리에 엽록소가 박혀 있어서 씨 뿌리지도 않고 거두지도 않으면서 햇빛과 물을 합쳐서 밥을 빚어낸다. 자신의 생명 속에서 스스로 밥을 빚어내는 나무는 얼마나 복 받은 존재인가. 사람의 밥은 사람들 사이의 관계 속에서 굴러다닌다. 그래서 내 밥과 너의 밥이 뒤엉켜 있다. 핸드폰이 필요한 것이다. 엽록소가 없기 때문에 핸드폰이 있어야 한다. 그래서 다들 핸드폰을 한 개씩 차고 거리로 나아간다.

무슨 헛소리를 하려고 이 글을 시작했는지 모르겠다. 밥벌이는 밑도 끝도 없다. 그러니 이 글에는 결론이 없어도 좋을 것이다. 나는 근로를 신성하다고 우겨대면서 자꾸만 사람들을 열심히 일하라고 몰아대는 이 근로감독관들의 세계를 증오한다. 나는 이른바 3D 업종으로부터 스스로 도망쳐서 자신의 존엄을 지키는 인간들의 저 현명한 자기방어를 사랑한다.

그러므로 이 세상의 근로감독관들아, 제발 인간을 향해서 열심히 일하라고 조져대지 말아달라. 제발 이제는 좀 쉬라고 말해달라. 이미 곤죽이 되도록 열심히 했다. 나는 밥벌이를 지겨워하는 모든 사람들의 친구가 되고 싶다. 친구들아, 밥벌이에는 아무 대책이 없다. 그러나 우리들의 목표는 끝끝내 밥벌이가 아니다. 이걸 잊지 말고 또다시 각자 핸드폰을 차고 거리로 나가서 꾸역꾸역 밥을 벌자. 무슨 도리 있겠는가. 아무 도리 없다.

밥 2

황사바람 부는 거리에서 전경들이 점심을 먹는다. 외국 대사관 담 밑에서, 시위군중과 대치하고 있는 광장에서, 전경들은 땅바닥에 주저앉아 밥을 먹는다. 닭장차 옆에 비닐로 포장을 치고 그 속에 들어가서 먹는다. 된장국과 깍두기와 조린 생선 한 토막이 담긴 식판을 끼고 두 줄로 앉아서 밥을 먹는다. 다 먹으면 신병들이 식판을 챙겨서 차에 싣고 잔반통을 치운다. 시위군중도 점심을 먹는다. 길바닥에 주저앉아서 준비해온 도시락이나 배달시킨 짜장면을 먹는다. 전경들이 철가방을 들고 온 배달원의 길을 열어준다. 밥을 먹고 있는 군중의 둘레를 밥을 다 먹은 전경들과 밥을 아직 못 먹은 전경들이 교대로 둘러싼다. 시위대와 전경이 대치한 거리의 식당에서 기자도 짬뽕으로 점심을 먹는다. 다 먹고 나면 시위군중과 전경과 기자는 또 제가끔 일을 시작한다. 밥은 누구나 다 먹어야 하는 것이지만, 제 목구멍으로 넘어가는 밥만이 각자의 고픈 배를 채워줄 수가 있다. 밥은 개별적이면서도 보편적이다. 시위현장의 점심시간은 문득 고요하고 평화롭다. 황사바람 부는 거리에서 시위군중의 밥과 전경의 밥과 기자의 밥은 다르지 않았다. 그 거리에서, 밥의 개별성과 밥의 보편성은 같은 것이었다. 아마도 세상의 모든 밥이 그러할 것이다.

남태평양

나에게 여행은 세계의 내용과 표정을 관찰하는 노동이다. 계절에 실려서 순환하는 풍경들, 노동과 휴식을 반복하면서 사람들이 살아가는 모습들, 지나가는 것들의 지나가는 꼴들, 그 느낌과 냄새와 질감을 내 마음속에 저장하는 것이 내 여행의 목적이다. 나는 여행할 때 늘 성능 좋은 망원경을 두어 개 가지고 간다. 롱샷으로 크고 먼 풍경을 넓게 관찰하는 망원경이 있고 하나의 포인트를 가깝게 당겨서 들여다보는 망원경도 있다. 바다로 막히고 길이 끊어져서 갈 수 없는 저편의 노을과 구름, 숲으로 가는 새들, 갯벌에서 무언가를 줍는 사람들, 썰물에 갇힌 낡은 어선들, 선착장 쓰레기통에 쌓인 소주병들, 노는 아이들과 개들, 물가에 오랫동안 혼자 앉아 있는 늙은 여자를 나는 망원경으로 관찰한다. 망원경 속에서, 생활은 영원하다. 저물어서, 늙은 농부가 경운기를 몰아 집으로 돌아갈 때 나는 느낌으로 가득 차서 여관으로 돌아간다. 내 느낌은 대부분 언어화되지 않는다.

다윈(1809~1882)의 행복은 그가 과학자의 언어를 가지고 있었다는 점이다. 1831년 겨울에 젊은 다윈은 비글호를 타고 영국 포츠머스 항을 떠나서 남미 해안, 마젤란 해협, 갈라파고스, 타히티, 뉴질랜드, 호주, 아프리카 남단을 돌면서 자연과 생명을 관찰하고 분석하고 기록했다. 그 여행기가 『비글호의 항해』다. 다윈은 여행에 대한 낭만적 환상이 없었다. 그의 여행은 자유나 일탈이 아니었다. 그는 포괄적인 관찰과 정밀한 과학의 언어로 멸종과 현존 사이의 수억 년을 건너간다. 다윈의 새들은 멸종을 잇대어가며 수억 년의 시공을 건너가고 있다. 그 시공 속에서 스스로를 변화시키지 않고서 살아남을 수 있는 생명은 없다.

비글호의 항해는 5년이 걸렸다. 비글호는 전장 27미터, 무게 240톤, 쌍돛대 범선에 대포가 10문 장착되어 있었다. 비글호는 영국 해군의 측량선으로 그 임무는 전 세계를 돌면서 경도를 측정해서 땅과 바다의 올바른 위치를 파악하는 것이었고, 다윈은 박물학자로서 그 항해에 동승했다.

비글호의 선장은 로버트 피츠로이(1805~1865)였다. 1831년 겨울에 모항인 포츠머스를 떠나서 장도長途에 오를 때 다윈은 스물두 살이었고 피츠로이 선장은 스물여섯 살이었다. 피츠로이 선장은 영국 해군사관학교를 갓 졸업한 젊은 장교였다. 피츠로이는 거친 수병들을 지휘해서 통신장비와 항법장치가 없는 범선으로 지구의 모든 바다를 돌면서 임무를 수행했고 5년 후에 모항으로 돌아왔다. 그들의 젊음은 늘 나를 경악케 한다. 피츠로이 선장은 지구의 모든 바람들의 발생과 전개와 소멸의 과정, 그 힘의 크기와 질감을 모두 몸으로 확인했던 모양이다. 그는 은퇴 후에 기상학을 연구했고 기압계를 발명해서 인류가 폭풍을 예보하는 길을 열었다. 피츠로이 선장은 물과 바람의 아들이었고 일기예보의 선구자였다. 나는 늘 내 여행이 포츠머스 항구를 떠나던 날의, 저 젊은 이들의 항해와 같기를 바랐으나 나에게는 비글호가 없다.

나는 2012년 2월 중순에 7일간 미크로네시아 연방의 섬들을 여행했다. 미크로네시아 연방은 괌과 뉴기니 사이의 방대한 해역에 흩어진 6백여 개의 섬과 주민들을 아우르는 연방국가다.

1519년에 마젤란은 신혼의 처자식을 딱 잘라버리고 다섯 척의 선단으로 출항했다. 선원은 270명이었는데, 아홉 개 나라에서 끌어모았다. 사내들은 돛폭 끝에 붙은 가죽을 뜯어먹으면서 태평양을 건너갔다.

1521년 3월에 마젤란 함대는 처음으로 이 미크로네시아 해역에 진입했고, 그로부터 3백여 년 뒤에 피츠로이 선장의 비글호는 이 해역의 남쪽을 멀리 돌아나갔다. 나는 비행기를 타고 미크로네시아에 다녀왔다.

돌아와서 책상 앞에 앉았다. 연필을 들면 열대의 숲과 바다가 마음속에 펼쳐진다. 숲을 향하여 할 말이 쌓인 것 같아도 말은 좀처럼 나오지 않는다. 들끓는 말들은 내 마음의 변방으로 몰려가서 저문다.

숲속으로 들어가면 숲을 향하여 말을 걸 필요가 없다는 것을 알게 되지만 태어나지 못한 말들은 여전히 내 속에서 우글거린다. 열대의 숲은 '사납고 강력하다'고 써봐도 숲과는 사소한 관련도 없다. 열대의 숲은 사납거나 강력하지 않고 본래 스스로 그러할 뿐이다.

나는 사전에 실린 그 많은 개념어들의 상당 부분을 이해하지 못한다. 겨우 그 뜻을 짐작하는 단어도 고삐를 틀어쥐고 부리지는 못한다. 그 단어들은 낯설어서 근본을 알 수 없고 웃자라서 속이 비어 있다. 말이 아니라 헛것처럼 느껴진다.

열대밀림 속에서는 무위자연無爲自然이라는 말이 성립되지 않는다. 그 말은 허망해서 그야말로 무위하다. 열대밀림은 동양 수묵화 속의 산수가 아니다. 열대밀림은 인문화할 수 없고 애완할 수 없는 객체로서의 자연이다. 그 숲은 인간 쪽으로 끌어당겨지지 않는다. 자연은 그윽하거나 유현幽玄하지 않다. 자연은 저 자신의 볼일로 가득 차서 늘 바쁘고 인간에게 냉정하다. 자연은 인간에게 적대적이거나 우호적이지 않지만 인간은 우호적이지 않은 자연을 적대적으로 느낀다. '무위'는 자연의 본질을 말하는 것이 아니라, 거기에 손댈 수 없는 인간의 무력함을 말하는 것이라고 열대의 밀림은 가르쳐주었다. 높은 나무들의 꼭대기까지 잎 넓은 넝쿨이 감아올라갔고 나무와 넝쿨이 뒤엉켜 비바람에 흔들렸고 덩치 큰 새들이 짖어댔다.

한국해양과학기술원 산하의 한·남태평양 해양연구센터KSORC는 추크Chuuk 주의 바닷가에 있다. 한국의 젊은 과학자들이 거기서 해양생태환경을 연구하면서 바다 쪽으로 산업의 영역을 넓힐 궁리를 하고 있다. 나는 그 연구소에서 숙식했다.

추크는 225킬로미터의 원형 환초로 둘러싸여서, 대양 속의 호수와 같다. 그 안에 80여 개의 화산섬이 흩어져 있다. 환초 안은 수심이 40미터 정도지만 환초 밖은 1천 미터가 넘게 깊어진다. 섬 둘레의 물가에 잘피 숲이 우거져 있고, 그 수초의 이파리 사이에서 온갖 기묘한 무늬를 가진 작은 물고기들이 빠르게 움직이고 있었다. 나는 물안경과 호흡기를 쓰고 물속을 들여다보았다. 작은 물고기들의 나라는 꿈속 같았고, 이 세상이 아니었다. 물고기가 이동할 때 몸의 색깔은 산호와 수초의 색깔에 맞게 변해갔다. 그것들의 무늬와 생김새는 하늘의 별보다도 더 다양했고, 그것들의 몸놀림은 정靜과 동動 사이에 경계가 없었다. 영롱하고 발랄한 목숨들이었다.

"물고기들은 왜 저마다 저러한 무늬를 갖게 되는가"를 젊은 과학자들에게 물어보았다. "그것이 종의 특수성이다"라고 과학자들은 대답해주었다. 그 대답은, 그 질문처럼 답답한 인간의 언어였다. 갈라파고스 군도에서 다윈은 섬마다 서로 다른 생물군이 살고 있고, 거북이 등 껍데기의 무늬와 두께와 생김새도 섬마다 다르다는 것을 알았다. 그리고 갈라파고스의 그 많은 종들은 거기서부터 1천 킬로미터쯤 떨어진 아메리카 대륙의 생물들과 친연성을 갖는다는 것을 다윈은 알았다. 그것은 인간이 자연을 인식해온 역사에서 놀라운 전환이었다. 그러나 한 섬의 토착종은 왜 그러한 모양인가에 대해서 다윈의 책은 분명한 답을 주지 못한다. 다윈은 다만 그것이 생존의 조건과 관련이 있을 것이라고만 설명하고 있다. 다윈은 아직도 관찰중이고, 진화론은 지금 진화중이다.

파브르(1823~1915)는 『식물기』의 마지막 페이지에서 "나에게 더이상 묻지 말아달라"면서도 이 세상 꽃들의 색깔과 향기의 비밀을 말해주겠다고 약속했다. 파브르는 그 약속을 지키지 못하고 죽었다. 그가 좀더 오래 살았더라도 이 세상 꽃들이 제가끔 저러한 색깔로 태어나는 사태에 대하여 "그것이 종의 특수성"이라는 말 이상의 설명을 할 수가 있었을까. 나는 열대 바닷속의 작은 물고기들을 들여다보면서 죽은 파브르를 걱정했다. 물속으로 들어온 햇빛이 작은 물고기들의 몸통에서 반짝였다.

열대의 바다에서는 아침의 첫 빛이 수평선 전체에서 퍼져 오른다. 열대의 바다와 숲은 일사각이 45도쯤에 자리잡는 오전 9시께부터 갑자기 빛으로 가득 찬다. 숨어 있던 색들이 일제히 제 모습을 드러내고 꽃들은 원색으로 피어난다. 색들은 열려서 익어간다. 열대 해역에는 바람이 없어서 풍경 전체는 문득 거대한 액자처럼 보인다. 깃발도 나뭇잎도 풍향계도 흔들리지 않고 구름이 물 위에 멎는다. 햇빛을 받는 바다는 해안에서 원양까지 연두에서 울트라마린블루의 스펙트럼을 펼치는데, 해가 중천으로 오를수록 울트라마린블루는 멀어져가고 햇빛은 수평선 위에서 하얗게 들끓는다.

열대 바다의 저녁은 저무는 해의 잔광이 오랫동안 하늘에 머물러서, 색들은 늦도록 수면 위에서 흔들리고 별들은 더디게 돋는다. 어둠으로 차단된 수억 년의 시공 저편을 별들은 건너온다. 별은 보이지 않고 빛만이 보이는 것인데, 사람의 말로는 별이 보인다고 한다. 크고 뚜렷한 별 몇 개가 당도하면 무수한 잔별들이 쏟아져나와 하늘을 가득 메운다. 별이 없는 어둠 속을 오랫동안 들여다보면 눈이 어둠에 젖고 그 어둠 속에서 별들은 무수히 돋아난다. 별이 가득 찬 하늘에서는 내 어린 날의 개구리 울음소리가 들린다.

열대의 바다에서, 색色은 공空으로 소멸하지 않는다. 색들은 생멸을 거듭하면서 공을 가득 채운다. 열대의 바다에서 색과 공은 서로 의지해 있다. 색은 공의 내용이고, 공은 색의 자리이다. 색과 공이 서로 끌어안고 시간 속을 흘러가고 있다. 열대의 바다에서 색과 공은 동행한다.

열대의 바다 밑은 산호의 밀림이다. 산호의 암컷은 보름달

이 뜨는 밤에 일제히 산란한다. 물이 알로 뒤덮이면 수컷들이 정액을 쏟아낸다. 수정란은 보름사리의 물결에 실려서 멀리, 먼 대륙의 연안까지 퍼져나간다. 산호들이 수정하는 보름밤에 태평양은 안개와 같은 정자와 난자로 물이 흐려지고 그 위에 달무리가 뜬다고, 한·남태평양 해양연구센터의 박흥식 박사는 말했다. 내가 머문 동안은 보름은 아니었다. 나는 연구소 숙사에서 잠들었다. 도마뱀이 천장에 붙어서 끽끽 울었다. 도마뱀이 울 때 옆구리가 벌럭거렸다. 도마뱀은 발가락이 네 개짜리도 있었고, 다섯 개짜리도 있었다. 어떤 도마뱀은 발가락 사이에 물갈퀴가 있었고 또 어떤 도마뱀은 물갈퀴가 없었다. 울음소리의 옥타브도 조금씩 달랐다. 새벽의 꿈에 다윈과 파브르, 마젤란과 피츠로이 선장, 그리고 맨발의 원주민들이 물가에 나란히 앉아서 먼바다를 바라보고 있었다. 그들은 다들 늙어 보였다.

항공사진으로 보면, 미크로네시아 추크 주의 환초는 태평양에 뜬 목걸이처럼 보인다. 그 둘레는 225킬로미터이다. 해저의 화산 폭발로 융기된 고지가 물밑으로 가라앉고 그 가장자리에 엉겨붙은 산호의 군락이 수면 위에서 거대한 테를 이루고 있다. 원양의 파도가 환초에 부딪쳐서 깨진다. 포말의 목걸이는 낮에는 하얗게 햇빛에 빛나고, 저녁에는 붉은색에서 군청색으로, 군청색에서 어둠 속으로 잠긴다. 이 해역은 서쪽으로 불어가는 몬순과 동쪽으로 몰려가는 무역풍 사이에서 무풍지대를 이룬다. 적막은 열기에 가득 차 있고 그 적막 속에서 태풍은 일어선다. 태풍은 부드럽게 아무런 기척도 없이 일어서서 마리아나 제도, 일본열도, 한반도 쪽으로 북동진하면서 세력을 키워서 바다를 쓸어간다.

이 해역의 섬들은 모두 화산작용으로 물밑에서 솟아올랐고 산들의 봉우리는 현무암이다. 이 섬들에서 인간의 옛 자취를 증명할 만한 유물은 없지만 노인들은 먼 선조들이 배에 무기를 가득 싣고 보이지 않는 먼 섬으로 가서 여자와 식량을 빼앗아온 일을 자랑으로 구전한다. 세월은 약탈과 살육을 로망으로 바꾸었고 사실과 전설은 이제 구분되지 않는다.

섬의 노인들은 아이들에게 옛날이야기를 들려줄 때, 놈, 놈, 놈이라는 말로 시작한다. 놈, 놈, 놈은 옛날 옛날 아주 먼 옛날에……라는 말인데, 이 도입부는 한반도에서 태어난 내가 어린 날에 듣던 말과 같았다.

놈, 놈, 놈을 앞세우는 섬의 창세기에 따르면, 리고부파누라는 여신이 섬과 바다와 인간과 모든 어족과 바다 밑의 유령의 마을들을 창조했다. 여신은 태평양의 파도로부터 섬들을 보호하기 위해 환초를 만들어서 빙 둘러놓았다고 한다. 환초는 섬의 원주민들이 누리는 특별한 은총이었고, 환초로 둘러싸인 안온한 바다는 그들의 낙원이었다. 여신의 손자 올로파드는 망나니였다. 올로파드는 사람으로 변신해서 밤에 혼자서 잠든 유부녀들의 방으로 들어가 여자를 유혹했고, 여자의 남편이 돌아오면 새로 변신해서 지붕 위로 날아올라가서 깔깔 웃어댔다. 낙원에서도 남자들은 여자를 약탈당할까봐 조바심쳤고, 신은 늘 인간을 시험하고 조롱했던 모양이다.

이 환초의 낙원은 2차대전의 막바지에 지옥으로 돌변했는데, 낙원과 지옥이 본래 따로 있는 것은 아니다.

대항해시대에 범선을 몰아오는 서양의 사나운 항해가들이 이 바다로 항로를 개척한 이래, 스페인, 독일, 일본이 차례로 이 해역에 패권을 건설했고 종전 후에 섬들은 미국의 신탁통치를 받았다. 1986년에 미크로네시아는 섬들의 연방국가로 독립하면서 안보를 미국에 위임했다.

미크로네시아 연방의 헌법 전문은 그 섬들의 고통과 희망을 선명히 드러내면서도 과도한 국가주의를 노출시키지는 않는다.

> 많은 섬들을 한 국가로 만들기 위하여 우리는 우리 문

화의 다양성을 존중한다. 우리들의 서로 다름은 우리를 풍요롭게 한다. 바다는 우리를 격절시키지 않고 하나로 묶어준다. (…) 우리는 이 섬들 이외의 또다른 고장을 원하지 않는다. 전쟁을 겪었으므로 우리는 평화를 원한다. 분열을 겪었으므로 우리는 단결을 원한다. 지배를 겪었으므로 우리는 자유를 원한다. 미크로네시아 국가는 인간이 별들 사이를 항해하는 시대에 태어났다.

일본이 1938년에 선포한 대동아공영권의 구획 설정에 따르면 미크로네시아의 추크 섬은 미국의 해·공군과 대치하는 태평양의 최남방 전진기지였다. 거기서부터 사이판-마리아나-유황도-도쿄를 잇는 축선이 일본의 태평양 동쪽 방어선이었다.

환초로 둘러싸인 추크의 바다는 천혜의 해군기지였다. 원양으로 나가는 수로는 환초의 남쪽과 북쪽에 두 군데만 뚫려 있었다. 이 수로만을 지키면 적의 배는 환초 안으로 들어올 수 없었다. 2차대전 말기에 일본은 이 환초 바다와 섬에 태평양 연합함대 사령부의 모항을 설치하고 군함과 전투기를 끌어모았다.

진주만의 치욕 이후 미국은 총동원 체제로 전쟁에 뛰어들었다. 미해군 수뇌부는 추크 섬을 '일본의 진주만'이라고 불렀다. 1944년 2월 17일, 18일 이틀 동안 미해군 58기동함대는 추크 섬의 일본 해군기지를 폭격했다. 작전명은 '우박 작전'이었다. 항공모함 다섯 척과 경항모 네 척에서 발진한 전투기 5백 대가 환초 안의 일본군 비행장을 부수고 전함을 침몰시켰다. 일본 전함들은 환초로 둘러싸인 바다를 빠져나갈 수 없었다.

환초 안 바다는, 지킬 때는 편안하나 밀릴 때는 퇴로가 없는 사지死地였다. 이틀 동안의 폭격에서 일본군 경항모, 구축함, 순양함 등 39척이 침몰했고 일본군 전투기 275대가 파괴되었다. 침몰한 일본 전함의 총 무게는 22만 톤에 달했다. 이 전투에서 미군 전투기 25대가 일본군의 대공포에 추락했다. 1944년 2월의 참패 후에 일본군은 다시 이 섬에 백여 대의 전투기를 옮겨놓았고, 미군은 4월 29일, 30일 이틀간의 폭격으로 일본군의 남은 군사시설과 전투기들을 부수었다. 전투가 끝난 뒤 미군은 이 섬에 상륙하지 않고 사이판으로 향했다.

미크로네시아 정부는 바다 밑에 수장된 일본 전함들의 이름, 제원諸元, 침몰 위치를 밝혀냈고, 물밑에 가라앉은 거대한 함대의 잔해는 스쿠버다이빙의 세계적 관광명소가 되었다. 전쟁 후에 일본은 잠수부를 동원해서 녹슨 전함 속에 흩어져 있던 전사자들의 유해를 일부 수습했으나 아직도 물밑에는 녹슨 고철 틈에 백골이 널려 있다고 다이버들은 전하고 있다. 이 백골들의 혼백이 충용한 황군皇軍의 넋으로 야스쿠니 신사에 깃들어 평안한 것인지는 알 수 없다.

섬의 원주민 디아코 시삼(77세·여)은 그 전쟁의 나날들을 기억하고 있다. 그때 시삼은 아홉 살이었다. 시삼은 어른들과 함께 산속의 바위틈에 숨었다. 바다에서는 폭탄이 쏟아지고 불기둥이 치솟았다. 죽은 군인들의 시체가 바다를 뒤덮었고 시체가 썩어서 악취가 물속으로 퍼졌다. 물고기들은 어디론가 사라져서 몇 년 동안 돌아오지 않았다. 시삼은 그때 어느 나라와 어느 나라가 무슨 일로 싸우는 줄 몰랐다고 한다. (시삼의 말은 그의 사위인 김도헌씨가 옮겨주었다. 김씨는 한·남태평양 해양연구센터의 현지 직원으로 원주민 여자와 결혼해서 정착했다. 김씨는 1남 3녀를 두었다.)

물밑뿐 아니라 섬의 육상에도 전쟁의 잔해는 널려 있다. 섬의 고지에는 환초에 뚫린 수로를 감제瞰制하는 녹슨 대포와 병영의 건물이 남아 있다. 대포는 구경 22센티미터에 포신 20미터의 직사화기인데 지금도 환초 수로 쪽으로 조준이 고정되어 있고, 대포 주변의 콘크리트 참호는 원주민들이 화장실로 사용하고 있다. 악취가 진동했고 대포 구멍에서 파리떼가 와글거렸다. 녹슨 탱크가 물가에 거꾸로 처박혀 있고, 일본군 병영 건물과 벙커 안에는 원주민들이 살고 있었다. 그 벙커 안에서 며칠 전에 태어난 아기가 포대기에 싸여서 울었고 노파가 부채질을 해서 아이에게 덤비는 파리를 쫓고 있었다. 원주민들은 죽은 조상들의 유해를 집마당이나 울타리 밑에 묻었고, 콘크리트 비석에 생몰연도를 파놓았는데, 글자는 마모되어서 보이지 않았다. 무덤 옆에서 맨발의 아이들이 공기놀이를 했고, 나뭇가지로 불을 피워서 죽을 끓였다.

물고기가 잘피 숲에 모여 살듯이 그들은 숲속이나 병영의 잔해에 깃들여 있었다. 그들은 가난하지만 숲에서는 먹을 것을 쉽게 구할 수 있다. 그들의 가난을 무소유라고 말할 수는 없었다. 여기 와 보니, 무소유는 소유가 있고 나서야 말할 수 있는, 스타일리시한 개념이었다.

내버린 자동차들의 고철이 섬의 곳곳에 널려 있다. 안보를 미국에 위임하면서 미크로네시아는 미국의 재정원조를 받기 시작했다. 1986년부터 2001년까지 13억 달러의 자금이 풀렸고 2004년부터 다시 18억 달러가 책정되었다. 섬에 돈이 돌기 시작하자 여러 나라의 자동차 수출업자들이 섬 주민들에게 중고자동차를 팔았다. 포장도로가 없고 부속품이 없고 수리공장이 없고 연료가 부족한 섬에서 고장난 자동차들은 이 내 버려졌다. 버려진 자동차들은 섬의 해안선에, 길가에, 집들의 마당에 널려 있다. 고철은 바다 밑에도 있고, 마을에도 있고, 마당에도 있다. 고철은 이 수려한 해안선의 대표적 풍경을 이룬다.

추크 섬의 한·남태평양 해양연구센터 인근의 바닷가에는 '태평양전쟁 한국인 희생자 위령비'가 세워져 있다. 비석에는 한국인 3천여 명이 강제징용으로 끌려와 희생되었다고 적혀 있다. 이 숫자가 정확한 것인지 '희생'의 내용이 무엇인지는 분명치 않다. 일제강점하 강제동원피해진상규명위원회가 2009년에 발간한 실태조사보고서(발행인 김용봉)에 따르면, 1939년부터 1941년 사이에 남양군도의 여러 섬으로 송출되어온 한인은 5800여 명에 이른다. 남자 혼자 온 사람도 있었지만 유소년을 포함한 가족을 동반한 노무자들도 많았다. 이들은 모두가 전시동원체제 아래서 조선총독부와 지방행정기관의 적극적인 개입으로 송출된 인력들이었다. 이들은 전쟁 초기에는 사탕수수 농장을 중심으로 하는 농업 노동에 종사했지만, 전쟁의 막바지에는 비행장, 도로, 항만, 참호를 건설하는 토목 노동과 군수품 운반 작업에 배치되었다. 전쟁이 끝난 후에 이들의 운명이 어찌되었는지는 자세히 알려져 있지 않다. 1997년에는 티니안 섬의 밀림에서 한인 유골 5천여 구가 발견되었다.

섬의 원주민 디아코 시삼은 지금도 아리랑 선율을 흥얼거릴 수 있다. 어렸을 때 섬에 징용 왔던 한인 노무자들이 저녁마다 모여서 아리랑을 불렀다고 한다. 일본 군대의 노무자로 끌려온 사람도 있고, 처자식을 데리고 장사를 하러 온 사람도 있었다. 시삼의 기억 속에서 한인들은 농사짓기를 좋아해서 텃밭을 일구어 한국에서 가져온 호박, 감자, 가지의 씨앗을 뿌렸고, 봉숭아와 맨드라미를 심었다. 일본 군인들이 한인 노무자나 원주민들을 때리고 죽이는 모습을 시삼은 수없이 보았다. 시삼은 죽은 한국인의 시신을 묻었던 그 자리를 기억하고 있었으나 지금은 원주민의 사유지가 되었고 밀림에 덮여서 접근할 수 없었다. 한국에서 가져온 맨드라미가 열대의 기후와 토양에 씨를 퍼뜨려서 토착할 수 있었을까. 한인 주거지로 지목되는 숲 언저리에는 맨드라미가 자지러지게 피어서 군락을 이루고 있었다. 이 맨드라미가 그 맨드라미인가.

추크 섬의 국제공항에 가까운 바닷가에는 일본인들이 세운 전몰자 위령비가 태평양을 바라보고 있다. 전몰戰歿이라는 단어는 포괄적이고도 모호해서, 가해와 피해를 구분할 수 없었다. 그 비석에는 전몰자들의 유덕遺德을 후세에 영원히 전하노라는 문구가 적혀 있다. 유덕의 영역은 '기여contribution'였다.

같은 시기에 일본 내륙 도치기 현의 아시오足尾 구리광산에서도 2천 명 이상의 한인이 강제징용되어 있었다. 이 자리에 일본인들이 세운 기념물의 이름은 '순난비殉難碑'이다. 난세를 위해 목숨을 바쳤다는 뜻이다. 기념물들은 희생자들의 죽음을 헌신으로 미화했고, 가해자들은 그 뻔뻔스런 단어 뒤에 숨어 있었다. 고철과 주검과 위령비 들이 널려 있는 해안에 맨드라미가 피어 있었다. 인간과 세계의 야만성은 전개되어서 마침이 없으리라는 것을 울트라마린블루의 해안선은 가르쳐주고 있었다.

갯벌

내륙을 흘러온 큰 강이 하구의 갯벌에 이르러 바다와 합쳐지는 풍경은 소멸이다. 강은 그 흐름을 시간과 공간 속으로 풀어헤쳐버리고 스스로 자진하는데, 저녁 무렵의 만경강 갯벌에서는 그 소멸을 완성이라고 말하고 싶다. 멀거나 큰 풍경은 보이지 않는다. 먼 것들은 그 풍경을 바라보는 자를 눈멀게 한다. 기어이 보려는 자의 시선은 아득한 저편 연안에 닿지 못하고 시선은 방향을 잃는다. 시선의 모든 방향이 열려진 공간에서는 아무것도 보이지 않고, 기어이 보려 하는 자의 갈등은 몸속에 가득 차오른다. 본다는 것은 아마도 걸리적거림이었던 모양이다. 눈앞에 걸리적거리던 모든 것들이 소멸해서, 아무것도 걸려들지 않는 만경강 저녁 갯벌의 자유는 서늘하다. 거기서 세상의 의미를 건져올리던 인식과 개념의 그물코는 일제히 터져버린다. 그물은 작동되지 않는다. 때때로, 대도시의 매연과 소음 속에서 떠오르는 그 저녁 무렵의 갯벌은 공간의 풍경이 아니라 시간의 풍경이었다. 하구에 이르러 바다에 닿는 강물의 표정은 대도시의 저녁 무렵에 빌딩 너머의 하늘을 적시는 노을과, 저물어가는 생애의 며칠들을 닮아 있다. 공간 속으로 저무는 것들이 시간 속으로 저문다. 저무는 것들은 가볍다. 저무는 것들은 그 느슨한 헐거움으로 삶의 모든 궤적들을 지워버리고, 신생의 시간과 공간을 펼쳐놓는다. 자전거를 굴려서 강물을 따라 달려온 사람은 저무는 것들이 펼쳐놓는 시간과 공간으로 건너가지 못한다. 당신들과 나는 아마도 시간의 이쪽 연안에서 끝내야 하리라.

김제는 아득하다. 아득한 농경지가 끝나는 해안선에서 다시 아득한 갯벌이 펼쳐지고 바다는 그 갯벌 너머에서 신기루처럼 반짝인다. 강의 음악은 하구에 이르러 들리지 않는다. 강의 음역은 넓어져서 인간의 청력 범위를 넘어선다. 강과 바다와 갯벌이 저희들끼리만 듣는 소리가 따로 있지 싶다. 들리지 않는 넓은 음역을 거느린 강이, 갯벌 너머의 바다와 합쳐진다. 갯고랑에 떨어진 저녁의 빛들은 바다 쪽으로 끌려가다가 이윽고 소멸한다. 빛들의 죽음은 모든 순간마다 생사존망이 명멸하지만, 그 갯벌 전체에서 빛들의 죽음은 고요하고 가지런하다. 빛들은 어둠과 습합되는 방식으로 죽는 것이어서 빛의 죽음은 죽음의 자취를 드러내지 않고, 삶과 죽음의 경계는 지워진다. 만경강 옥구 염전 뚝방에서 저무는 갯벌을 바라볼 때, 삶에서 죽음으로 옮겨가는 일은 바람이 불거나 날이 저무는 일과도 같다.

도요새의 무리들이 그 뻘에 당도한다. 이 갯벌은 새들의 고향도 아니고 타향도 아니다. 그것들은 이 갯벌에 며칠을 머물며 두리번거리다가 다시 비행 편대를 갖추어 시베리아로 떠나간다. 한 무리가 떠나고 나면 다른 무리가 도착하는 것이어서 갯벌의 갈대숲은 새들의 날갯짓 소리로 수런거린다. 새들은 덧없는 것들의 영원함을 전하는 기호처럼, 그 아득한 갯벌에 내려앉는다.

대륙 간을 날아다니면서도, 그것들은 짐보따리를 지니고 있지 않다. 그것들의 자랑은 무일푼의 혈혈단신에 있다. 그것들은 먹을 것과 잠자리를 예비하고 있지 않고, 버리고 떠나고 또 찾아서 날아간다. 그것들의 유선형 몸매와 기름진 용골 근육은 홀로 시공을 통과하는 자의 외로움과 강인함으로 빛난다. 원양의 바람 속을 무착륙으로 건너가는 그것들의 눈은 두

꺼운 보호막으로 덮여 있고, 보호막 안쪽에서 그것들의 눈동자는 닥쳐올 시공 속의 조짐들을 예민하게 관찰한다. 그것들의 싸움은 바다에 순응하는 싸움이다. 썰물에 갯벌이 드러나면 그것들은 먼바다 쪽까지 나아가며 갯벌을 들쑤시며 먹이를 찾는다. 다시 밀물로 갯벌이 덮이면 그것들은 내륙 쪽으로 밀리면서 연안으로 다가온다. 물가에 앉은 새들이 사람의 마음에 돋아나는 저녁등불을 바라볼 때, 새들의 마음속에 자리잡는 풍경에 관하여 나는 말할 수 없다. 끝끝내 말하여질 수 없는 것들의 무서움이 저녁 갯벌에 가득하고, 먼 거리를 자전거로 달려온 내 짐보따리는 무겁다.

국경

나는 2015년 6월 22일부터 27일까지 우리나라의 여러 선후배 동료들과 함께 중앙일보가 주최하는 '평화 오디세이 2015' 행사에 참가했다.

우리 일행은 단동丹東에서 압록강 하구를 돌아보고, 통화通化·집안集安에서 고구려 초기의 유적지들을 답사했다. 자동차 편으로 백두산에 올라가서 북한 쪽 산하와 만주 벌판을 바라보았다. 만주는 넓어서 지평선이 하늘에 잠겨 있었고, 백두산 천지의 검은 바위에는 화산이 폭발할 때 끓어오르던 불의 힘이 그대로 남아 있는 느낌이었다. 우리는 두만강 하구로 이동해서 한반도와 중국, 러시아 국경이 마주치는 훈춘琿春·방천防川 지역을 돌아보았다.

여러 선후배들이 아침 8시부터 세미나를 열어 광복과 분단 70년의 역사적 의미를 성찰했고, 평화와 통일의 방안을 모색했다. 이동중인 버스 안에서도 토론은 뜨겁게 전개되었다. 말들은 무성했으나, 70년이 흐른 뒤에도 우리는 여전히 조국의 강을 건너갈 수 없었고, 달리는 버스 안에서 목을 길게 빼서 건널 수 없는 저편을 바라보았다. 사람과 소와 개와 마을들이 너무나 가까워서 슬프고 답답했다. 나는 육군에서 제대한 지 40년이 넘었는데, 내 아들보다 훨씬 어린 북한군 병사가 보초를 서고 있었다.

분단 70년 동안 판문점에는 얼마나 많은 헛된 언어와 불신과 증오가 쌓여갔던 것이며, 첨단 무기로 서로를 겨누어가며 또 평화와 통일을 말해야 하는 이 모순을 언제까지 감당해야 할 것인지는 난감했으나, 조국의 강은 그 깊은 협곡과 넓은 들을 자유롭게 굽이치고 있었다. 이 무서운 적대관계의 뿌리가 대체 무엇이었길래 70년의 세월이 지나도 남북은 동족과 조국산천의 이름으로도 화해할 수가 없는 것인가. 적대관계의 70년은 너무나 길어서 이제 분단은 일상의 질서와 정서로 고착된 것이 아닌가 하는 위기감을 안고 돌아왔다.

철조망이 끝없이 강을 따라왔으나 강물은 합치고 휘돌면서 기어코 제 갈 길로 흘러가고 있었다. 큰 강은 스스로 자유로웠고, 역사는 산천 앞에 부끄러웠다. 이 부끄러움 안에서 희망의 어린싹이 돋아날 수 있기를 나는 강에게 빌었다.

여행에서 돌아와 내 어수선한 잡감雜感을 글로 쓰려 하니, 북쪽의 커다란 산하가 그만두라고 한다.

압록강에서

서해로 유입되는 강물은 연간 1200억 톤이다. 나는 숫자를 옮겨 적을 뿐, 이 물량의 규모를 상상하지 못한다. 압록강은 이 하해와도 같은 물의 23퍼센트(280억 톤)를 쏟아내고 한강이 16퍼센트, 금강이 6퍼센트, 황하가 40퍼센트를 차지한다(고철환의 논문 「황해의 환경과 물질수지」 중에서).

서해는 한반도와 중국 대륙 사이에서 오목하다. 밀물 때 서해의 힘은 북진한다. 물의 세력은 북쪽으로 갈수록 강력해져서 연안에 넘치고 발해만의 후미진 구석까지 가득 찬다. 그때 바다는 부풀어서 대륙을 압박하고 고깃배들은 물의 힘에 올라타서 포구로 돌아온다. 밀물 때 강들은 하구河口, river mouth를 열어서 바다를 받는다. 조국의 강들은 남쪽부터 영산강, 동진강, 만경강, 금강, 한강, 대동강, 청천강 순서로 열리는데, 압록강 하구는 조차潮差 4미터의 힘으로 바다를 받아들여서 먼 산골까지 바다의 기별이 닿는다. 강이 바다를 받아들이는 물리현상을 과학자들은 감조感潮라고 하는데, 나는 이 단어에서 산맥과 바다가 붙고 엉키는 조국산하의 관능을 느낀다. 압록강은 이 관능의 북단이다.

나는 1948년, 분단된 한반도 남쪽에서 태어났고 그 자리에서 벌어먹고 살다가 늙었다. 이 운명은 내가 선택하거나 기획한 것은 아니었다. 나는 별수 없이 이 질곡을 받아들이면서도 거기에서 벗어날 길을 찾아서 발버둥쳤지만, 어느 쪽도 온전히 이룰 수는 없었고 버둥거릴수록 자기분열은 깊어졌다. 나는 2015년 여름에, 남은 시간이 많지 않을 것임을 스스로 아는 나이가 되어서 처음으로 압록강 두만강 백두산과 그 언저리를 관능이 작동되는 가시적 거리에서 바라볼 수 있었다. 세월이 거꾸로 흘렀던지, 분단 70주년에 이르러 대량학살무기를 앞세운 적대관계는 극한으로 치달았고 여전히 갈 수 없는 강 건너 쪽 사람 사는 동네를 나는 겨우 망원경 구멍으로 들여다보았는데, 그 구멍 속의 상념들도 1948년에 38선 이남에서 태어나서 거기서 늙은 자의 자기분열을 넘어서지는 못할 것이다.

이번 여행에서 선양瀋陽은 다만 경유지였다. 선양공항에서 버스를 타고 단동으로 직행했다. 박지원朴趾源(1737~1805)이 갔던 길을 거꾸로 가는 셈이었다. 선양에서 단동까지는 일망무제의 벌판이었다. 좌청룡도 우백호도 거기에는 없었고 시선은 지평선 속으로 녹아들었다. 박지원은 대륙을 향해서 "한바탕 통곡하기 좋은 땅"이라고, 개벽하는 신천지의 감격을 토로했다. 그의 통곡은 살아 있는 인간의 몸과 대지와의 교감을 보여주는데, 아마 그 교감과 트임은 몸으로 걸어서 대륙을 건너가는 자에게 가능할 것이고 고속도로를 시속 100킬로미터로 달리는 버스 안에서는 걷는 자의 대지로부터 오는 직접성의 축복은 불가능해 보였다.

내 고향 서울은 이 길의 맨 끝이다. 선양에서 단동으로, 단동에서 압록강을 건너서 의주로義州路를 따라서 남행하면 그 길의 맨 끝, 서울 서대문구 현저동 고가차도 밑에 영은문迎恩門의 주춧돌 한 쌍이 남아 있다. 단동으로 가는 버스 안에서 나는 내 고향 서울의 영은문 주춧돌을 생각하고 있었다. 헐리기 직전 사진을 봤더니 영은문은 날아갈 듯 경쾌했고 길 건너편에 가난한 백성들의 초가집이 모여서 마을을 이루고 있었고 웬 사내가 허리를 굽혀서 일하고 있었다. 단동으로 가는 버스 안에서, 나는 박지원과는 반대 방향을 향해 한바탕 '통곡'하고 싶었다. 방금 쓴 문장에서 나의 '통곡'은 과장되어 있을 것이다. 개인의 삶이나 나라의 역사가 영광과 자존만으로 성립될 수는 없겠고 치욕과 수난을 또한 감당해야 할 터이다. 세계의 질서가 인간의 편인 것도 아니고 강자가 못할 것이 없듯이 약자도 살아남기 위해서 못할 것이 없을진대, 영은문을 향해서 뒤늦게 통곡할 필요는 없으리라고 나는 나 자신을 위로했다. 그러나 나의 자위에도 불구하고 단동으로 가는 길 위에서 영은문은 내 마음의 바닥에 남아 있었다.

1897년 무렵에 중국의 힘은 돌이킬 수 없이 무너져 있었다. 그때 개화적인 선구자들이 영은문을 헐고 '독립문'을 세웠는데, 내가 며칠 전에 가보니까 청소년들이 놀러와서 '문립독'이 뭐냐고 저희들끼리 물어보고 있었다.

사나운 대륙의 군대들은 모두 선양에서 발진했다. 당나라 군대, 원나라 군대, 금나라 군대, 청나라 군대와 6·25 때 '항미원조전쟁'에 돌입한 모택동 군대의 주력이 모두 선양에서 발진해서 단동에서 강을 건넜고 의주로를 따라서 남쪽으로 내려왔다. 외국 군대가 물러가면 사대事大의 긴 대열이 그 길을 따라서 선양으로 갔다.

대열은 소리를 지르고 꽹과리를 때려서 늑대를 쫓으면서 이 길을 따라 눈 덮인 대륙을 건너갔다. 이 사대의 대열에 끼어들어서, 전복과 저항, 해체와 재구성의 이념과 실천방안이 또한 흘러들어왔으므로, “길에는 주인이 없어서 그 위를 걷는 자가 주인이다”라는 선인(신경준申景濬, 1712~1781)의 옛글은 여전히 새로운데, 그 주인 없는 길이 바로 선양-단동-서울을 잇는 의주로이다.

저녁 무렵 단동에 도착했다. 단동의 중심가는 온갖 접객업소들의 네온사인으로 불야성을 이루고 있었다. 호텔 앞 4차선 도로 건너편이 압록강이었다. 강둑에서 젊은 남녀가 오랫동안 키스했다. 남자들이 허연 허벅지를 드러낸 여자를 오토바이 뒷자리에 태우고 저무는 강의 하구 쪽으로 질주했다. 압록강을 거슬러온 밀물이 호텔 앞 둑방에 와서 철썩거렸다.

단동의 본래 지명은 안동安東이었는데, 문화대혁명의 기운이 태동하던 1965년에 모택동 정부는 이 도시의 이름을 단동丹東으로 바꾸었다. 동방을 붉게 물들이는 최전선의 도시, 혁명의 수출기지라는 뜻이었다. 강 건너 신의주는 불빛이 없고 순결한 고구려의 밤이 보존되어 있었다. 국경의 서치라이트가 어둠을 훑었다. 단동은 강 건너 쪽을 붉게 또는 어둡게 물들이는 데 성공한 것으로 보였는데, 단동의 첫인상은 휘황찬란하고 생기발랄하고 자본의 도시였으며, 그 자본은 이제 초기의 축적단계를 넘어서서 투자를 끌어들여서 팽창을 도모하고 있는 것으로 보였다. 호텔방에서 밤의 단동 거리를 망원경으로 살폈더니 “사회주의의 핵심가치를 보존하자”는 정치구호가 적힌 현수막이 여기저기 걸려 있었다. 팽창하는 자본의 힘 앞에서 단동은 전환을 향한 자기분열을 일으키고 있었다.

23일 오후에 유람선을 타고 압록강 하구를 돌아보았다. 배는 강 건너 신의주 쪽으로 바싹 접근했고 위화도 어귀에서 U턴했다. 북한 여인들이 강가에서 빨래를 하고 있었다. 북한 여인들이 머리에 수건을 쓰고 쪼그려 앉은 자세는 어렸을 때 내 엄마나 이모의 폼과 똑같았다. 빨래를 마친 여인들이 대야를 머리에 이고 마을로 돌아갔다. 멀어서, 북한 여인에게 말을 걸 수 없었다. 멀었지만, 여자라는 느낌은 전해져왔다.

그 여인들의 마을은 칠을 하지 않은 단층 건물들이 회색빛 자연 취락을 이루었고 그 건물 위에 ‘선군 조선의 태양 김정은 장군 만세’라고 선홍색 현수막이 걸려서 회색과 선홍색이 극명한 대비를 보여주었다. 사내들이 허리를 굽혀서 뻘에서 무언가를 줍고 있었다. ‘인흥433’이라는 선명船名을 가진 배는 7~8톤쯤 되어 보였는데, 강의 상류 마을과 하류 마을 사이에서 여객과 짐을 실어나르고 있었다. 작은 배들도 모두 인민공화국 깃발을 달고 있었는데, 깃발은 해풍에 삭은 것이 없고 모두 다 선명했다. 배들은 강을 가로질러서 단동 쪽으로 건너오지 못하고 위아래로 오르내렸다. '중강진'이라는 이름의 배는 1호에서 6호까지 보였는데 모두 대형 크레인을 장착한 준설선이었다. 압록강 하구에서 모래 파기는 매우 중요한 사업으로 보였다.

임진왜란 때 임금은 이 강가까지 쫓겨와서 문장을 지었다.

"우리 땅이 다 끝났으니, 나는 이제 어디로 가야 하나."

신하들이 끌어안고 울었다. 6·25전쟁 때 끊어진 압록강 단교斷橋에도 이 극변極邊의 정서는 배어 있었다.

1950년 10월 하순에 중공군은 이미 북한의 산하로 이동하고 있었다. 미군은 중공군의 개입 규모에 대한 정확한 정보가 없었고 공군력이 없는 중공군의 군사적 능력을 과소평가했다. 중공군 30만은 눈이 내리듯이 조용히 북한의 산하로 이동했다. 팽덕회彭德懷 사령부는 선양에 병참기지를 건설하고 선양-단동-신의주의 보급축선으로 군수물자를 운송했다.

1950년 11월 8일, 미 공군 전투기 600대가 신의주를 폭격했고 소이탄 8500발로 신의주를 불태웠다. 미군은 압록강 하구에 항공모함을 대놓고 함포사격을 퍼부었다. 신의주는 가루가 되었다. 압록강 철교 폭파작전에는 미극동군 소속 B-29

폭격기 79대가 출동해서 교량에 450킬로그램의 폭탄을 투하했다(이중근 편저, 『6·25전쟁 1129일』). 압록강 철교는 북한 쪽에서부터 4개 교각 구간이 끊어졌는데, 중국 쪽 국경선을 건드리지 않으려고 폭격기 조종사들은 고난도 기술을 발휘했다. 이날 날씨가 맑아서 조종사들은 넓은 시야를 확보할 수 있었고 목표물 식별에 어려움이 없었다. 지금 압록강 철교가 끊어진 자리에는 녹아내린 철강재들이 용암이 흘러내리는 모습으로 굳어져 있다. 단교는 '고전적 혁명유적지'로 보전되어 있고 30위안의 입장료를 받는 국제관광명소이다. 단교 입구에는 북한으로 진공하는 인민해방군 보병대열의 모습이 투박한 부조상으로 조각되어 있다. 보병들의 무장은 소총 한 자루뿐이었다. 그 뒤에는 만주로 진공하던 시절 일본 군대의 토치카가 '침략의 증거물'로 보존되어 있다. 중국측 설명문에는 "침략자 미군이 중국 정부의 경고를 무시하고 전쟁의 불씨를 압록강까지 몰고 와서 중국 국경에서 총질을 함으로써 중국 인민에게 엄중한 위협을 가했다"고 적혀 있었다. 50년 연말부터 중공군은 30여 개 사단으로 밀고 내려왔다. 국군과 유엔군은 압록강, 두만강 전선에서 후퇴했다. 동부전선은 장진호 전투에서 수많은 사상자, 동사자를 내면서 흥남철수에 성공했고, 서부전선은 의주로를 따라 밀려내려와 1월 4일 서울을 다시 내주었다. 후퇴한 부대들이 압록강물을 수통에 담아와서 이승만 대통령에게 바쳤다. 대통령은 물을 마셨다. 그때, 내 엄마는 두 살 난 나를 포대기로 업고 부산으로 피난 갔다. 아, 젊은 엄마는 어린 우리 삼남매를 끌고 어떻게 눈보라 속에서 부산까지 갔던 것일까.

내가 자라서 신문을 읽을 수 있게 되었을 때, 나는 내가 두 살 때 이 나라에서 발행된 신문을 모두 찾아서 읽었다. 지옥이 현실 속에서 펼쳐져 있었다. 1월 초부터 대통령은 시민들에게 말했다.

피난을 가고 안 가는 것은 각자 임의로 하라, 정부가 간여할 수 없다. 갈 곳이 있고, 갈 수가 있는 사람은 가는 것도 무방하겠다. 피난은 명령이 아니고 권유도 아니다. 다만 날씨가 추우니 피난을 갈 때는 식량과 이부자리를 지참하라. 근신자제하고 태연자약하라. 경거망동하지 말고 일희일비하지 마라. 질서를 지켜서 문명한 국민의 성숙도를 보여달라……

50만 피난민의 대열이 3백 리에 걸쳐서 남쪽으로 이어졌다. 고관대작들이 군용차, 관용차를 징발해서 가재도구와 처자식을 싣고 피난민들의 대열 사이로 먼지를 일으키며 질주했다. 국방부 참모가 성명을 발표해서, 제발 이런 짓을 하지 말라고 호소했다. 국방부 성명은 피난민들에게 버리고 가는 김치나 간장 된장이 있으면 가까운 군부대에 전달해주기 바란다고 말했다. 이 모든 지옥의 참상은 선양에서 단둥으로, 압록강 단교를 건너서 밀려내려온 것이었다. 내 생애의 시발점에서, 압록강 철교는 끊어져 있었고, 그 지옥이 빚어내는 모든 조건들이 내 삶의 기초환경이었다. 그러므로 내 고향은 의주로 맨 끝인 서울이 아니라 바로 이 압록강 단교일지도 모른다.

지금, 끊어진 압록강 철교의 녹슨 철강재들이 여름의 폭양을 받아서 뜨거운 비린내를 풍기고 있다. 그 단교에서는 강의 로망이나 강의 서정을 생각할 수 없었다. 너는 지금 어떠한 나라, 어떠한 시대에 살고 있느냐. 너의 두 살 때부터 지금까지 무엇이 변했고 무엇이 변하지 않았는가. 너는 왜 같은 자리에 주저앉아 있는가. 너희들은 왜 70년 전의 싸움을 아직도 싸우고 있는가를 그 끊어진 다리는 가혹하게 묻고 있었다. 강 건너 마을에서 이집 저집 연기가 올랐다. 무엇을 끓이는지 무엇을 태우는지 알 수가 없었다.

집안에서

집안으로 가는 G201 도로 연변에서, 여름의 산맥은 푸르고 힘찼다. 빛나는 산맥들이 하늘을 향해 고함을 지르는 듯했는데, 산맥을 돌아나가면 한없는 벌판이 전개되었고, 벌판의 먼 가장자리에서 산맥은 다시 일어서서 끝이 없었다. 집안은 압록강변의 산악분지였다. 험준한 지형에 의지해서 요새형 도읍을 여는 고대국가의 산세가 그대로 남아서 여름의 힘으로 번들거렸다.

집안의 민가들은 대체로 비슷한 크기에 동일한 모델로 지어졌고 담장의 높이도 다 똑같아서 사회주의식으로 설계된 취락의 동질성을 보였고 마을에는 상업광고가 전혀 없었다. 집집마다 담장에 삼족오三足烏, 봉황새, 연꽃, 구름 같은 고구려 고분벽화의 문양을 그려넣고 있었다. 무덤 속에서 나온 문양들이 사람 사는 마을의 담장을 꾸미고 있으니, 여기는 고구려 초기 4백여 년의 강성한 도읍지이다.

고구려 왕들의 존호는 유교적 세계관의 관념에 물들지 않아서, 삶과 마주 대하는 언어의 건강함을 보여준다. 산상왕山上王(10대), 동천왕東川王(11대), 중천왕中川王(12대), 서천왕西川王(13대), 봉상왕烽上王(14대) 들은 죽어서 그 왕이 묻힌 자리의 이름을 존호로 삼아서 후세에 전했다. "11월에 왕이 돌아가시니 소수림小獸林에 장사 지내고 존호를 소수림왕이라고 하였다"는 대목은 내가 읽은 『삼국사기』 중에서 가장 아름다운 문장에 속한다. 소수림은 어디인가. '작은 짐승들이 모여 사는 숲'이라는 뜻으로 봐서 아마도 국내성 왕궁에 딸린 동물원이 아닐까. 고구려의 왕들은 죽어서 강가에 묻히거나 산꼭대기 봉수대에 묻히거나 '작은 짐승들이 사는 숲'에 묻혀서 한줌의 흙을 국토에 보탰고, 그 묻힌 자리의 지명에 불멸의 지위를 부여했다. 고구려인들의 강토 사랑은 그처럼 구체적이고 현실적이었다. 왕들은 죽어서 자신의 존호를 국토에 포개었다.

광개토대왕廣開土大王(19대)의 존호는 왕의 무덤 자리가 아니라 그 생애의 자랑과 고난을 압축하고 있는데, '광개토'는 한반도의 모든 임금의 존호들 중에서 가장 사실적이고, 서사적이고, 압도적이고, 다이내믹하다. 광개토대왕은 39세에 죽었다. 그의 아들 장수왕은 97세까지 살았고 그중 78년을 왕위에 있었다. 장수왕은 장수하기도 했지만 그의 존호에서는 부왕의 요절에 대한 한이 묻어난다. 광개토대왕의 치세에는 "나라는 부강하고 백성은 편안하고 오곡이 풍성했다"고 비문에 적혀 있으니, 이 젊고 용맹한 임금이 요절했을 때 고구려 신민의 슬픔은 하늘에 닿았을 것이었다.

지금 광개토대왕비는 유리로 지은 비각 안에 갇혀 있다. 이 유리 껍데기를 상상 속에서 없애버려야만 비석의 온전한 모습이 보인다. 비석은 돌의 테두리를 대충만 다듬었고, 이 수螭首가 없는 거친 자연석이다. 그 돌은 가없는 들판에서 우람한 존재감으로 광야를 압도하고 있다. 문자가 산하를 직접 마주 대하고 있고 그 긴장감이 비석 전체를 휩싸고 있다. 그 자체는 획이 굵고 기교를 드러내지 않는 안정된 예서였고 역사의 들판을 향하여 직접 외치는 강력한 생명력을 뿜어내고 있었다. 문자는 시대의 들판에서 벌어진 정복과 살육을 로망으로 바꾸어놓은 것이 아닌가 하는 의문을 나는 감당하기 어려웠는데, 비석의 문자들은 산하를 휩쓸고 간 말먼지와 눈보라가 돌에 각인되는 방식으로 전개되고 있었다.

나는 얼마 전에 경북 울진에 가서 신라봉평비를 살펴본 적이 있었다. 신라봉평비는 광개토대왕비보다 백 년쯤 후에 세워진 것인데 그 서체의 흐름은 아이들의 장난질처럼 천진했고 하나의 양식을 이루기 이전의 질박한 리듬감이 살아 있었다. 그것은 신라 변방의 비석이었다. 거기에 비하면 광개토대왕비의 글씨는 제국의 중심에 세워진 문자의 위엄으로 안정되어 있었고, 그 비석의 종합적인 인상은 '광개토'라는 임금의 다이내믹한 존호와 잘 어울려 보였다. 지금 집안 일대에 고구려 유적지는 중국의 이른바 '동북공정'의 공략 대상이 되어 있다. 유적지 해설판에 "고구려는 당나라의 국내 전쟁으로 멸망하였다"고 기술해서 고구려의 최후를 당나라 변방의 반란 진압 정도로 격하시키고 있었다.

장군총은 '동양의 피라미드'라는 별명처럼 크고 웅장했다. 장군총이 장수왕의 무덤이라는 설은 물증이나 기록으로 뒷받침되지는 않지만, 장군총은 광개토대왕비와 가까운 들판에서 고대적인 힘의 단순성을 거대한 규모로 분출하고 있었다. 광개토대왕은 북진했고 장수왕은 남진했다. 장수왕은 평양으로 도읍을 옮겼으므로 평양에서 죽었을 터인데 죽어서 부왕이 묻힌 고토故土에 묻히려고 집안에 미리 무덤 공사를 시작했을 수도 있다. 나는 광개토대왕비와 장군총 사이에 부자관계가 성립되기를 바란다. 그것이 역사의 로망이며 임금 부자의 홍복洪福일 것이다.

장수왕의 장사를 치를 때 평양에서 집안으로 향하던 운구 대열의 위용을 나는 상상할 수가 없지만 광개토대왕비와 장군총의 표정은 고대적 열정의 분출로 서로 통해 있었다. 크고 거침없는 힘이었다.

집안에는 20여 기의 고구려 벽화고분이 산재해 있다. 그중에서 일반이 관람할 수 있는 곳은 오회분五會墳 5호묘뿐이다. 오회분은 다섯 기가 한곳에 모여 있는 무덤떼를 말한다.

5호묘의 현실 벽면에서 천장에 이르는 공간에는 환상의 나라를 날아다니는 상서로운 짐승들과 악기를 연주하며 하늘로 날아가는 선계의 인간들이 그려져 있다. 거기에는 현실을 넘어서는 공간이 있었고, 그 공간을 흐르는 음악과 율동과 시간이 있었다. 벽화 속에서, 바퀴를 굴리는 남자가 현실과 초현실, 그 양쪽의 시간을 건너가고 있었다. 그 바퀴는 소달구지나 마차 바퀴처럼 투박한 바퀴가 아니라 내 자전거 바퀴처럼 날렵하고 경쾌한 바퀴였다. 바퀴살은 가늘고 선명했다. 단단한 강철이 아니면 그처럼 가는 살로 하중을 받아낼 수 없을 것이었다. 그 바퀴는 수레에 연결되지 않은 바퀴였고, 아직 현실에 적용되지 않은 바퀴의 순수한 원형이었다. 바퀴를 쥐고 있는 사람은 발을 땅에 딛지 않고 춤추듯이 흘러가는 신선처럼 보였다. 고구려의 바퀴는 세속적 번영의 절정을 이루는 위세품이며 실용품이었던 모양이다. 무덤 속의 수많은 그림들 중에서 그 바퀴는 가장 사실적이며 첨단적인 신문물이었다. 그 고구려의 바퀴가 이 세상에서 저 세상으로 흘러가고 있었는데, 바퀴를 쥔 사람의 동작은 경쾌했다. 도교적 초월의 열락 속에서도 고구려 사람들은 세속적 욕망의 건강함을 단념할 수 없었다. 오회분 5호묘뿐 아니라 다른 고구려 무덤 속에서도 세속의 생활은 건강하고 활기찬데, 바퀴는 그 첨단을 이룬다.

북경과 선양을 다녀온 박제가朴齊家(1750~1805)는 바퀴에 열광했다. 그의 저서 『북학의』는 첫 페이지부터 바퀴에 대한 예찬으로 시작한다. 그는 바퀴의 문화적 경제적 사명의 발견자였다. 그는 바퀴의 이용이 단절된 조선의 현실을 개탄했고, 연결된 도로를 바퀴로 소통함으로써 세상을 바꿀 수 있다고 주장했다. 그의 진언은 배척되었다. 박제가의 시대에까지 고구려의 바퀴는 버려져 있었다.

바퀴는 원이다. 원은 한 점에서 동일한 거리에 있는 모든 점들로 이루어진 곡선이다. 이것에 동력을 연결시켜서 도로 위에서 굴리면 인간은 한없이 앞으로 나갈 수 있다. 인간의 갈 길은 멀고 멀다. 그림 속의 고구려 바퀴는 아직도 굴러가고 있었다.

두만강에서

25일 오전부터 6인승 승합차로 백두산을 올라갈 때 비가 내렸다. 자작나무숲이 젖어서 향기가 대기에 낮게 깔렸다. 정상에 올랐을 때 구름이 갈라지고 개벽하듯이 햇살이 내려왔다. 천지는 창세기의 호수처럼 시원始原의 힘을 뿜어냈고 젖은 봉우리들이 번쩍거렸다. 그러고는 다시 안개가 몰려와서 천지를 뒤덮었다. 고은 시인이 손나팔을 입에 대고 "안개다!

안개다! 안개가 온다"고 소리소리 질렀다. 그는 목청을 다해서 고함쳤다.

백두산 정상이 안개에 덮이는 기상현상이 그 시인에게는 지체 없이 알려야 할 파천황의 긴급 중대 사태인 것이었다. 그의 고함소리에는 주술적 신명이 담겨 있어서, 안개의 접근을 보고하는 것이 아니라, 먼 지평선 쪽의 안개를 불러들이고 있는 것처럼 들렸다. "안개다! 안개로구나!" 그 안개 속에서 사람들은 흐린 사진을 찍었다.

호텔의 만찬 자리에서는 북한의 젊은 여성들이 봉사했고 식사 후에는 간단한 공연이 있었다. 통구通溝의 호텔 정문 앞에는 인민공화국 깃발과 오성홍기가 교차로 세워져 있었다.

호텔봉사원들은 미녀로 소문난 압록강 건너 강계江界 여성이라고 했다. 체구가 크지는 않았으나 목이 길고, 눈동자가 새카맣고 시선은 찌르는 듯했고, 눈썹은 짙었고, 긴 말총머리에 윤기가 흘렀다. 김동환(1901~?)의 장편 서사시 「국경의 밤」의 여성 주인공 '순이'는 여진족의 후예 재가승在家僧의 딸인데, '순이'는 "머루알같이 까만 눈과 노루 눈썹 같은 빛나는 눈초리/게다가 웃을 때마다 방싯 열리는 입술"로 묘사되어 있었다. 나는 '순이'를 떠올리며 젊은 여성봉사원들이 가져다주는 음식을 먹었다. 조국산천의 마을마다 집집마다 별 같은 딸들이 자꾸자꾸 태어나기를 나는 바랐다. 여성봉사원들은 모두 일하기 편하게 개량한 한복 차림에 인공기 배지를 가슴에 달고 있었다. 왼쪽 가슴에 단 여성도 있었고 오른쪽 가슴에 단 여성도 있었다. 그 차이가 무엇인가를 물었는데, 웃을 뿐 대답하지 않았다.

사슴고기의 향기는 품격이 높아서 그 잘생긴 짐승의 이미지와 같았다. 개고기는 메뉴에는 없었지만 손님이 부탁하면 무침으로 가져다주었다. 기름기를 완전히 제거했는데, 살코기 결의 구조만으로도 충분히 부드러워서 개고기의 편안함을 잘 살려내고 있었다. 양념이 진하지 않아서 개의 육질이 직접 전해져왔다. 산이 깊어서 그럴 테지만 나물이나 야채요리는 단연코 뛰어났다. 무와 배추는 섬유질이 억세고 물이 많아서 씹으면 와삭거리면서 상서로운 액즙이 입안에 가득 찬다. 김치는 소금이나 젓갈에 과도하게 절여지지 않아서 고랭지의 서늘한 기운이 살아 있었고, 그 국물은 고지의 겨울바람처럼 청량했다. 이 날카로운 국물을 한 모금 마시면 목구멍에서 창자 쪽으로 찌릿한 전류가 흐른다. 나는 김칫국물에 흰쌀밥을 비벼먹었다. 나물은 생전 처음 먹어보는 것도 많았는데 모두 다 들이나 산의 흙냄새 물냄새, 햇볕의 강도, 계절의 촉감을 지니고 있었고 나물마다 그 서식지의 질감을 사람의 몸 안으로 밀어넣어주었다.

해물은 말린 멸치나 대구포 정도였지만 생선요리의 핵심부는 강에서 잡아온 민물고기였다. 재료에 토막을 치지 않고 통째 찜으로 내놓았다. 압록강, 두만강과 그 샛강들의 격류를 오르내리며 살아온 민물고기들은 살이 단단했고 부위마다 맛이 달랐는데, 살아서 고생을 많이 했을 배지느러미나 꼬리지느러미 언저리에 붙은 살이 향기로웠고 씹기에 알맞은 저항감이 있었다.

국토의 관능은 모든 아름다운 얼굴들 위에, 모든 산과 강과 바다에 그리고 모든 나물과 무 배추 물고기 속에 살아 있었는데, 이 관능을 공감함으로써 화해를 이루자는 주장은 통일의 전략이 될 수 없는 것인지, 나는 답답했다. 나는 음식을 나누어 먹는 것 같은 사소한 일상에 자리잡는 평화를 생각했다. 토론으로 뜨거운 버스 안에서 나는 숙박지의 저녁밥상을 기다리고 있었다.

백두산에서 두만강 하구까지는 험준한 산악도로를 따라서 달렸다. 도로는 두만강변으로 바싹 접근했다가 다시 멀어지기를 거듭했다. 강 건너 쪽에서 농부가 강가에 소를 몰고 와서 물을 끼얹어주고 있었다. 소는 쟁기와 멍에가 풀어져 있었다. 일을 시키다가 너무 힘들어하니까 더위를 식혀주는 모양이었다. 무엇을 줍는지, 아이들이 강가에서 허리를 구부리고 있었다. 사내들이 시멘트 반죽을 흙손으로 발라서 단층집을 짓고 있었는데, 그 뒤로 비탈밭은 가팔라서 소달구지가 올라갈 수 없을 듯싶었다. 어느 마을에나 상업간판이 하나도 없어서 생업이 무엇인지 짐작하기 어려웠다. 날이 저물어도 집들은 불을 켜지 않았다.

북·중 사이의 두만강 국경은 한반도의 DMZ처럼 삼엄하지는 않지만 월경이탈자를 막기 위해 철조망이 쳐져 있고 북한군 병사들이 보초를 서고 있었다.

버스가 강에 바싹 접근할 때 건너편 초병이 한 명 보였다. 키가 작고 마른 체구에 소총이 힘겨워 보였다. 나이가 몇인지 군대 생활은 견딜 만한지, 구타나 따돌림은 없는지, 간부들이 보급품을 빼먹지는 않는지, 방산비리는 없는지, 겨울에 보초 설 때 발 시리지 않은지, 고향이 어딘지, 제대는 얼마 남았는지, 형제는 몇인지, 장래희망은 무언지, 여자친구는 있는지, 남쪽 사람들을 어떻게 생각하는지를 묻고 싶었으나, 될 말이 아니었다. 아마 그 젊은이는 스물네댓 살쯤 되었을 것이다. 그가 그 나이 또래의 남쪽 젊은이들의 적敵이며 젊은이 늙은이 할 것 없이 서로가 서로의 적이라는 것은 난해했다. 이 젊은이들이 또다시 어느 고지 어느 참호에서 마주치면 서로 쏘고 질러야 하는 현실을 우리는 지금 미래의 세대에게 전승시키고 있다. 나는 '통일'보다도 우선 강 건너편에서 보초 서고 있는 그 북한군 병사의 생애 속에서 인간다운 가치와 소망들이 온전히 구현되기를 바랐다. 생명을 서로 긍정하는, 가장 단순한 방식으로의 평화는 불가능할 것인지를 나는 강가에서 생각했다.

두만강은 혜란강과 훈춘강을 합치면서부터는 북북동에서 남남동으로 진로를 바꾼다. 협곡 구간을 빠져나온 강물은 드넓은 초원과 습지를 굽이치면서 강의 커다란 자유를 보인다. 두만강은 바닷물이 드나들지 않아서 그 하구까지도 신생新生의 표정으로 빛난다. 동해에서 아침해가 뜰 때, 두만강 물줄기에 햇빛이 닿으며 강물을 따라서 먼 산골까지 아침의 노을이 퍼진다고 하는데, 이번에 보지는 못했다. 이 하구에서 한반도와 러시아, 중국의 국경이 마주친다. 사람들이 그어놓은 금 위로 풀들이 우거지고 강물이 흘렀다. 여기가 조선 후기 이래로 두만강 너머로 쫓겨가고 숨어들고 벌어먹으러 가던, 한민족 디아스포라의 들판이다. 강물에는 인간의 고난과 설움의 자취가 남아 있지 않고 강은 저 혼자 자유롭고 아름다워서, 시인 이용악李庸岳(1914~1971)은 두만강을 '천치天癡의 강'이라고 불렀다. 이 강가에서 지금 중국 공안들이 월경한 북한 사람들을 잡으려고 풀섶을 뒤지고 있다. 두만강 하구에서 디아스포라는 진행중이다. 두만강 초소에서 보았던 북한군 병사의 이름을 모르는 채 나는 서울로 돌아왔다.

공

공놀이의 역사는 오래되었다. 서양에서는 호머의 글에 편을 갈라서 공을 차는 얘기가 나오니까, 그 이전부터 사람들은 공을 차고 놀았다고 봐야 한다. 우리나라에는 삼국시대부터 격구라는 공놀이가 있었다. 들판 양쪽에 골문을 세워놓고 말을 탄 선수들이 달리는 말 위에서 긴 장대로 공을 몰아서 상대방의 골문에 넣는 경기였다. 조선 정조 때 간행된 군사훈련 교범인 『무예도보통지』란 책에 이 격구에 관한 기사가 나오는 걸로 봐서 격구는 삼국시대 이래로 민간경기뿐 아니라 군사훈련 목적으로 전승되어왔음을 알 수 있다. 서양에도 중세 때부터 폴로polo라는 마상무예가 있었다는데, 격구와 비슷한 것이 아닌가 싶다.

마술馬術에 필드하키를 합친 것 같은 이 경기는 그야말로 장관이었을 것이다. 월드컵 축구선수들이 적의 방어망을 뚫고 공을 몰듯이 격구선수들은 그렇게 민첩하고 정확하게 말을 몰아가고 멈추고 방향을 바꾸어야 했을 것이며, 공은 이 말에서 저 말로 패스되었을 테고, 먼지를 일으키며 달리는 말들이 서로 부딪쳐 뒤엉키며 나뒹굴었을 것이다. 격구의 자세한 규칙과 그라운드의 넓이를 지금은 알 수 없다. 말을 타고 달리며 공을 몰아가는 경기였으니까 그 규칙은 지금의 축구나 필드하키처럼 섬세할 수는 없었을 것이고, 그라운드는 지금의 축구장보다 훨씬 더 넓었을 것으로 짐작할 수 있다.

격구는 전쟁의 냄새가 난다. 격구는 전투행위를 경기로 변형시킨 스포츠였다고 말할 수 있다. 축구의 기원이 고대식 전투에 있었는지 확실치 않아도 집단적인 공격과 방어, 그리고 팀 전체를 리드해나가는 조직적인 전술전략이 작동된다는 점에서 축구는 전쟁을 닮아 있다. 럭비나 미식축구는 이 전쟁적 성격이 더욱 두드러져 보인다. 운동경기의 승부욕은 전쟁의 적개심과는 다른 것이겠지만, 축구 같은 전 인류적 운동경기에는 그 국가의 정치적 위상과 영욕이 걸려 있다. 이 영욕은 허상이기 십상이다. 공을 잘 차는 나라가 강대국도 아니고 공을 못 차는 나라가 삼류국가인 것도 아니다. 이 허상이 현실을 지배하고 거기에 정치는 편승하게 마련이다. 축구는 국가의 이름으로 공을 차게 되어 있고, 사람들의 열광은 대부분 나라의 깃발에 바쳐진다.

축구는 전쟁의 모습을 닮아 있음에도 불구하고 두 진영 사이의 적대행위가 아니다. 그것이 전투가 아니라 경기가 될 수 있는 까닭은 두 진영 사이에 공이 있기 때문이다. 인간에게 공이란 무엇인가. 이것은 간단한 문제가 아니다. 축구장에서의 공은 절대적인 객관물이다. 공은 차면 차는 대로 굴러갈 뿐이다. 공은 완벽하게도 수동적으로 물리법칙에 복속되어 있다. 이 공이 그라운드 안에서 벌어진 모든 다툼의 과정을 정확하게 수렴하고 있다.

축구뿐 아니라 고대의 격구도 마찬가지였을 것이다. 그라운드 안에서 매 순간 공이 처한 위치는 그 이전까지 벌어진 모든 밀고 밀리기, 뺏기고 빼앗기의 총화로서 자리 매겨진다. 공은 이 발에서 저 발로 넘어가는 모든 발길질들의 궤적으로서 하나의 점을 이룬다. 그것은 점이지만 무수한 선과 높이와 속도와 각도를 통과해나온 점이고, 그 모든 운동작용의 살아 있는 종합으로서 여전히 점이다. 미드필드를 돌파하는 공세의 진영은 공을 아군의 후방으로 정확하게 돌려가면서, 일진일퇴로 쳐들어온다. 진이 퇴를 내포하고 퇴 속에 진이 있다.

이 바람과 같은 사내들은 적의 진공 속에 아군의 공격구도를 세우고 또 허물어버리는 것인데 그때마다 힘의 충만과 힘의 진공, 죽어야 하는 각도와 살아남는 각도는 명멸하면서 교차한다. 축구공을 차는 사내들은 이 모든 이야기들을 하나의 공 안으로 차넣어가면서 공과 더불어 떼를 이루며 달려온다.

야구공은 축구공과는 좀 다르다. 야구의 공은 늘 수비 쪽의 몫이지만, 타자가 공을 쳐내는 순간, 수세와 공세의 구분이 허물어져버리는 새로운 시간 속에서 그라운드의 판도는 신속히 바뀐다. 이 순간 관중석의 열광은 방망이 한번 휘두르기로 지나간 시간의 궤적을 단절시키고 새로운 시간의 국면을 열어젖히는 혼돈에 대한 열광이다. 야구공은 그 단절과 혼돈까지도 공 안으로 수렴하면서 백색 조명의 공간 속을 날아가는 것인데, 외야수는 이 혼돈의 공을 손 안에 넣어야만 이 단절을 건너갈 수가 있다. 야구공 속의 혼돈은 이처럼 명석한 혼돈이다.

배구공은 수공守攻 전환의 공이다. 공은 아군을 부수기 위해서만 네트를 넘어온다. 공은 아군의 땅바닥에 사나운 기세로 내리꽂힌다. 이 공세를 받아내는 순간 아군의 수세는 즉각 공세로 바뀐다. 공은 그 무수한 전환을 수용한다. 공은 공을 쥔 자의 공놀림에 복속하지만, 공은 그 어느 쪽의 편도 아니다. 그 점은 축구공과 배구공이 같고, 모든 공놀이의 공이 다르지 않다. 배구는 그 숨막히는 전환의 모습을 집중적으로 보여준다. 그리고 그 전환이 개인 선수가 아니라 팀에 의해 이루어질 때 관중의 열광은 더욱 고조되게 마련이다.

공은 완벽한 객관물이다. 공은 구형이 아니면 안 된다. 모서리가 없어야 한다. 정육면체의 공은 상상할 수 없다. 둥근 것만이 운동과 각도의 다양성을 한없이 품을 수 있다. 공 속에는 인간의 모순된 열망들이 수용되어 있다. 공은 전쟁과 놀이, 다툼과 공존의 구형이다. 공은 상징이라고 하기에는 너무나도 현실적이고, 현실이라고 하기에는 너무나도 상징적이다. 공은 힘센 매체인 것이다. 그리고 그라운드 밖의 세계에는 공처럼 완벽한 객관물은 존재하기 어렵다. 공을 차서 상대의 골에 넣듯이, 정치나 전쟁을 수행해낼 수는 없을 것이다.

공은 전쟁에서 놀이로 진화하는 과정에서 사람들이 찾아낸 놀라운 장난감이다. 공은 아직도 고대와 현대 사이를 오락가락한다. 그래서 그라운드 안의 공차기는 재미있지만 공을 차듯이 전쟁을 하는 현실은 아무런 재미가 없는 것이다. 전쟁은 겨우 이루어진 공의 진화 정도를 훼손하고 있다.

목수

나는 놀기를 좋아하고 일하기를 싫어한다. 나는 일이라면 딱 질색이다. 내가 일을 싫어하는 까닭은 분명하고도 정당하다. 일은 나를 나 자신으로부터 소외시키기 때문이다. 부지런을 떨수록 나는 점점 더 나로부터 멀어져서, 낯선 사물이 되어간다. 일은 내 몸을 나로부터 분리시킨다. 일이 몸에서 겉돌아서 일 따로 몸 따로가 될 때, 나는 불안하다. 나는 오랜 세월 동안 소외된 노동으로 밥을 먹었다.

나는 이제 아무데도 붙여주는 곳이 없고 기웃거릴 곳도 없어서 혼자 들어앉아 있다. 또 막 무는 개들이 너무 많이 돌아다녀서 대문 밖에 나가지 못한다. 요즘 나의 일이란 하루에 그저 두어 줄씩 작문을 하는 것이다. 그런데, 나는 때때로 그

나마도 하고 싶지가 않다.

글이란 아무리 세상 없이 잘나서 사람들을 놀라게 하는 몇 줄이라 하더라도 그 물적 바탕은 훈민정음 스물네 글자를 이리저리 꿰어맞추고 붙였다 떼었다 하는 것이다. 그러니 글을 쓸 때 오른손엔 연필, 왼손엔 지우개를 쥔 내 몸은 부지할 곳이 없고 숨쉴 공기가 모자란다. 다 큰 사내가 어찌 연필과 지우개만으로 그 몸의 일을 넉넉히 할 수가 있겠는가. 나는 이렇게는 도저히 못한다.

지난봄에는 글쓰기를 아예 작파하고 놀았다. 내가 사는 마을에는 집을 짓는 공사장이 있다. 마흔 평짜리 목조주택을 짓는데, 설계에 허세가 없었다. 낮고 순한 집이었다. 나는 그 공사장에 가서 목수들과 안면을 트고 그들이 하는 일을 들여다보았다. 젊은 목수들이었다. 목수들을 도와주고 싶었지만 내가 할 수 있는 일은 없었다. 목수들은 나를 귀찮아하면서 위험하니까 가까이 오지 말라고 했다. 목수들은 허리춤에 여러 가지 연장을 차고 있었다. 젊은 목수들의 연장은 아름다웠고, 그들의 망치질이며 톱질과 대패질은 행복해 보였다. 세상의 재료들을 재고, 자르고, 깎고, 다듬어서 일으켜세우고 고정시키는 자들의 기쁨으로 그들의 근육은 꿈틀거렸고, 날이 선 연장들은 햇빛에 빛났다. 아아, 연필과 지우개는 잊혀져야 마땅하리라……

공사장 옆 나무그늘에서 목수들이 먹다 남긴 소주를 마셨는데, 내 마음은 슬픔과 기쁨이 뒤엉켜서 기뻤다. 전기톱이 나무속을 파고들어가는 소리와 망치로 못대가리를 때리는 소리는 듣기에 편하다. 소음이 어째서 편안하고 아름답게 들리는가. 그 의문이 또 나를 들볶았다. 아마도 그 소음은 인간의 근육의 힘이 이 세계의 재료들과 직접 부딪치면서 발생하는 소리이기 때문에 듣기에 편안했을 것이다. 그리고 그 소음을 편안해하는 내 마음은 나 자신의 결핍이고 불행일 것이었다.

나는 목수들이 잘라내버린 나무 조각 몇 개를 얻어서 집으로 돌아왔다. 마당에서 그 나무에 망치질을 했다. 나무통을 짜서 거기에 옥수수를 기르기로 했다. 못박기는 쉽지 않았다. 못은 힘의 크기로 박는 것이 아니라, 힘의 각도로 박는다는 이치를 나는 알았다. 못대가리를 수직으로 정확히 때리지 않으면, 힘이 클수록 못은 휘어져서 일을 망친다. 수많은 못이 휘어진 뒤에, 나무통 몇 개를 겨우 만들었다.

거기에 심은 옥수수가 자라서 잎이 제법 늘어졌다. 나는 옥수수 먹기보다도 옥수수나무 쳐다보기를 더 좋아한다. 옥수수잎은 난초처럼 깔끔하고 세련되지는 않았지만 거칠고 싱싱한 힘으로 가득 차 있다. 옥수수잎이 거침없이 뻗어나가고,

힘찬 각도를 이루며 꺾이고 비틀리고 휘어진 모습은 언제나 나를 신나게 만든다. 그리고 거기에 바람이 스칠 때, 잎들이 부대끼며 서걱거리는 소리는 늘 새로운 세상과 새로운 사랑을 꿈꾸게 한다. 이런 소리는 옥수수밭에 가야만 들을 수 있지만, 나무통에 심은 한 줄기의 옥수수에서도 그 바람 소리는 들릴락 말락 하게 들린다. 옥수수가 좀 자라자, 다시 연필과 지우개를 쥘 수밖에 없는 내 몸의 조바심은 겨우 진정되었다.

공사중인 집의 처마 끝에 매달려 못질을 하는 젊은 목수는 그 아름다움으로 나를 주눅들게 한다. 그러나 누구의 삶인들 고달프고 스산하지 않겠는가. 나무통이 좁아서 뿌리가 비어져나온 옥수수를 들여다보면서 나는 새로운 슬픔으로 지나간 슬픔을 위로한다. 옥수수잎에서, 먼 바람 소리가 들린다. 놀다 보니 봄은 다 갔고, 내 사랑하는 젊은 목수들은 집을 다 짓고 어디론지 가고 없다.

줄

무인등대 사이를 돌아서, 어선들은 포구로 돌아온다. 일출이 가까운 새벽바다의 어둠은 붉다. 그 붉은 어둠의 먼 곳으로부터 어선들은 모습을 드러낸다. 피곤한 노동의 땟국으로 칠갑이 된 어선들은 찢어진 어기漁旗를 펄럭거리며 포구로 돌아오는데, 피곤은 곧 삶인 것이어서, 그래서 그 피곤을 별도로 언급할 필요는 없어 보인다. 봉두난발의 사내들은 말없이 뱃전에 걸터앉아 있고, 방파제 위에서 그 사내들의 여자들은 빈약한 어획으로 돌아오는 사내들의 배를 기다리고 있는데, 찢어진 깃발 펄럭이며 돌아오는 새벽 어선의 남루는 아침바다의 첫 햇살에 비치어 찬란하다.

얼마 전에, 산둥반도 쪽으로 나아가는 병어잡이 원양어선을 얻어 타고 바다로 나간 적이 있었다. 고기 잡는 선원들과 함께 먹고 자면서 그들의 노동을 가까이서 들여다볼 수 있었다. 밤에 그물을 놓고, 고기가 들어올 때까지 네댓 시간을 기다렸다가 새벽에 그물을 걷어들였다. 걷어들인 그물을 다시 풀어놓고 또다시 네댓 시간을 기다린다.

선원들의 휴식시간은, 고기가 그물에 들어오기를 기다리는 그 사이사이였다. 그물에 고기가 들지 않으면 선장은 배의 위치를 옮긴다. 한 해역을 포기하고 다른 해역으로 옮길 때는 그물을 들어올려야 한다. 그리고 옮겨간 해역에서 다시 그물을 내려야 한다. 그물을 놓는 시간은 물때에 따라서 매일 달라진다. 그래서 어부들의 노동과 휴식은 정해진 시간에 따라서 반복되는 것이 아니라 매일같이 바뀐다.

그들의 노동은 침묵 속에서 이루어졌다. 그들의 노동은 기계적인 동작을 매번 똑같이 반복해서 되는 일이 아니었다. 바다의 표정이 쉴새없이 바뀌고 캄캄한 바다 밑을 떼지어 흘러가는 고기떼들의 움직임은 종잡을 수가 없다. 밧줄을 당길 때마다, 끌려올라오는 그물이 뱃전에 와닿는 방향과 무게는 일정하지 않다. 어종에 따라서 그물을 당기는 방법도 일정하지 않다. 그래서 그물을 들어올릴 때마다, 선원들은 낯선 종류의 노동을 새롭게 시작하는 것과 같았다. 그들은 뱃전 밑으로 상반신을 숙여서 꼬챙이로 그물을 찍어올렸고, 파도에 밀려 떠내려가는 부표를, 갈쿠리를 던져서 걷어올렸다.

나는 배에서 아무 하는 일 없이 공밥을 얻어먹고 빈둥거리고 있었다. 선원들의 노동을 어떻게든지 좀 도와보려고, 그들이 밧줄을 당길 때 대열의 꽁무니에서 힘을 보태는 시늉을 해보기도 했지만, 선원들은 나를 쫓아버렸다. 힘이 보태지지도 않거니와, 걸리적거려서 오히려 방해가 되고, 안전사고라도 날까봐서 끼워줄 수가 없다는 것이었다. 그들은 파리를 쫓듯이 손짓으로 나를 쫓아버렸다. 그러나 나는 염치없게도 그들의 옆에 바짝 붙어 앉아서 그들의 노동을 관찰했다.

그들의 노동은 거의 대부분이 밧줄에 의해 이루어지고 있었다. 닻과 그물과 부표를 내리고 당기는 일이나 부표에 매달려 바다에 뜬 다른 밧줄을 당기는 일들이 모두 당기기에 의해 이루어지고 있었다. 하나의 밧줄에 여러 명의 선원들이 매달려 있는데, 그들은 지휘자도 없는 오케스트라처럼, 앞에서 당기는 사람과 뒤에서 당기는 사람의 손발이 척척 맞아들어갔다. 그래서 그물을 당기거나 닻을 들고 내릴 때, 갑판에서 일하는 모든 선원들은 전혀 말이 없는 가운데서 다른 동료들의 작업내용을 이해하고 있었다. 그래서 한 선원이 맨 앞에서 그물을 당기면 다른 선원들은 그의 일을 받아내기 위해서 스스로 자신의 위치를 민첩하게 이동했다. 그 모든 동작들은 물이 흐르듯이 신속하고 유연하게 이루어졌고, 그 이동과 재배치 과정에서 아무런 말도 하지 않았다. 그들은 동료의 동작을 보면 그 동작을 받치기 위해서 내가 어떤 동작을 취해야 하는지를 감각을 통해서 터득하고 있었다.

그렇게 말없는 노동과, 이심전심의 재배치가 밤새도록 바다 위에서 전개되었다. 바다에 고기가 점점 씨가 말라서 그들의 어획은 빈약했으나, 밤의 갑판 위에서 벌어지는 그들의 노동은 거룩해 보였다. 아무도 그 아름다움을 기록하지 않는다. 그물을 올릴 때 앞에서 끌어당긴 밧줄은 배 뒤쪽으로 전달되어서 배의 고물 쪽에서 동그랗게 사려진다. 사려진 그물은 다음번 투망 때 다시 풀려나간다. 바다 위에는 밧줄이 길게길게 펴져나간다. 그리고 그 밧줄은 갑판 위에서 밤을 새우는 인간의 근육에 연결되어 있다. 인간의 근육의 힘이 저 캄캄한 바다 밑까지 뻗어가고 있고, 그 밧줄에 힘센 이두박근의 사내들은 매달려 있다.

암벽등반가들의 자일은 톱과 세컨드를 연결시킨다. 세컨드는 톱의 뒤를 바짝 따라붙으면서 안전 위치를 확보한다. 세컨드는 톱과 아무런 말을 하지 않아도 톱의 형편을 알고 있다. 톱은 세컨드와 연결된 자일을 믿고서 비로소 길 없는 암벽 위로 길을 더듬어낼 수 있다. 자일은 톱의 뒤로 늘어져 있고, 가야 할 길은 톱의 앞으로 뻗어 있다. 뒤로 늘어진 밧줄이 톱의 앞길을 받쳐준다. 만일 톱이 추락하더라도 톱은 세컨드와의 거리만큼만 추락한다. 추락하는 톱은 이미 안전 위치를 확보한 세컨드의 자일에 매달리게 되는 것이다.

인간과 인간이 연결됨으로써 인간은 개별적 존재로서는 도저히 할 수 없는 일들을 수행해낼 수 있다.

암벽등반가들의 밧줄은 수직으로 뻗어나가지만, 선원들의 밧줄은 넓은 바다를 수평으로 뻗어나간다. 밧줄이 물밑에서 인간의 몸을 대신해준다. 배에 탄 인간은 다만 밧줄을 풀고 당김으로써 고기를 건져올릴 수 있다.

불구덩이 속으로 들어가는 소방관들의 몸도 소방 호스에 따라 연결되어 있다. 다섯 명이나 여섯 명이 한 조가 되어서 호스를 끌고 불 속으로 들어간다. 연결이 인간에게 없던 힘을 가져다주는 것이다. 뒤를 받쳐주지 않으면, 소방관은 불 속으로 들어갈 수 없다. 나는 최초로 끈을 발견한 인류의 선배를 상상할 수 있었다. 그 선배들의 끈은 아마도 식물의 넝쿨이거나 동물의 가죽이었을 것이다. 끈은 고고학적 발굴에서 출토되지 않는다. 끈과 밧줄을 발견한 인간은, 인간의 몸과 노동을 외계 속으로 그리고 다른 인간의 몸속으로 확대시키고 연결시킨, 위대한 선구자일 것이다.

항구로 돌아올 때 배는 바다로 나아갈 때처럼 가지런히 사려진 밧줄 뭉치를 싣고 있었다. 노동은 없었던 일처럼 보이지 않았고 선원들은 곤히 잠들어 있었다. 잘 사려진 밧줄이 햇볕에 말라서 반짝거렸다. 고기비늘들이 그 밧줄에 말라붙어 있었다.

목숨 1

행복에 대한 추억은 별것 없다. 다만 나날들이 무사하기를 빈다.* 무사한 날들이 쌓여서 행복이 되든지 불행이 되든지, 그저 하루하루가 별 탈 없기를 바란다. 순하게 세월이 흘러서 또 그렇게 순하게 세월이 끝나기를 바란다.

죽을 생각 하면 아직은 두렵다. 죽으면 우리들의 사랑이나 열정도 모두 소멸하는 것일까. 아마 그럴 것이다.

삶은 살아 있는 동안만의 삶일 뿐이다. 죽어서 소멸하는 사랑과 열정이 어째서 살아 있는 동안의 삶을 들볶아대는 것인지 알 수 없다. 그 사랑과 열정으로 더불어 하루하루가 무사

---

* 임화는 시 「자고 새면」에서 "자고 새면/이변을 꿈꾸면서/나는 어느 날이나/무사하기를 바랐다"고 썼다.

할 수 있다는 것은 큰 복은 아니지만, 그래도 복 받은 일이다.

사람의 죽음을 가까이서 지켜본 일이 있었다. 연기가 빠져나가듯이, 생명은 가뭇없이 빠져나갔다. 생명은 본시 연기나 바람 같은 기체가 아니었을까. 생명이 빠져나간 육신은 힘없이 고개를 떨구었고, 죽어가는 육신의 눈을 떠서 마지막 이승을 한동안 바라보더니 눈을 감았다. 그의 눈동자에 비친 이승의 마지막 풍경은 어떠한 것이었을까.

아직 살아 있는 나는 죽어가는 그를 바라보았고, 그는 마지막 망막의 기능으로 아직 살아 있는 나를 바라보았다. 나는 그의 마지막 망막에 비친 살아 있는 나를 바라보았다. 그의 마지막 망막에 비친 살아 있는 나의 모습은 어떠한 것이었을까. 죽어가는 그와 마찬가지로, 한줌의 공기나 바람은 아니었을까.

그때, 나는 그런 생각을 하면서 무서웠다. 그와 나는 마지막 시선을 교환하면서 작별했고, 차가운 흙구덩이로 들어가야 하는 것은 오로지 그의 몫이었다. 그리고 또 나의 몫이기도 할 것이었다. 다 똑같이 구덩이 속으로 들어가야 하지만, 그 무서움은 공유되는 것이 아니고 각각 저마다의 몫일 뿐이다.

나는 춥고 어두운 흙구덩이로 들어가야 할 일이 무섭다. 그래서 살아 있는 동안의 무사한 하루하루에 안도한다. 행복에 대한 내 빈약한 이야기는 그 무사한 그날그날에 대한 추억이다. 행복이라기보다는 그나마 다행이라고 말하는 편이 옳을 것이다.

딸아이가 공부를 마치고 취직해서 첫 월급을 받았다. 딸아이는 나에게 핸드폰을 사주었고 용돈이라며 15만 원을 주었다. 첫 월급으로 사온 핸드폰을 나에게 내밀 때, 딸아이는 노동과 임금을 자랑스럽게 여기고 있었고, 그 자랑스러움 속에는 풋것의 쑥스러움이 겹쳐 있었다. 그때 나는, 이 진부한 삶의 끝없는 순환에 안도하였다.

그 아이는 나처럼 힘들게, 오직 노동의 대가로서만 밥을 먹고 살아가게 될 것이다. 진부하게, 꾸역꾸역 이어지는 이 삶의 일상성은 얼마나 경건한 것인가. 그 진부한 일상성 속에 자지러지는 행복이나 기쁨이 없다 하더라도, 이 거듭되는 순환과 반복은 얼마나 진지한 것인가. 나는 이 무사한 하루하루의 순환이 죽는 날까지 계속되기를 바랐고, 그것을 내 모든 행복으로 삼기로 했다.

딸아이는 어렸을 때 침을 많이 흘렸고, 늘 젖을 토했다. 두 돌이 다 지나도록 턱밑에 수건을 매달았다. 안아주면 늘 삭은 젖냄새가 났다. 나는 그 젖냄새에 늘 눈물겨워했다. 이것이, 내 혈육이고 내가 길러야 할 내 어린 자식의 냄새로구나, 내가 배반할 수 없는 인류의 냄새로구나……

술 취하고 피곤한 저녁에, 잠든 아이의 머리에 코를 대고 아이의 냄새를 맡으면서 나는 때때로 슬펐다. 내 슬픔은 결국 여자의 태胎에서 태어나서 다시 여자의 태 속에 자식을 만드는 포유류의 슬픔이었다. 여자의 태는 반복과 순환을 거듭하며 생명을 빚어내는 슬픔의 요람이었다. 그 어린아이가 자라서 또 여자가 되었다. 결혼을 해도 좋을 만큼 자란 여자 성인成人이 된 것이다.

이 여자아이가 또 여자아이를 낳고 그 아이가 또 여자아이를 낳을 것이다. 나는 이 진부하게 순환되는 삶의 일상성 속에서 기적과도 같은 경이를 느꼈다. 삶은 느리고도 길게 계속되는 것이고, 무사한 그날그날 속에서 젖을 토하던 아이가 다 큰 여자로 자라는 것이다.

나는 핸드폰을 내미는 딸을 바라보며, '아, 살아 있는 것은 이렇게 좋은 것이로구나' 생각하면서 혼자 기뻐했다.

이 무사한 하루하루가 흘러 결국은 저 차가운 구덩이 속으로 들어가야 한다 하더라도, 그 시간 속에서 핏덩이는 자라서 여자로 변한다. 그 아이는 내가 기른 아이가 아니라, 저절로 자란 아이였다. 무사한 날들의 이 한없는 시간들이 아니라면 무엇이 그 아이를 여자로 길러줄 것인가. 그리고 그 생명의 고유한 힘이 아니라면, 어린아이가 어떻게 여자가 될 수 있을 것인가. 핏덩이가 자라나서, 검은 머리카락이 늘어지고 젖가슴이 도드라지고 또 어깨가 둥글고 잘 웃는 여자가 된다는 것, 이 생명현상을 설명할 수 있는 언어가 지상에는 없다.

그 아이가 어려서, 분홍빛 잇몸에서 흰 싹 같은 앞니가 돋아나고, 또 말을 배우느라고 뭐라고 알아들을 수 없는 소리를 종알거릴 때도 나는 이 진부한 일상 속에서 살아서 작동하는 삶의 신비를 느꼈다. 이 작은 신비들이 시간 속에서 쌓이고 또 쌓여 갓난아이는 여자로 바뀐다.

다시 눈을 뜨고 이 살아 있는 동안의 시간들을 들여다보니, 거기서 꽃이 피고 나무가 자라고 누렇고 붉은 열매들이 열린다. 그리고 태어난 모든 것들은 사라진다. 시간 속에서는 덧없는 것들만이 영원하다. 모든 강고한 것들은 무너지지만, 저녁노을이나 아침이슬은 사라지지 않는다.

갓난아이가 여자로 자라는 기적과, 덧없는 것들의 영원함만이 구덩이를 기다리는 이 무사한 그날그날의 행복이다.

나의 행복은 이처럼 작고 초라한 것이다. 딸이 늦게 귀가하는 날, 딸이 사다준 핸드폰으로 딸에게 전화를 걸면 그 다 자란 여자가 말한다.

"아빠, 저 오늘 늦으니까 기다리지 마시고 먼저 주무세요."

"알았다. 운전 조심해라."

목숨 2

장모님은 여러 가지 병이 겹쳐진 노환으로 2년쯤 입원해 있다가 세상을 떠났다. 장모님의 병은 불가피한 자연현상이었다. 유언에 따라, 장모님의 시신은 화장되었다. 소각로는 엘리베이터식이었다. 소각에 두 시간이 걸렸다. '소각 완료'라는 글자에 불이 켜지고 소각로 문이 열렸다. 가랑잎 같은 뼛조각 몇 개가 소각로 바닥에 흩어져 있었다. 뼛조각들은 바람에 쓸리듯 계통이 없어 보였다. 어느 부위의 뼈인지조차 알아볼 수 없었다. '소각 완료'라는 글자는 추호의 모호성이 없었다. 그 글자는 운명의 선명한 모습을 단지 네 글자로 증거하고 있었다. 소각이 완료된 것이었다. 종말은 선명했고, 가벼웠다. 삶의 종말은 참혹하게도 명석했다. 그 흰 뼛조각을 들여다보면서 나는 죽음의 보편성과 생명의 개별성에 관해서 생각했다. 나의 생각은 생명의 개별성에 걸려서 좌초되었다.

창세기 이래로, 인간은 죽음으로써 지구를 구해냈을 것이다. 다들 죽어 없어지지 않았다면, 또 다들 살 자리가 없어서 죽었을 터이다. 그래서 죽음이야말로 인간이 세계와 후손을 위해서 베푸는 가장 큰 보시이며 은혜일 것이다. 죽음은 죽은 자를 객관화시킨다. 나는 산 자들의 그 어떤 위업도 그 죽음이 베푸는 은혜만은 못하리라고 생각한다. 그래서 산 자는 필멸이라야 마땅하다. 그러나 그렇다고는 해도 보편적 죽음이 개별적 죽음을 설명하거나 위로하지는 못한다. 소각로 바닥의 흰 뼈를 들여다보면서 나는 알았다. 인간은 보편적 죽음 속에서, 그 보편성과는 사소한 관련도 없이 혼자서 죽는 것이다. 모든 죽음은 끝끝내 개별적이다. 다들 죽지만 다들 혼자서 저 자신의 죽음을 죽어야 하는 것이다. 죽음은 보편화되지 않고 공유되지 않는다. 장모님의 초상을 치르면서 나는 그 절대적인 개별성에 경악했다.

나이를 먹으니까 병원에 갈 일이 점점 많아진다. 눈도 침침하고 허리도 쑤신다. 지난 한 해 동안에도 병원에 가져다준 돈이 수십만 원이 넘는다. 나는 병원 문을 열고 들어갈 때마다 소독약 냄새에 진저리친다. 소독약은 우월성의 냄새를 풍긴다. 병원은 환자보다 우월하다는 냄새를 소독약은 뿜어낸다. 소독약은 내 몸속의 병을 적대시하고 경멸하는 듯한 냄새를 풍긴다. 병원은 늘 살균되어 있다. 젊은 의사는 나에게 "어디가 아프냐" "얼마나 아프냐"고 묻는다. 병은 나 자신의 생명 속에서 발생한 실존적이고도 사적인 현상이다. 내 병은 나의 생명현상인 것이다. 나는 나의 병을 나 자신의 몸으로부터 분리시키지 못한다. 나는 나의 병을 객관화하지 못하고 대상화하지 못한다. 그러나 젊은 의사는 기어코 나의 병을 대상화시킨다. 대상화되지 않으면, 의사는 나의 병에 손댈 수 없을 것이다. 그래서 옷을 추켜올리고 의사에게 내 맨몸을 내맡길 때, 나는 내 병을 남에게 맡겨야 하는 나의 이 속수무책을 슬퍼한다. 나는 젊은 의사에게 이 운명의 개별성을 설명할 길이 없다.

얼마 전에 친구가 뇌종양으로 세상을 떠났다. 나는 그 친구를 문병 갔다가 우연히 뇌 속을 찍은 MRI 사진을 볼 수 있었다. 종양의 사진이었다. 골프공만한 크기의 종양 주변으로 반딧불 같은 새끼 종양들이 점점이 흩어져 있었다. 종양들은 뇌 속에서 스스로 발생하고 번식하며 영역을 넓혀간다. 뇌 속에서 종양이 커지면 그 주변이 신경을 압박해서 미각중추, 후각중추, 시각중추가 교란된다고 의사는 설명했다. 미각과 후각의 중추가 마비되면, 모든 음식의 맛은 바뀐다. 음식에서 구린내가 나서 삼킬 수가 없게 된다는 것이다. 음식의 고유한 맛은 도대체 어떠한 양식으로 존재하던 것이었을까. 모든 관능의 질서가 거꾸로 뒤집히는 사태도, 삶 속에서는 불가능한 것이 아니었다. 종양의 MRI 사진은 무서웠다. 반딧불 같은 종양의 불빛들이 깜박거렸다. 종양의 나라는 안개가 낀 듯싶었다. 생명 속에는 생명을 부정하고 생명에 반역하는 또다른 생명이 서식하고 팽창한다. 이 반역은 생명현상인 것이다. 나는 그 MRI 사진을 들여다보면서, 생로병사는 생, 로, 병, 사로 따로따로 떨어져 존재하는 것이 아니라, 한 덩어리로 포개져서 흘러가는 것임을 알았다. 생 속에 사死가 있고 노老가 있으며 병 속에 사가 있는 것이었다. 생로병사는 분리되지 않는다. MRI 사진이 그것을 말해주고 있었다.

모르기는 하거니와, 의학이 죽음과 대적해서 죽음을 박멸하는 학문은 아닐 것이다. 만일 그것이 의학의 목표라면 의학은 저 소각로 바닥의 백골 앞에서 백전백패할 것이다. 내 장모님은 돌아가시기 전에 온갖 치료와 처치를 받았다. 그 치료와 처치가 백골에까지 따라올 수 없었다. 의학이 생명을 다루는 학문으로서 모든 생명현상 속에서 보편적 원리를 추구할 수는 있을 것이다. 그러나 한 개인의 생명과 관련된 국면에서, 그 생명이 끝나는 순간 의술은 거기서 멈춘다. 백골에 손댈 수 없는 것이다. 죽은 육신 속에서는 구더기가 발생할 수 있지만 종양은 발생하지 않는다. 그렇다면 백골에 손댈 수 없는 운명은 의학의 패배인가? 아마도 그렇지는 않을 것이다. 그러므로 죽음과 싸우지 않고, 죽음을 인도하는 것이 의업의 길이며, 그 길은 생로병사에 거역하는 길이 아니라 생로병사와 함께 흘러가는 길이라고 말하는 것이 훨씬 더 어른다울 것이다.

내가 장모님의 죽음과 친구의 죽음 앞에서 좌초되어 있던 지난여름, 연세대학교 의과대학의 손명세 교수를 만났다. 그는 나의 오랜 친구이다. 손교수는 가을학기부터 의과대학에 '문학과 의학'이라는 새로운 강좌를 개설하려는 계획을 나에게 말했다. 그는 늘 새로운 일을 저지르려는 자의 신명으로 가득 차 있었다. 우리는 그 강좌의 틀과 전개방식에 관해서 이야기를 나누었다. 문학과 의학의 '접점'을 어디에 설정해야 하는가, 그것은 어려운 문제였다. 나는 생명의 개별성을 긍정한다는 점에서 문학과 의학은 접점을 공유할 수 있다고 생각했다(이때의 생각들을 '화장火葬'이라는 제목의 단편 소설로 발표했다). 나의 시대에서 어떤 사람들은 인간의 개별성에 대한 성찰이 전무하거나 태부족이다. 그리고 또다른 사람들은 그 개별성에 함몰되어 있다. 내가 말하려는 개별성은 이념적 개별성이 아니라 몸의 개별성이지만, 그 두 개의 개별성은 결국 하나일 것이다. 생명과 병듦과 늙음과 죽음의 개별성은 개체의 것이다. 모든 인간의 병을 범주화하고 일반화해서, 동일한 징후에는 동일한 처방을 내린다는 방식으로는 이 개별적 징후들과 소통할 수 없을 것이다. 병과 징후들을 일반화했을 때 의학은 보편성이라는 자부심을 가질 수 있겠지만, 그 자부심은 앓고 있는 인간의 고통의 개별성과는 별 관련이 없어 보인다. 나의 고통은 나의 생명 속에서만 유효한 실존적 고통인 것이다. 인간의 존엄은 그 개별성에 있다. 나의 병은 다른 모든 유사한 병과 다른 것이다. 그러므로 병을 치료한다는 것은 개별적 존재의 개별적 병을 치료한다는 말이 되어야 할 것이다.

나는 이제마의 글을 다 이해하지는 못한다. 그러나 그의 『동의수세보원』의 「성명론性命論」 편은 어렴풋이 이해할 수 있다. 이제마가 이해한 인간의 몸과 병은 정치사회적인 것이고 몸과 마음은 분리되는 것이 아니다. 그리고 그가 수많은 임상 경험을 통해 정립한 '사상의학'은 바로 인간의 개별성에 접근하려는 노력이었던 것으로 나는 이해했다. '동일한 징후에 동일한 처방'이 아무런 효험이 없는 경우를 그는 너무나도 많이 경험했을 것이다. 병의 실체는 보편적이거나 획일적일 수 없다는 깨달음이 병의 구체성으로 나아가는 길을 열어주었던 것이다. 고대 중국의 전설적 명의 편작扁鵲은 "몸속의 병은 겉으로 드러나서 감출 수가 없다"고 말했다. 그는 망진望診을 최고의 진찰술로 꼽았다. 환자를 자세히 들여다봄으로써 그 병을 알 수 있다는 것이다. 이것은 대체 무슨 말일까. 나는 편작의 '망진'이란 보편성의 함정에 빠지지 않고 환자의 개별성을 개별적으로 파악해야 한다는 뜻으로 이해한다. 이때 의사와 환자는 '직접성'의 관계로 맺어진다. 편작은 여러 지방을 떠돌면서, 그 지역에서 필요한 대로 진료 과목을 바꾸었다. 노인이 많은 지역에서는 노인병 의사가 되었고 어린이가 많은 지역에서는 소아과 의사가 되었다. 그의 생애는 환자 및 시대와의 '직접성'을 이탈하지 않았다.

창공倉公은 제나라의 명의다. 그는 얼굴에 나타나는 다섯 가지 빛깔을 보고 오장의 병을 진단했다고 한다. 창공 역시 망진의 대가였던 모양이다. 창공은 말했다. "내 마음이 맥을 정밀하게 볼 수 없는 상태일 때, 나는 흔히 실수했다. 치료할 수 없는 병을 치료할 수 있는 병으로 오판하기도 했다. 나는 완전하지 못하다."

창공의 고백은 의사와 환자 사이의 관계의 직접성 위에서 치료는 가능하다고 말하고 있는 것 같다. 보편성 속에 개별성을 매몰시켜서는 문학도 의학도 온전하지 못할 것이다. 생로병사는 화장장에서 소멸하는 병리적 징후가 아니라, 개별적인 나의 자연현상이다.

2부

돈

세월호

나는 본래 어둡고 오활하여, 폐구閉口로 겨우 일신의 적막을 지탱하고 있다. 더구나 궁벽한 갯가에 엎드린 지 오래니 세상사를 입 벌려 말할 만한 식견이 있을 리 없고, 이러한 말조차 아니함만 못하다는 것을 모르지 않는다. 그러하되, 잔잔한 바다에서 큰 배가 갑자기 가라앉아 무죄한 사람들이 떼죽음을 당한 사태가 대체 어찌된 영문인지 알지 못하고, 아직도 돌아오지 못한 사람들의 몸을 차고 어두운 물밑에 버려둔 채 새해를 맞으려니 슬프고 기막혀서 겨우 몇 줄 적는다.

단원고 2학년 여학생 김유민양은 배가 가라앉은 지 8일 후에 사체로 인양되었다. 라디오 뉴스에서 들었다. 유민이 아버지 김영오씨는 팽목항 시신 검안소에서 딸의 죽음을 확인하고 살았을 적의 몸을 인수했다. 유민이 소지품에서 학생증과 명찰, 그리고 물에 젖은 1만 원짜리 지폐 6장이 나왔다. 김영오씨는 젖어서 돌아온 6만 원을 쥐고 펑펑 울었다(유민 아빠 김영오, 『못난 아빠』 중에서). 이 6만 원은 김영오씨가 수학여행 가는 딸에게 준 용돈이다. 유민이네 집안 사정을 보건대, 6만 원은 유민이가 받은 용돈 중에서 가장 많은 돈이었을 것이다. 이 6만 원은 물에 젖어서 돌아왔다.

아 6만 원, 이 세상에 이 6만 원처럼 슬프고 참혹한 돈이 또 있겠는가. 이 6만 원을 지갑에 넣고 수학여행 가는 유민이는 어떤 설계를 했던 것일까. 열일곱 살 난 여학생은 무엇을 사고 싶었을까. 얼마나 간절한 꿈들이 유민이의 6만 원 속에 담겨 있던 것인가. 유민이가 가지고 싶었던 것들. 아버지, 엄마, 동생에게 사다주려 했던 선물은 무엇이었을까.

6만 원은 유민이의 꿈을 위한 구매력에 쓰이지 못하고 바닷물에 젖어서 아버지에게 되돌아왔다. 300명이 넘게 죽었고, 아직도 돌아오지 않는 사람들의 몸이 물밑에 잠겨 있지만 나는 이 많은 죽음과 미귀未歸를 몰아서 한꺼번에 슬퍼할 수는 없고 각각의 죽음을 개별적으로 애도할 수밖에 없다. 그래서 유민이의 6만 원, 물에 젖은 1만 원짜리 6장의 귀환을 통절히 슬퍼한다.

아 6만 원. 유민이의 마음속에서 6만 원으로 할 수 있는 일은 셀 수 없이 많았고, 유민이가 갖고 싶었던 것은 사소할수록 간절했을 것이다. 이것을 살까, 저것을 살까 망설일 때 그 후보 리스트에 오른 물건까지를 합산한다면 이 6만 원이 갖는 구매력의 예상치, 실현되지 못한 구매력은 몇 배로 늘어난다. 유민이의 선택에서 최종적으로 탈락되었다고 해서 그 탈락된 꿈이 무효인 것은 아니다. 배는 수학여행지에 닿지 못했다. 죽은 많은 아이들의 용돈도 다들 물에 젖어서 돌아왔을 것이므로 그 많은 꿈들은 슬픔과 분노로 바뀌어 바다를 덮는다. 유민이의 지갑에서 돌아온 6만 원으로 살아 있는 사람들이 무엇을 할 수 있는가. 국가재난 컨트롤타워에 성금으로 보내야 하는가를 생각하다가 생각을 그만두었다. 내가 젊은 날 육군에서 힘들 때 엄마한테서 편지가 왔는데, 어렵고 힘들 때는 너보다 더 어려운 이 어미를 생각해라, 라고 적혀 있었다. 고지의 겨울은 맹수에게 물어뜯기는 듯이 추웠다. 엄마의 편지를 받던 날 밤에 나는 보초를 서면서 고난을 따스함으로 바꾸어놓는 엄마의 온도와 엄마의 눈물의 힘을 생각했고 자라나는 고비에서 치솟는 반항기로 엄마를 속썩인 패악을 뉘우치면서 가슴이 아팠다. 유민이의 6만 원에도 내 엄마의 편지처럼, 크고 깊은 슬픔의 힘이 저장되어 있어 세상의 불의와 더러움을 밀쳐낼 수 있으며, 말을 알아듣고 사물을 볼 수 있는 마음을 가진 사람들의 마음을 정화시켜줄 테지만 그렇게 말해봐도 산 자들의 말일 뿐, 젖어서 돌아온 6만 원을 위로할 수는 없다. 배 안을 수색하는 잠수사들의 말에 따르면, 아이들이 담요를 둘둘 말아서 배 안의 창문 틈마다 모두 막아놓았다고 한다. 아이들은 그렇게 버둥거리다가 최후를 맞았다. 골든타임도 에어포켓도 컨트롤타워도 다가오는 인기척도, 아무것도 없었다.

글을 쓰면서 읽은 책을 들이대는 것은 게으르고 졸렬한 수작일 테지만 나는 바다에 빠져 죽을 뻔한 경험이 없기 때문에 별수 없이 책을 들먹인다.

조선 성종 때 관인 최부崔溥(1454~1504)는 제주도에 공무 출장 갔다가 부친상을 당해 배를 타고 육지로 돌아오는 길에 풍랑을 만났다. 그는 15일 동안 바다에서 갈팡질팡하다가 중국 해안에 표착했고 북경을 거쳐 6개월 만에 귀국했다. 그는 바다와 대륙에서의 일들을 기록으로 남겼다. 사나운 바다에서 죽음이 다가오는 순간은 이렇다.

> 한 채의 이불을 찢어 여러 번 둘러 동여매고 횡목橫木

에 그것을 묶어서 죽은 후에도 시신이 배와 함께 오래도록 서로 떨어지지 않도록 하고자 했다.

_최부, 『표해록』, 서인범·주성지 옮김, 한길사, 2004, 62쪽

최부는 이불을 찢어서 배 기둥에 몸을 묶었고 유민이네 학교 아이들은 담요를 말아서 창문 틈을 막았다. 그 마지막 정황에서 인간의 모습은 비슷하지만 세월호는 풍랑에 깨진 것이 아니라 스스로 침몰했다. 차오르는 물속에서 아이들은 스스로 담요를 말아서 창문 틈을 막았는데, 아직 살아 있는 몸의 동작이 생명을 향해 그렇게 작동되어지는 과정의 무서움을 최부의 글을 통해 겨우 짐작한다지만, 거듭 말하거니와 세월호는 풍랑에 깨지지 않고 스스로 침몰했다. 큰 배가 스스로 뒤집혀서 가라앉게 되는 배후에는 대체 얼만큼 악과 비리가 축적되어 있는 것인지, 그리고 담요를 말아서 창문 틈을 막다가 죽은 아이들과 정치적·행정적 시스템과의 그 참혹한 단절은 어찌된 영문인지를 나는 알 수가 없다. 최부가 표류했던 조선 성종 시대의 동지나東支那 바다는 물결이 사나웠고 세월호가 침몰하던 박근혜 대통령 시절의 진도 연안 여객선 수로는 잔잔했는데, 그 인기척 없는 적막강산의 풍경은 국망과 건

국, 전쟁과 재건을 거쳐온 6백 년의 세월이 지난 후에도 어찌 그리 똑같은지, 내가 얼마 전에 진도 팽목항에 가서 눈물도 말라버린 유가족들과 함께 바다를 바라보니 부르는 소리는 수평선 너머로 퍼져가는데 배 빠진 자리는 흔적이 없고, 바다에는 아무 일도 없었다.

國破浪花飛 국파랑화비
海暮號哭散 해모호곡산

나라는 깨지고 물보라 날리니
바다는 저물고 곡소리 퍼진다.
_두보杜甫를 흉내내어 지음

장한철張漢喆(1744~?)은 조선 영조 연간의 제주도 선비다. 26세 때 서울 가서 과거를 보려고 배를 타고 바다를 건너다가 풍랑을 만났다. 그는 오키나와까지 떠밀려갔다가 중국 상선을 얻어 타고 2개월 만에 돌아왔다. 29명 중에서 22명이 물에 빠져 죽었고, 살아서 돌아온 자들도 곧 병들어 죽었다. 부서진 배가 파도에 치솟고 잠기면서 장한철에게 죽음이 다가오는데, 임박한 죽음 앞에서도 인간은 삶을 기약한다. 그때

장한철의 각오는 다음과 같다.

> 만일 내가 살아서 돌아간다면 응당 글 읽는 일을 던져버리고 집밖의 일도 벗어버리고 몇 고랑 안 되는 밭을 몸소 갈면서 쌍오당(둘째아버지의 아호)의 여생을 효성스럽게 받들련다.
>
> _장한철, 『표해록』, 김지홍 옮김, 지식을만드는지식, 2009, 68쪽

임박한 죽음 앞에서 장한철은 삶의 쇄신을 각오하는데, 쇄신의 골자는 책을 버리고 밭으로 돌아가는 것이었다. 그는 언어와 관념의 세계를 버리고 몸과 대지가 부딪치고 엉키는 직접성의 세계에 삶을 재건할 것을 기약한다.

세월호가 기울고 뒤집히고 가라앉을 때 배에 갇힌 사람들은 마지막 순간까지 그러한 방식의 죽음을 받아들일 수는 없었을 것이다. 그것이 생명의 고유한 원리라고 나는 생각한다. 아 물이 차오르는구나, 이제 죽어야겠다, 라면서 죽은 사람이 있을 것인가. 세월호에서 죽은 그 많은 사람들도 장한철처럼 죽음 앞에서 삶의 쇄신을 기약했을 것인데, 그들의 마음속에서 울음으로 끓어오르던 새로운 삶에 대한 각오와 동

경, 지나간 삶에 대한 회한과 뉘우침, 이루어야 할 소망과 사랑과 평화와 친절, 만남과 그리움, 손 붙잡기, 끌어안기, 쓰다듬기…… 이런 것들을 생각하면서 팽목항에서 나는 기막혔고 분했다.

장한철의 그 일생일대의 각오는 오래가지 못했다. 살아서 돌아온 그는 다시 글의 세계로 돌아갔다. 풍랑 치는 바다에서의 생각과 흔들리지 않는 땅 위에서의 생각은 전혀 다른 모양이다. 장한철은 살아온 지 두어 달 만에 다시 서울로 올라가서 과거에 응시했고, 떨어졌다. 낙방한 그가 다시 배를 타고 제주 바다를 건너 고향으로 돌아갈 때 책과 밭에 대해서 무슨 생각을 했는지는 기록에 없다.

장한철은 살아서 돌아왔으므로 그의 마지막 각오와 소망을 번복할 수 있었겠지만, 세월호에 갇혀 죽은 사람들은 돌아와서 번복할 수 없을 것이므로 그들의 마지막 소망은 영원히 유효하다. 그 유효한 소망들이 바다와 육지 위에서 발 디딜 곳을 찾지 못하고 떠돌고 있다. 떠돌고 있지만, 소망들은 유효하다.

세월호는 화물을 너무 많이 실었고, 선체를 불법으로 증축했고, 배의 균형을 유지시켜주는 평형수를 빼냈고, 갑판 위의 화물을 단단히 묶어놓지 않았기 때문에 배가 흔들릴 때 복원력을 상실하고 한쪽으로 쏠려서 침몰한 것이라고 검찰은 수사결과를 밝혔다. 검찰은 이 부분을 아주 자세히 설명했다.

검찰의 말은 한마디로, 세월호는 물리법칙을 위반했기 때문에 침몰했다는 것인데, 지구 중력의 자장 안에서 물리법칙을 위반하고서 살아남을 수 있는 것은 없다. 세월호는 가라앉을 만해서 가라앉았다는 것이다.

나는 오래전에 졸작소설 『칼의 노래』를 쓰느라고 선박과 항해에 대한 책을 몇 권 읽었다. 내가 읽은 책들은 들이댈 만한 것도 아니고 내가 쓰려는 소설과 직접 관련이 있는 것도 아니었지만, 바다의 질감과 선박의 작동원리를 전혀 모르고서는 글을 쓸 용기를 낼 수 없었다. 백면서생이 배의 작동원리를 말하는 것은 꼴 같지 않지만 무릅쓰고 가려 한다.

20세기의 대형 선박은 모두 쇠로 만든다. 쇠가 어떻게 물에 뜨는가. 쇠건 바위건 나무토막이건 같은 용적의 물보다 가벼우면 뜨고, 무거우면 가라앉는다. 이 세상의 모든 배를 지칭하는 영어 보통명사는 베슬vessel인데 그릇이라는 뜻이다. 그 자체에 용적을 포함하고 있는 운송수단이라는 말이다. 수만 톤의 쇳덩어리는 베슬을 이룸으로써 가라앉으려는 중력과 띄우려는 부력이 길항拮抗하면서 물에 뜬다. 이것은 소금쟁이가 물에 빠지지 않는 이치와는 전혀 다르다. 이 길항의 원리는 울산 반구대 암각화에 나오는 신석기 사내들의 고래잡이용 보트(내가 좋아하는 그림!)나 생환율이 50퍼센트에 불과했던 16세기 포르투갈·스페인·네덜란드의 범선이나 명량해전, 노량해전, 한산해전, 옥포해전에서 이긴 이순신 함대의 판옥전선이나 두 동강 난 천안함이나 방위 예산 떼어먹은 통영함이나 멀쩡히 가다가 가라앉은 세월호나 다 똑같이 적용되는 것이다. 예외는 없고 예외는 곧 죽음이다. 무게중심과 부력중심이 서로를 피하고 또 달래가면서 기우는 배를 제자리로 돌려놓는데 이 양극단의 모순이 한순간의 물리현상 속에서 통합됨으로써 배는 롤링하면서 전진한다. 그러나 배가 옆으로 기울 때 이 경사각도가 모순을 통합할 수 있는 한계를 넘어가면 복원력은 순간에 소멸하고 배는 뒤집혀서 침몰한다. 배는 유柔로써 강剛을 다스리며, 유와 강의 종합으로써 롤링하고 피칭하는데, 배가 롤링과 피칭 없이 뻣뻣하게 파도를 대하면 배는 바로 깨지거나 침몰한다.

이순신 함대의 배도 그렇지만 전통적인 한선韓船은 연안항해용이기 때문에 바닥이 평평해서 큰 파도를 만났을 때는 복원력이 약하다. 그래서 한선은 무거운 화물을 배 밑바닥에 싣고, 화물이 모자랄 때는 바위를 실어 무게중심을 낮춘다. 목포 해양박물관에 전시된 신안 보물선도 모든 화물을 배 밑창에 싣고 있다. 이것은 아무런 비밀도 아니고 전문지식도 아니다. 고대 이집트의 갈대배에서부터 적용되던 원리다.

세월호는 이 모든 원리와 인류의 축적된 경험을 거꾸로 했다. 그러니 어찌 살기를 바라겠는가. 갑판에 과적을 함으로써 무게중심을 위로 끌어올렸고, 배 밑창의 평형수를 빼버려서 배의 중심을 허깨비로 만들었다. 이것이 침몰의 원인인가. 이것은 원인이라기보다는 침몰 그 자체다. 이것이 침몰의 원인이라고 말하는 것은 배가 뒤집히니까 가라앉았다는 말과 같다. 이것은 동어반복이다.

세월호 침몰의 중요한 원인의 하나는 화물을 단단히 묶지 않았다는 것이다. 검찰이 그렇게 말했다. 기울어진 세월호의 사진을 보면 갑판 위에는 컨테이너고 승용차고 아무것도 없이 빗자루로 쓸어낸 것처럼 깔끔하다. 배가 기울 때, 화물들이 한쪽으로 쏠려 물속으로 휩쓸려내려간 것이다. 화물을 단단히 묶지 않았다는 수사결과는 맞는 말이다.

화물을 단단히 묶는 것을 고박固縛이라고 하고, 원양선원들의 전문용어로는 래싱lashing이라고 하는데, 다 같은 말이다. 이것도 별것이 아니다. 지게꾼이 옹기를 묶을 때, 1.5톤 픽업트럭 기사가 적재함의 짐을 묶을 때, 퀵서비스 오토바이 기사가 뒷자리의 박스를 묶을 때, 그리고 앞에서 썼듯이 조선 성종 때 바다에서 죽음의 위협을 맞은 쇠부가 이불을 찢어서 몸을 선체에 묶을 때, 이 모든 동작이 래싱이다. 래싱은 흔들리면서 길을 가는 모든 자들의 기본동작이다. 별것이 아니지만, 이탈자는 살길이 없다.

그래서 원양을 항해하는 선박의 갑판원들은 쉴새없이 갑판을 순찰하면서 컨테이너를 묶는 쇠줄(래싱바)을 스패너로 조인다. 이것이 갑판원의 기본 업무다. 컨테이너는 선체와 밀착되어 롤링과 피칭을 함께 해야 하며, 컨테이너가 정위치를 이탈해 한쪽으로 쏠리면 그 기세로 배 전체를 끌고 쓰러져서 살길은 없어진다. 운동은 복원되지 않는다. 세월호는 등짐 지는 지게꾼만큼도 래싱을 하지 않았다. 그러므로 세월호가 래싱을 엉터리로 해서 침몰했다는 말도 또다른 동어반복이다. 비를 맞으니까 옷이 젖었고, 밥을 굶었더니 배가 고프다는 말과 같은 말이다. 세월호는 왜 기울었고 왜 뒤집혔는가.

2014년 4월 16일의 참사 이후로 사태를 바라보는 이 사회의 시각은 발작적인 분열을 일으키며 파탄되었다. 슬픔과 분노를 온전히 간직해서 미래를 지향하는 동력으로 가동시켜야 한다는 시각과 그 슬픔과 분노를 매우 퇴행적이고 소모적인 것으로 여겨 혐오하는 시각이 교차했다. 거칠게 말하자면 4월,

5월까지는 전자의 시각이 우세했으나 6월 4일 지방선거에서 여당이 적지 않은 재미를 보고, 이어 7월 30일 재보선에서 여당이 압승하자, 후자의 시각이 주류로 등장하기 시작했다.

슬픔과 분노에 오랫동안 매달려 있는 것은 경제 살리기에 해롭다는 것이 그 혐오감의 주된 논리였다. 세월호에서 놓친 골든타임이 경제회복의 골든타임으로 살아났고 거기에 이념의 날라리들이 들러붙기 시작했다. 사실 4·16 참사 이후에 경기는 장기침체에 빠졌고, 정부의 부양책은 힘을 쓰지 못했다. 모두들 슬프고 분하면 경기는 침체되는 것이니까. 슬픔과 분노가 경기침체의 원인이라는 말도 결국은 동어반복이다. 어찌 헌옷을 벗듯이, 헌신짝을 벗어버리듯이 마음의 일을 벗어던질 수 있을 것인가. 돈 많고 권세 높은 자들이 큰 죄를 저질러도 경제에 미치는 영향을 고려해 형량을 줄여서 선고하고, 형기중에도 특별사면, 일반사면, 집행정지, 가석방, 병보석으로 풀어주는 무법천지를 나는 자유당 때부터 보아왔고 이 무법천지는 모두 합법적으로 이루어졌다. 죄형법정주의는 무너졌고 경제는 합리적이고 규범적인 토대를 상실했다. 재벌의 불법을 용인해야 경제가 살아나고, 정당한 슬픔과 분노를 벗어던져야만 먹고살기 좋은 세상이 된다는 말은 시장의 논리도 아니고 분배의 정의도 아니다. 그것은 정치적인 속임

수일 뿐이다. 법치주의가 살아 있어도 법이 밥을 먹여줄 리는 없고, 밥은 각자 알아서 벌어먹어야 하는 것인데, 법치주의를 포기해야만 밥을 벌어먹기가 수월해진다면 이 가엾은 중생들의 밥은 얼마나 굴욕적인 것인가.

나는 수감중인 대기업 총수에 대한 가석방 결정이 법무장관의 '고유권한'이라는 언설에 반대한다. 장관이 자의적으로 행사할 수 있다는 의미의 고유권한이란 존재할 수 없다. 이사금尼師今이 아니고 마립간麻立干이 아닐진대, 어찌 직무에 따른 권한이 그 직위에 '고유'하게 귀속될 수가 있겠는가. 장관은 다만 그 가석방이 법치주의의 원칙과 절차에 비추어 정당한 것인가 아닌가를 공적으로 판단할 의무가 있을 뿐이다.

저 사람을 풀어주면 이 나라가 얼마큼 더 잘 먹고 잘살게 될 것인가는 법무장관이 판단할 일이 아니다. 그것은 장관의 판단의 준거가 될 수 없다. 자유당 때부터 지금까지 전개된 무법천지의 관례도 장관이 참조할 전례가 되지 못한다. 저 사람을 지금 풀어주면 이 나라는 무엇을 잃어버리고, 무엇이 무너져내리며, 후세의 더 큰 무너짐을 어찌 감당할 것이며, 어떠한 앞날이 닥쳐올 것인가를 판단하는 것이 장관의 일이기를 나는 바란다.

지금, 그날 벌어 그날 먹거나 한 달 벌어서 한 달을 먹거나,

사람들은 먹고살기의 지옥을 헤매고 있다. 이 겨울에 살기 위한 아무런 방편도 마련할 수 없는 많은 사람들을 나는 알고 있다. 이 중생고衆生苦가 수감중인 대기업 총수의 석방 주장을 정당화하고 세월호의 슬픔과 분노에 대해 침묵을 요구하는 근거가 된다는 것은 기막힌 일이지만, 기막히게도 그렇게 되어가고 있다. 그렇게 해서 4·16의 슬픔과 분노는 전혀 정치적인 것이 아니었지만 결국은 정치의 악다구니 속으로 편입되었고, 내 편과 내 편이 아닌 편으로 갈라져서 치고받게 되었는데, 세종로에서 단식을 이어가던 유가족들 옆에서 먹성 좋아 보이는 청년들이 통닭과 짜장면을 먹어대고, 또 국회의원 명함을 내미는 웬 여성이 대리운전기사를 폭행하는 짓에 연루됨으로써 이 악다구니와 악다구니에 편승하는 또다른 악다구니들이 온 나라에 넘쳤다. 슬픔과 분노의 온전한 모습은 파괴되었고 유민이의 젖은 6만 원의 의미는 실종되었다. 그 슬픔과 분노는 특별히 재수가 없어서 끔찍한 재앙을 당한 소수자의 불운으로 자리매겨졌다. 그 소수의 고통을 사회적으로 표출하는 것은 다수의 마음을 불편하게 하는 것이고 다수가 먹고사는 일에 해로운 결과가 된다고 힘센 목청을 가진 언설의 기관들이 힘을 합쳐서 소리질렀다. 소리질러서 낙인찍었고, 구석으로 몰아붙였다. 그렇게 해서 4·16의 슬픔과 분노는 특별히 재수없어서 재난을 당한 소수자의 것, 우는 자들만의 것, 루저들만의 것으로 밀려났다.

세월호가 침몰한 사건과 그 모든 배후의 문제를 다 합쳐서 세월호 제1사태라고 한다면, 제1사태 직후부터 이 나라의 통치구조 전체가 보여준 붕괴와 파행은 세월호 제2사태다. 이것은 또다른 난파선이다. 제1사태와 제2사태는 양태는 다르지만 뿌리가 같아서 어느 것이 원인이고 어느 것이 결과인지 구분할 수 없는데, 과거의 제2사태가 오늘의 제1사태로 터져나오고, 오늘의 제2사태가 미래의 제1사태를 예비하고 있다. 세월호 이준석 선장과 선원들은 제1사태 때 승객과 배를 버리고 먼저 탈출했다. 이준석 선장은 1심에서 36년 형, 항소심에서 무기징역을 받았다. 세월호 제2사태에서도 많은 책임 있는 자들이 난파선을 버리고 탈출했거나 탈출을 시도했고, 이준석을 욕함으로써 자신들의 탈출의 오욕을 희석시키고 있다. 이 난파선은 아직도 표류중이다. 세월호특별법을 만드는 과정에서도 고통과 슬픔을 향해 얼만큼 가까이 다가가야 하는지, 어느 정도에서 발을 빼야 하는지를 놓고 다투다가 여야 합의는 거듭 난파되었고 야당의 리더십은 침몰했다. 대통령은 사건 당일 인명구조에 최선을 다하라고, 일곱 시간 동안 일곱 번이나 각급 지휘관에게 명령을 내렸다고 비서실장이 밝혔다. 그런데 현장의 구조 인력은 기우는 배에 접근하지 않았고, 해경 책임자는 구조 인력 투입을 지연시키고 있었다. 대통령의 명령은 대체 무엇인가. 명령이란, 복종되고 실현되기를 강요하는 의사 표시다. 대통령의 직무는 언어의 형식으로 명령을 내리는 것이 아니고, 그 명령이 요구하고 있는 내용을 현실로 바꾸어놓는 것이다. 명령은 직무의 발동이고 실현은 직무의 완수다. 이것이 대통령과 9급의 차이일 것이다. 명령을 일곱 번 내렸다고 해서 대통령의 책임을 다한 것이 아니다. 명령은 허공으로 흩어졌는지, 대통령의 명령이 구중궁궐에 갇힌 대왕대비의 신음처럼 대궐 담 밖을 넘지 못한 꼴이니, 그 나머지 일들은 기력이 없어서 더 말하지 못한다.

• • •

그리고 다시 4월이 와서, 세월호 침몰은 1주년이 되었다. 꽃보라가 흩날리고 목련이 피어서 등불로 돋아나고, 여자들도 피어서 웃음소리가 공원에 가득하다. 생명의 아름다움은 본래 스스로 그러한 것이어서 사람이 입을 벌려 말할 필요는 없을 터이지만, 지난해 4월 꽃보라 날리고 천지간에 생명의 함성이 퍼질 적에 갑자기 바다에 빠진 큰 배와 거기서 죽은 생명들을 기어코 기억하고 또 말하는 것은 내가 아직도 살아 있기 때문이다. 나는 단지, 겨우 쓴다.

늙은이의 춘수春瘦는 어수선하다.

새벽의 꿈에, 배 빠진 맹골수로에도 4월이 와서 봄빛이 내리는 바다는 반짝이는 물비늘에 덮여 있었다. 그 바다에서 하얀 손목들이 새순처럼 올라와서 대통령의 한복 치맛자락을 붙잡고, 친박 비박 친노 비노 장관 차관 이사관 들의 바짓가랑이에 매달려 우는데, 바짓가랑이들은 그 매달리는 손목들을 뿌리치고 있었다. 그 바다는 국가가 없고 정부가 없고 인기척이 없는 무인지경이었다. 손목들은 사람 사는 육지를 손짓하다가 손목들끼리 끌어안고 울었다. 나는 식은땀을 흘리며 기진하였다.

모란이 뚝뚝 떨어져버린 5월에 김영랑金永郎(1903~1950)은 모란이 다시 피는 5월을 기다리듯이 나는 생명들이 바다 밑으로 뚝뚝 떨어져버린 4월에, 앞날에 다시 올 4월을 기다리면서 나의 악몽을 달래고 있다. 그러하되 그 새로운 4월은 봄이 오듯이 꽃이 피듯이 날이 흐려서 비가 오듯이 저절로 오지는 않는다는 것을 내가 모르지 않는다.

풍랑이 없는 바다에서 정규 항로를 순항하던 배가 갑자기 뒤집히고 침몰해서 수많은 사람들이 목숨을 잃었는데, 그 원인과 배경이 불분명한 사태는 망자亡者의 죽음을 더욱 원통하게 만들 뿐 아니라 살아 있는 모든 사람들의 삶을 공허한 것으로 만든다. 망자들이 하필 불운하게도 그 배에 타서 죽음을 당한 것이라고 한다면, 살아 있는 모든 사람들의 삶은 아무런 정당성의 바탕이 없이 우연히 재수좋아서 안 죽고 살아 있는 꼴이다. 삶은 무의미한 우연의 찌끄레기, 잉여물, 개평이거나 혹은 이 세계의 거대한 구조 밑에 깔리는 티끌처럼 하찮고 덧없다. 이 사태는 망자와 미망자未亡者를 합쳐서 모든 생명을 모욕하고 있고, 이 공허감은 참을 수 있는 것이 아니다. 삶이 우발적이라는 공허감, 보호받을 수 없고 기댈 곳 없다는 불안감은 사람들의 마음을 허무주의로 몰아가고, 그 집단적 허무감은 다시 정치적 공략의 대상이 되고 있다.

세월호 침몰의 원인이 선박 불법증축, 과적, 고박 불이행, 평형수 부족, 급변침 등이었다는 정부의 조사결과 발표는 틀린 말이 아닐 것이다. 이것은 결국 아르키메데스의 원리를 무시했기 때문에 배가 빠졌다는 것이다. 밥을 굶으면 배가 고프고, 심장이 멎으면 사망에 이른다는 말이다. 이 사태가 선박의 복원력을 검증하는 물리실험이라면, 정부의 발표는 나무랄

데 없이 옳을 것이다. 그러나 이 사태는 물리실험이 아니다.

세월호가 바다에 빠진 지 1년이 되지만 '세월호특별법'의 입법과정은 사태의 진상을 규명해서 '안전사회 건설'의 발판으로 삼으려는 능동적이고 적극적인 정치력이 작동된 것이 아니고, 이 비극이 몰고 올 무서운 파괴력의 폭심爆心으로부터 도망치고 벗어나려는 정치세력들이 국민과 유족들의 아우성에 몰려서 막다른 골목에 부딪치자 강고한 보호벽으로 자신들을 방호하면서 탈출구를 뚫어내는 방식으로 전개되었다.

그 결과 세월호 특별조사위원회는 수사권, 기소권 없이 조사권만을 갖는 한시적 기구로 발족되었다.

또 '특별법 시행령'을 들여다보면 이 사태에 대한 정부의 두려움이 얼마나 크고 근원적인 것인지 알 수 있다. 사태 초기에 정부는 우선 어쩔 줄 몰라서 갈팡질팡했는데, 시간이 지남에 따라서 사태의 심층에 대한 두려움은 점차 노골화되었고, 그 두려움은 다시 그 사태로부터 달아나려는, 권력 방어적인 비겁함으로 발전했고, 그 두려움과 비겁함을 이번에 '시행령'으로 명문화해서 입법예고하였다. 이렇게 해서, 지난해 4월에 남해바다 맹골수로에서 온 부고는 수취인 불명으로 팽목항에 되돌아갔으니 탈상脫喪의 날은 아직도 멀었고 유족들은 광화문과 팽목항에 모여 농성을 계속하고 있다. 그리고 다시 4월이 왔다.

이 나라의 돈은 오래전부터 가치의 저장이나 측정, 교환, 유통, 지불, 결제의 수단을 넘어서서 인간과 세계를 지배하는 권력으로 군림하고 있다. 돈의 위상은 법의 보호를 받고 돈의 작동은 시장경제의 축복을 받는다. '보이지 않는 손'이 아니라 '보이지 않는 채찍'을 휘두르는 이 권력의 지배는 완벽하고도 철저해서 그 지배권으로부터의 이탈은 곧 죽음이다. 그래서 이 나라의 돈은 화폐라기보다는 알파벳 대문자를 써서 'DON'으로 표기해야만 그 유일신다운 전능의 위상에 합당할 것이다.

세월호를 침몰시킨 70년에 가까운 적폐는 이 'DON'과 거기에 붙좇는 정치권력과 행정권력의 연합세력이라는 사실의 흐린 윤곽은 이미 드러나 있다. 그 연합세력이 어떤 인적, 행정적 지휘-복종과 공생의 네트워크를 통해 그 배에 작동되어서 감히 아르키메데스의 원리를 깔아뭉갰던가를 시대사 전체 속에서 밝히는 것이 정부의 통상적인 업무기능 안에서는 불가능하다면 특별조사위원회를 만들어서 밝혀야 한다는 쪽으로 국민들의 뜻이 모아졌고, 국회는 파행을 거듭한 끝에 매우 허약한 권한만을 부여한 위원회법을 통과시켰는데, 정부가 다시 시행령으로 그 기능을 박탈하고 있으니 정부는 대체 무엇이 그토록 무섭고, 그 두려움의 실체는 무엇이란 말인가.

한국 국민들은 오랜 세월 동안 정치권력에 속아왔다. 불신은 사람들의 정치정서 속에서 허무주의로 자리잡았고, 그 허무주의는 일상화된 악惡이 서식하는 토양이 되었다. 세월호 참사는 난데없이 들이닥친 재앙이 아니라, 그 일상화된 악의 폭발인 것이다. 우리는 고통을 분담함으로써 시대의 난제를 극복해본 역사적 경험이 전무하거나 매우 빈곤하다. 고통은 늘 고통을 당하는 계층에게 전가되었고 기회와 정보와 우월적 지위는 늘 강하고 러키한lucky 자들의 몫이었다. 이 불신과 고통분담에 대한 역사적 경험의 빈곤이 당면한 문제의 해결을 더욱 어렵게 하고 있는데, 정부가 제시한 이 무력하고 자기방어적인 '시행령'은 갈등과 불신에 기름을 부어서 불을 붙이는 꼴이다.

지금 정부는 공적 개방성을 상실하고 짜장면협회나 상가번영회처럼 사인私人의 이익집단 같은 모습을 국민들에게 보이고 있다. 세월호 참사 이후 몇몇 고위 관리들이 문책 경질된 것은 책임을 지는 행위가 아니다. 고위 공직의 자리가 개인의 사유재산이 아니고, 잘나가는 공무원의 물좋은 취직 자리가 아니며, 천하의 공물公物일진대 그 자리를 내놓는 것이 어떻게 사태를 책임지는 일이 될 수 있단 말인가. 책임을 진다는 것은, 지게꾼이 지게를 진다는 말이 아니다. 자리를 내놓고, 감옥에 가고, 할복을 하고 분신을 해서 지옥에 간들 이미 그 해악이 세상에 퍼져버린 사태에 대해서 책임을 질 수는 없다. '책임을 진다'는 행위는 사실상 이루어지지 않는다.

그러므로 '책임을 지고 물러났다'는 말은 쫓겨났다는 뜻이고, 그 쫓겨남으로써 아무것도 책임지지 못한다. 그것은 무의미한 빈말이다. 그 공허함은 "세월호는 아르키메데스의 원리를 무시했기 때문에 침몰했다"고 말하는 것과 같다. 그것은 틀린 말이 아니로되, 하나 마나 한 말이다. "기업이 해고를 자유롭게 할 수 있어야 청년실업 문제를 해결할 수 있다"라는 말도 모두 그러한 것인데, 그 명석함에 가려진 폭력성이 세상의 강자로 행세하고 있다.

주어와 술어를 가지런히 조립하는 논리적 정합성만으로는 세월호 사태를 이해할 수도 없고 진상을 밝힐 수도 없을 것이다. 또 이 사태를 객관화해서 3인칭 타자의 자리로 몰아가는 방식으로는 이 비극을 우리들 안으로 끌어들일 수가 없다. 나는 죽음의 숫자를 합산해서 사태의 규모와 중요성을 획정하는 계량적 합리주의에 반대한다. 나는 모든 죽음에 개별적 고통의 지위를 부여하는 것이 인간의 존엄에 값하는 일이라고 생각한다. 생명과 죽음은 추상개념이 아니다. 그것은 회복이 불가능하고 대체가 불가능한 일회적 존재의 영원한 소멸이다.

그래서 한 개인의 횡사는 세계 전체의 무너짐과 맞먹는 것이고, 더구나 그 죽음이 국가의 폭력이나 국가의 의무 불이행으로 비롯된 것이라면 이 세계는 견딜 수 없는 곳이 되고 말 것인데, 이 개별성을 인정하지 못하는 체제가 전체주의다. 이 개별적 고통에 대한 공감이 없다면 어떤 아름다운 말도 위안이 되지 못하고 경제로 겁을 주어도 탈상은 되지 않는다.

국가개조國家改造는 안전관리와 구조구난의 지휘부와 조직을 재조립하는 것이 아니라, 뉘우침의 진정성에 도달함으로써만 가능할 것이다. 개인이나 국가나, 이미 존재하고 있는 것들은 좀처럼 개조되지 않는다. 다만 뉘우침의 진정성 위에서 자신을 바꾸어나갈 수 있다면 조금씩 앞으로 나아갈 것이고 그렇지 않다면 그 자리에서 주저앉아서 뭉개다가 무너질 뿐이다.

중국 고대의 전국시대에 수많은 나라들이 멸망했다. 그 나라들은 대부분 반성하는 기능의 마비, 무책임, 무방비 때문에 망했고 여러 나라들이 줄줄이 망해가는 꼴을 보면서 그 뒤를 따라서 똑같이 되풀이하다가 망했다. 고통의 맨살, 죄업의 뿌리와 직면하기를 두려워한다면 우리는 뉘우침의 진정성과 눈물의 힘에 도달할 수 없을 것이다.

함석헌咸錫憲(1901~1989)은 말했다.

> 눈에 눈물이 어리면 그 렌즈를 통해 하늘나라가 보인다. 사람은 고난을 당해서만 까닭의 실꾸리를 감게 되고 그 실꾸리를 감아가면 영원의 문간에 이르고 만다.
>
> _『뜻으로 본 한국역사』, 한길사, 1977, 444쪽

■ 2015년 1월 1일 '중앙일보'에 실린 글과 같은 해 4월 10일 종합경제지 '이투데이'에 실린 글을 합쳐서 재구성했다.

돈 1

아들아, 사내의 삶은 쉽지 않다. 돈과 밥의 두려움을 마땅히 알라. 돈과 밥 앞에서 어리광을 부리지 말고 주접을 떨지 말라. 사내의 삶이란, 어처구니없게도 간단한 것이다. 어려운 말 하지 않겠다. 쉬운 말을 비틀어서 어렵게 하는 자들이 이 세상에는 너무 많다. 그걸로 밥을 다 먹는 자들도 있는데, 그 또한 밥에 관한 일인지라 하는 수 없다. 다만 연민스러울 뿐이다.

사내의 한 생애가 무엇인고 하니, 일언이폐지해서, 돈을 벌어오는 것이다. 알겠느냐? 이 말이 너무 심하다고 생각하느냐. 그렇지 않다. 이 세상에는 돈보다 더 거룩하고 본질적인 국면이 반드시 있을 것이다. 그런데, 애야, 돈이 없다면 돈보다 큰 것들이 이루어질 수 있겠느냐? 부否라![*] 돈은 인의예지의 기초다. 물적 토대가 무너지면 그 위에 세워놓은 것들이 대부분 무너진다. 이 사태는 인간의 삶의 적이다. 이것은 유물론이 아니고, 경험칙이다. 이 경험칙은 과거와 미래에 대해서 공히 유효하다. 돈 없이도 혼자서 고상하게 잘난 척하면서 살 수 있다고 생각하지 말아라. 아마 그럴 수도 있겠지만, 그러지 말아라. 추악하고 안쓰럽고 남세스럽다.

우리는 마땅히 돈의 소중함을 알고 돈을 사랑하고 존중해야 한다. 돈을 사랑하고 돈이 무엇인지를 아는 자들만이 마침내 삶의 아름다움을 알고 삶을 긍정할 수가 있다. 주머니 속에 돈을 지니려면 어떻게 해야 하는가? 그 대답은 자명한 바 있다. 돈을 벌어야 한다. 우리는 기어코 돈을 벌어야 하는 것이다. 노동의 고난으로 돈을 버는 사내들은 돈을 사랑할 수 있게 된다. 돈은 지엄至嚴한 것이다. 아, '생의 외경', 이 외경스러운 도덕은 밥벌이를 통해서 실현할 수 있다.

돈이 있어야 밥을 벌 수 있다. 우리는 구석기의 사내들처럼 자연으로부터 직접 먹거리를 포획할 수가 없다. 우리의

* 이 간결하고도 명석한 외마디 부정문은 부정되어야 할 것을 깡그리 초토화시키는 권능을 갖는다. 그리고 다시 부정될 수 없는 위엄을 갖추고 있다. 조지훈 선생의 어법에서 차용했다.

먹거리는 반드시 돈을 경유하게 되어 있다. 그런 점에서 우리의 노동은 소외된 노동이다. 밥은 끼니때마다 온 식구들이 둘러앉아 함께 먹는 것이다. 밥이란 쌀을 삶은 것인데, 그 의미 내용은 심오하다. 그것은 공맹노장보다 심오하다. 밥에 비할진대, 유물론이나 유심론은 코흘리개의 장난만도 못한 짓거리다. 다 큰 사내들은 이걸 혼동해서는 안 된다. 밥은 김이 모락모락 나면서, 윤기 흐르는 낱알들이 입속에서 개별적으로 씹히면서도 전체로서의 조화를 이룬다. 이게 목구멍을 넘어갈 때 느껴지는 그 비릿하고도 매끄러운 촉감, 이것이 바로 삶인 것이다. 이것이 인륜의 기초이며 사유의 토대인 것이다.

이 세상이 우리에게 보여주는 모든 먹이 속에는 낚싯바늘이 들어 있다. 우리는 먹이를 무는 순간에 낚싯바늘을 동시에 물게 된다. 낚싯바늘을 발라내고 먹이만을 삼킬 수는 없다. 세상은 그렇게 어수룩한 곳이 아니다. 낚싯바늘을 물면 어떻게 되는가. 입천장이 꿰여서 끌려가게 된다. 이 끌려감의 비극성을 또한 알고, 그 비극과 더불어 근면해야 하는 것이 사내의 길이다. 돈과 밥의 지엄함을 알라. 그것을 알면 사내의 삶의 가장 중요한 부분을 아는 것이고, 이걸 모르면 영원한 미성년자다. 돈과 밥을 위해서, 돈과 밥으로 더불어 삶은 정당해야 한다. 알겠느냐? 그러니 돈을 벌어라. 벌어서 나한테 달라는 말이 아니니다. 네가 다 써라. 난 나대로 벌겠다.

돈 2

나는 예순이 훨씬 넘도록 나이 먹었지만, 돈을 폭넓고 깊이 있게 이해하지 못한다. 나는 주희가 쓴 논어 주석을 모두 이해하지 못하는 아둔함을 부끄럽게 여기지는 않지만, 돈을 종합적으로 이해하지 못하는 고루함을 부끄럽게 여긴다. 돈을 이해하지 못하고서야 내가 속한 이 세계를 이해할 길이 없는 것이다.

한평생의 월급이 모두 온라인으로 마누라한테 보내지니, 사실 돈을 만져볼 기회도 없었다. 어쩌다가 원고료가 몇 푼 생기면 목마른 벗들을 불러모아서 술을 마시거나 책을 사거나 모처럼 아버지의 위상을 높이기 위하여 "너네 엄마한테 얘기하지 마라"는 조건으로 마누라 몰래 아이들한테 용돈으로 주어버린다. 이러니 나의 재무구조란 내놓고 말할 것이 못 된다.

나는 백만 원이나 2백만 원의 위력과 구매력을 시시콜콜히 이해한다. 백만 원이 있으면 어느 정도의 물건을 살 수 있고, 어느 정도의 문제를 해결할 수 있는지 나는 훤히 알고 있다. 돈의 액수가 적어질수록 나의 이해는 점점 깊어진다. 2천 원이 있으면 버스를 타고 8백 원을 거슬러 받는다는 식이다. 그러나 천만 원이 넘으면, 돈에 대한 나의 이해와 감각은 단절된다. 천만 원이라는 돈이 이 세상에서 발휘할 수 있는 위력과 그 구매력의 범위가 어느 정도인지 도무지 감이 잡히지 않는다. 그때부터 돈의 액수는 난해한 동그라미들로 표시되는 추상적 기호에 불과하다. 나는 천만 원이 넘는 세상을 만질 수도 짐작할 수도 없는 것이다. 불쌍하다 나여, 이래가지고 어찌 세상을 향하여 글을 쓴답시고 줄담배를 피우며 앉아 있는가.

버스를 타거나 담배를 사려면 천 원짜리 지폐를 흔히 쓰는데, 그 돈에는 이퇴계의 초상이 그려져 있다. 동양의 성인답게 부드럽고도 날카로운 위엄이 있다. 후인들이 그 어른을 흠모하는 마음으로 돈에 초상을 그려놓았겠지만, 그분은 본래 돈에 별 마음이 없이 안동 청량산 밑에 숨어서 공부만 하신 분이었고, 또 세상의 소란이나 명리와는 담을 쌓고 지내신 분이었다. 아마도 그분은 때묻은 돈에 그 얼굴이 그려져서 온 세상을 분주히 흘러다니게 되는 소란을 원치 않으셨을 것이다. 그래서 천 원짜리를 내밀고 담배를 살 때마다 나는 내가 감히 그 그림자 언저리도 밟을 수 없는 그 어른께 민망하였다.

돈에 그려진 퇴계의 초상을 민망히 여길진대, 당신은 큰돈 벌기는 다 틀렸다고 마누라는 결론지었다. 나는 그 결론에 암묵적으로 동의했다. 그러나 나는 그 초상을 민망히 여길 수 있을 만큼, 천 원의 구매력과 천 원의 실제적 가치를 내 실존 속에서 파악할 수 있다. 내가 지금 고작 천 원에 대한 이해를 자랑이라고 하는 말은 아니다.

돈은 실물인가, 아니면 실물을 유통시키고 교환시키는 기호에 불과한 것인가. 이런 질문이 나에게는 이퇴계와 천 원의 구매력과의 관계를 헤아리는 일보다 더욱 어렵다. 돈은 밥이나 책이 아니기 때문에 기호인 것이 틀림없다. 그러나 돈은 친숙하고 또 위력적이어서 실물인지 기호인지 얼른 구분이 되지 않는다. 돈이 굴러다닐 때 실물이 함께 굴러다니는 것이니까, 기호와 실물은 사실 구별되는 것도 아니다. 돈은 기호이지만, 세상만물에 대한 포괄적인 구매력을 행사한다. 사람들이 다들 돈을 좋아하는 이유는 돈의 이 포괄성 때문이기도

할 것이다.

나는 천 원짜리 지폐에 그려진 퇴계의 초상을 들여다볼 때마다 기호와 실물 사이에서 길을 잃는다. 이러니 돈 벌 생각은 아예 못한다. 얼마 전에 마누라가 신용카드라는 것을 만들어주었다. 이것은 경이로운 물건이었다. 기계에 넣기만 하면 돈이 콰르르콰르르 쏟아져나왔다. 돈과 관련된 삶의 고통이 모두 해결되었구나 싶었다. 은행마다 우체국마다 편의점마다 돈 쏟아지는 기계가 설치되어 있었다. 돈은 콰르르콰르르 겁도 없이 쏟아져나왔다. 다시 귀기울이니, 이 콰르르 소리는 실물과 기호 사이의 나락에서 울리는 소리였다. 수많은 사람들이 신용카드를 너무 많이 써서 패가망신하고 있다. 기호와 실물 사이에는 지옥이 있고, 이 지옥에 떨어지면 헤어날 길이 없다. 콰르르콰르르 돈은 쏟아지고, 지옥문은 자꾸 넓어진다. 퇴계 선생께 거듭 죄송하다.

돈 3

원고료로 받은 10만 원짜리 수표 두 장을 마누라 몰래 쓰려고 책갈피 속에 감추어놓았는데 찾을 수가 없다. 『맹자』 속에 넣었다가, 아무래도 옛 성인께 죄를 짓는 것 같아서 다른 책으로 바꾸었는데 도무지 기억이 나지 않는다. 『맹자』 속에도 없고, 『공자』 속에도 없고, 『장자』 속에도 없고, 제자백가서와 동서고금을 모조리 뒤져도 없다. 수표를 찾으려고 『장자』를 펼쳐보니 "슬프다, 사람의 삶이란 이다지도 아둔한 것인가! 외물에 얽혀 마음과 다투는구나"라고 적혀 있어 수표 찾기를 단념할까 했으나 또 그다음 페이지에 "무릇 감추어진 것치고 드러나지 않는 것이 없다"고 하였으니, 내 언젠가는 기어이 이 수표 두 장을 찾아내고야 말 터이다.

아, 마누라 몰래 감추어둔 돈은 얼마나 환상적인가. 감추어둔 돈이 양성화된 돈보다 화폐단위당 구매력이 더 크다고 말할 수는 없다. 그런 말은 경제이론에도 맞지 않는다. 그러나 감추어둔 돈은 그 용처의 사적인 다양성과 은밀성, 그리고 그 만족도가 양성화된 돈에 비교할 수 없이 크고 또 질적으로도 뛰어나다. 구매력이 똑같다 하더라도, 감추어둔 돈은 그 화폐단위당 한계효용이 극대화된다. 이것은 말하자면 양화良貨인 것이다. 이런 깜찍한 양화가 한 백만 원만 있다면, 그 환상의 용처를 설계하는 일만으로도 삶의 며칠은 매우 반짝이리라. 양화는 날로 고갈되어간다. 그런데 지금 이 멸종위기의 양화 20만 원이 어느 해소기침 쿨룩거리는 파리한 현자의 비분강개한 경세제민인지 격물치지인지 치국평천하인지, 그 책갈피 속으로 잠적해버려 찾을 길이 없다. 뼈마디 쑤시는 저녁 무렵에 지치고 또 목마른 벗들이 찾아와서 어디든지 가서 숨 좀 쉬고 오자고 꼬드기는데 이걸 찾을 수가 없으니 어찌 수신이며 평천하를 입에 담을 수가 있겠는가. 불가한 일이다.

세상의 돈은 자꾸만 양명한 들판을 버리고 음습한 계곡으로 흘러가려 한다. 돈은 실물의 그림자로 이 세상에 태어난다. 돈의 탄생은 하찮다. 그러나 이 그림자가 실물을 만들어내고 유통시키고 유통의 마당에서 몰아내기도 한다. 돈이 인간의 마음속에 어떤 무늬와 질감을 드리우고 있는가를 말하기는 쉽지 않다. 그것이 쉽지 않은 까닭은 사람들의 정서가 돈으로부터 완전히 격절된 객관적 거리를 확보하기가 어렵기 때문이다. 돈이 주는 안도감과 돈이 주는 불안감, 돈이 주는 성취감과 돈이 주는 절망감으로부터 우리는 도망칠 수가 없다. 돈은 추상성과 구체성을 동시에 완벽하게 완성해낸다. 무서운 일이다.

심청이는 공양미 3백 석을 구할 돈이 없어서 죽었다. 심청이의 죽음은 그 이데올로기적 형식은 효이지만, 그 실존적 내용은 돈이다. 돈과 효 사이의 바다에서, 심청이는 매우 질서 잡힌 상업적 거래의 방식으로 죽었다. 심청이의 죽음 속에서, 돈의 구체성은 완벽하게 작동되고 있다. 그러므로 판소리 〈심청가〉 중에서 심청이의 입수入水 대목은 동편제가 마땅하다. 이 기막힌 비극의 뼈대를 인간의 이름으로 절규하기에는 서편제는 너무나 물기가 많다. 인당수 파도 위에서 작동되는 돈의 구체성에 비교할진대, 현해탄에 투신자살한 윤심덕의 "돈도 명예도 내 님도 다 싫다"라는 노래 속의 '돈'은 구체성을 상실한, 추상적인 돈이다. 윤심덕이 죽으면서 저주한 것은 돈의 추상성이었다. 돈은 삶이 될 수가 없지만, 결국 그 추상성과 간접성에 갇히고 마는 세상을 그 여자는 버렸다. 심청이는 돈이 없어서 죽었고, 윤심덕은 그 돈이 설치고 다니는 세상이 더러워서 죽었다. 한갓 추상이며 껍데기에 불과한 것이 그토록 무서운 구체성을 행사하고 결국 심청이가 죽을 수밖에 없었던 이 세상에서 윤심덕 또한 살 수가 없었던 모양이다. 그러나 죽은 윤심덕은 그렇다 치고, 돈이 영영 없다면 우리는 또 어찌 살 수가 있겠는가. 결단코 못 산다.

돈은, 순전히 그것을 소유한 사람의 사적인 주권에 복속되어 있을 때 가장 큰 주관적 효용을 갖는다. 음습한 골짜기를 흘러다니는 돈은 실물을 지배할 뿐 아니라 인간의 판단과 가치, 정치적 이해관계까지도 지배한다. 관리에게 돈을 먹이는 일을 '인사한다'고 말하는 것은 그 같은 정치관계의 표현이다. 어느 전직 대통령은 비서관을 불러서 "아무개 재벌총수 요즘 잘 지내는지 궁금하다"고 말하는 것만으로도 수백 억을 긁어모을 수 있었다. 그 비서관이 재벌총수에게 전화를 걸어서 "각하께서 당신의 안부를 묻고 계신다"고 말하면 그 재벌총수는 며칠 후 수백 억을 싸가지고 청와대로 들어와서 "자주 문안드리지 못해 죄송합니다"라고 말한다. 이것은 코미디 대본이 아니라, 재판기록에 나오는 대사다. 이 대사 속에는 거칠거나 덜떨어진 대목이 전혀 없다. 매끄러운 대사이다.

돈이 정치적 채널을 따라서 밀실로 들어갈 때는 이처럼 우아하고 세련된 외양을 갖춘다. 그 돈이 대통령의 직무와 관련이 있다는 혐의는 없다. 이 세련성이 직무 관련성을 제거한다. 그래서 직무와 관련이 없이 먹었다는 모든 떡값이 이 나라에서는 무죄로 통한다. 떡값이란 말은 돈의 모든 속성을 요약정리한 듯하다. 그 말은 치욕스럽다. 웬 떡들을 그리도 많이 먹는가. 떡값은 직무와 관련이 없을 경우라 하더라도 반드시 직위와는 관련이 있다. 직무는 기능이며 직위는 신분이다. 직무는 용用이고 직위는 체體인 것이다. 그것은 분리되지 않는다. 체가 없으면 용이 작동되지 않는다. 생각을 해보라. 그가 그런 직위에 있지 않고 나처럼 원고지 칸이나 메우는 포의布衣의 서생이거나 혹은 거리의 노숙자였다면 어느 미치광이가 돈을 싸들고 와서 '인사'를 드렸겠는가. 구체성과 추상성, 밀실과 광장을 표표히 넘나드는 돈의 복합성이 이 자명한 유죄를 무죄로 만든다. 무죄인 것처럼 보이게 한다. 다시 수표 두 장을 찾아봐야겠다.

신호

요즘엔 집배원이 가져다주는 우편물이 대부분 인쇄물이다. 고지서, 독촉장, 안내, 광고, 인사장 들이다. 연하카드조차도 이제는 인쇄된 활자로 쓰여 있다. 어쩌다가 육필로 겉봉을 적은 편지를 받으면 마음이 부르르 떨린다. 육필은 몸의 진동을 느끼게 한다. 그때, 떨리는 몸은 나의 몸이기도 하고 편지를 보낸 사람의 몸이기도 하다. 나의 몸과 너의 몸 사이에서 신호들은 떨린다.

대동여지도에는 함경도·평안도의 산악 국경이나 경상도·전라도의 남해안에서부터 서울 남산에 와닿는 봉수의 연결망이 그려져 있다. 부산, 동래 방면에서 올라오는 봉수는 내륙 산악을 관통하고, 전라도·평안도에서 오른 봉수는 산악을 피해 해안을 따라온다. 봉수와 봉수 사이에는 시각장애물이 없이 사람의 육안으로 사람의 신호를 식별할 수 있어야 한다. 봉수망은 나라를 만들고 나라 안에서 살아가야 하는 일의 눈물겨운 고난을 일깨워준다. 함경도 국경에서 오른 봉수의 불이 동해안을 따라 옮겨붙으면서 서울로 향할 때, 국토의 변방은 신호와 신호 사이의 떨림으로 부르르 떨렸을 것이다. 삶은 그 신호의 떨림에 기대어 있다.

눈 쌓인 시골 간이역에서 철도원들은 깃발을 흔들어 열차를 맞고 또 보낸다. 수신호를 흔들어서 열차를 진입선으로 인도하고 궤도를 수정해주고 후진을 유도하고 출발과 정지를 알린다. 캄캄한 철길을 따라서 신호들이 길게 이어진다. 푸른 등과 붉은 등, 초록 등과 노랑 등이 눈 속에서 깜빡거리면서 열차는 종착역에 닿는다. 디젤기관에서 발생하는 동력은 신호의 인도를 받아야만 방향성에 도달할 수 있다. 신호가 없다면, 동력 그 자체는 참혹한 재앙일 뿐이다. 신년 아침에, 신호의 떨림과 신호의 아름다움을 생각했다. 삶의 하찮음까지도 경건하게 느껴졌다.

신호는 남으로부터 나에게로 오는 것이고, 나로부터 남에게로 가는 것이다. 신호는 깜빡이거나 혹은 떨림으로써 해독되기를 갈망하고 있다. 내가 보내는 신호들도 떨리거나 깜빡

거리고, 나에게 와닿는 신호들도 떨리거나 깜빡거린다. 그래서 인간은 나의 떨림으로 너의 떨림을 해독할 수 있다. 핸드폰을 진동수신으로 바꾸어놓으면 신호는 부르르 진저리를 치며 내 몸을 울린다. 신호는 떨리는 진저리인 것이다.

지난여름에는 핸드폰을 티셔츠 윗주머니에 넣고 다녔더니, 신호가 올 때마다 젖꼭지가 부르르 떨렸다. 아, 나에게 할 말이 있어서 나를 부르는 사람들이 나에게 말문을 열자고 보내오는 신호가 내 젖꼭지를 부르르 떨리게 하면서 가슴으로 파고들다니! 나는 진동 신호가 올 때마다 핸드폰이 사랑스러웠다. 나는 더이상 핸드폰을 미워하지 않기로 했다. 잊혀진 사람들이 모두 다 내 젖꼭지로 진동 신호를 보내오기를 바랐다. 그래서, 이제는 폐기처분된 옛 신호들의 내용을 다시 한 번 해독해보고 싶었다. 그러나 옛사람들의 신호는 오지 않았고, 회사 간부들이 나를 족쳐대는 신호나 쓸데없는 광고 신호들만이 내 젖꼭지를 울렸다. 신호들은 대부분이 쓰레기거나 가혹한 노동의 채찍이었지만, 그 신호들이 젖꼭지를 부르르 울릴 때마다 나는 내가 내 몸이 감지할 수 있는 신호로 인간과 연결되어 있다는 사태가 행복했다. 나를 부르는 온갖 신호들에 대한 증오와 몸을 떨리게 하는 신호들에 대한 사랑 사이에서 내 젖꼭지는 바쁘고 또 어지러웠다. 그리고 그 증오와 사랑은 모두 다 정당한 것이었다.

새해에는 대동여지도의 봉수 신호나 눈 쌓인 밤의 철길 위로 열차를 맞고 보내는 간이역의 수신호처럼, 간절하고도 아름다운 신호들이 당신들의 가슴에 도착하기 바란다. 떨리는 신호여, 이 쓰레기 신호의 바다에서 울리고 또 울려라, 젖꼭지마다 진동으로 울려라. 부르르부르르.

라파엘의 집

서울 종로구 인사동 술집 골목에는 밤마다 지식인, 예술가, 언론인 들이 몰려들어 언어의 해방구를 이룬다. 노블레스 오블리주를 논하며 비분강개하는 것은 그들의 오랜 술버릇이다. 그 술집 골목 한복판에 '라파엘의 집'이라는 장애아동 생활시설이 있었다. 참혹한 운명을 타고난 어린이 20여 명이 거기에 수용되어 있었다. 시각·지체·정신의 장애를 한몸으로 모두 감당해야 하는 중복장애아들이다. 술 취한 지식인들은 이 '라파엘의 집' 골목을 비틀거리며 지나서 택시를 타고 집으로 돌아갔다. 동전 한 닢을 기부한 사람은 아무도 없었다. '라파엘의 집'은 전세금을 못 이겨 2000년 종로구 평동으로 이사 갔다. '라파엘의 집' 한 달 운영비는 1200만 원이다. 착한 마음을 가진 가난한 사람들이 1천 원이나 3천 원씩 꼬박꼬박 기부금을 내서 이 시설을 16년째 운영해오고 있다. 후원자는 800여 명이다. '농부'라는 이름의 2천 원도 있다. 바닷가에서 보낸 젓갈도 있고 산골에서 보낸 사골뼈도 있다. 중복장애아들은 교육이나 재활이 거의 불가능하지만 안아주면 온 얼굴의 표정을 무너뜨리며 웃는다. 인사동 '라파엘의 집'은 술과 밥을 파는 식당으로 바뀌었다. 밤마다 이 식당에는 인사동 지식인들이 몰려든다. (2002년)

• • •

라파엘의 집은 2003년에 다시 종로구 체부동으로 이전했다. 이제는 작고하신 국민은행장 김정태님이 행장 시절에 은행원들과 함께 자원봉사 왔다가 장애아들의 생활과 시설 운영의 어려움을 살폈고, 4억 원 상당의 개인 재산을 기부했다. 라파엘의 집은 이 기부금에 또 약간을 보태서 지금의 건물을 장만했다. 라파엘의 집은 이제 전셋집에서 쫓겨날 걱정은 면했지만 여전히 수많은 소액기부자들이 작은 힘을 보태서 힘겹게 운영비를 감당하고 있다.

(2015년 9월에 몇 개의 사실을 보충해서 덧붙인다. _김훈)

서민

대통령을 하겠다는 사람들이 너도나도 서민 흉내를 내고 다녀서 그런지, 구청장이나 군수, 구의원이나 군의원을 하는 사람들도 너도나도 서민 흉내를 내고 있다. 어렸을 적에 못 먹고 못살고 지지리도 고생한 궁상을 무슨 훈장이나 되는 것처럼 떠벌리고 다닌다. 서민이란 본래 돈도 '빽'도 없이 뼛골 빠지게 고생해서 겨우겨우 먹고사는 사람이라는 뜻일 게다.

선거 때가 되니까 이 '서민'이 갑자기 성골聖骨 대접을 받고 있다. 멀쩡히 잘나가던 사람이 쓰레기 하치장에 가서 썩은 음식물 찌꺼기를 뒤적거리는 시늉도 하고 재래시장 생선가게에 가서 비린내 나는 생선을 맨손으로 주물러 보이기도 한다. 서로 자기만이 진짜 서민이고 상대방은 서민의 탈을 뒤집어쓴 귀족이라고 욕해대고 있다. 쓰레기를 뒤진다고 서민이 아니고 쌍소리를 잘한다고 서민은 아닐 것이다.

서민이 선이고 귀족이 악인 것도 아니다. 가난뱅이가 선이고 돈 많은 자가 악인 것도 아니다. 그 반대도 아니다. 부자가 부자의 악덕에서 헤어나기 어렵듯이 가난뱅이에게도 가난뱅이의 악덕은 있다. 또 부자의 미덕이 있듯이, 가난뱅이의 미덕도 있는 것이다. 인간은 전면적으로 선하거나 악하지 않다.

대통령을 하겠다는 사람들이 쌍소리를 찍찍 해대거나 쓰레기통을 쑤시고 다니면서 그것이 마치 귀족적 엄숙주의를 까부수는 발랄함이나 낮은 처지의 삶에 대한 포용력인 것처럼 떠벌리는 꼴은 추악하다. 그렇게 뼛골 속부터 서민이고 서민이 그렇게 좋으면 서민으로 꾸역꾸역 일이나 하고 살면 되지, 대통령은 왜 하겠다는 것인가.

사회 전체가 감당해야 할 고통의 몫을 골고루 나누어서 짊어져야 한다는 정치 구호는 아름답다. '고통분담'은 IMF 위기를 통과하는 슬로건으로서 나무랄 데 없이 정의로웠다. 그러나 고통의 분담이란 사실상 이루어지기 어렵다. 고통은 누구를 막론하고 싫어하는 것이다. 아마도 고통을 분담해본 역사적 경험을 축적하지 못한 사회가 갑자기 위기에 처해서 고통의 분담을 실천하고, 그 실천으로써 위기를 극복하기란 거의 불가능해 보인다. IMF 위기는 오히려 고통전담의 방식으로 전개돼왔고 빈부의 격차는 벌어져서, 가난은 세습의 굴레를 벗어나기 어렵게 되었다. 월드컵을 치르는 도시에서 밥벌이 터를 빼앗긴 노점상들은 연일 시위를 벌이며 아우성을 치고 있다. 그 거리에서 대통령이 되겠다는 사람들이 맨손으로 생선을 주무르며 서민의 등을 두드리고 돌아다니니, 우스운 일이다. 그때의 '서민'들은 정치권력자의 지배에 저항하지 않도록 길들여진 '양민'쯤으로 보였다.

역대 대통령의 아들들은 하나같이 돈을 훑어먹고 고랑을 차고 감방에 들어갔다. 이것은 말하자면 천민들이 하는 짓거리이다. 대통령과 그 주변에, 귀족의 명예심과 강건함이란 약에 쓰려도 없었기 때문에 그 말로가 이처럼 극악한 천민주의의 비열함 속에서 끝나게 된 것이다. 국민으로부터 위임받은 권력은 고귀한 것이며 삼엄하게 통제되어야 한다는 기본적 명예심이 그들에게는 애초부터 없었던 것이다. 서민의 고통을 가중시키고 서민을 지옥으로 몰아넣는 것은 바로 그 지도자의 천민 근성이다.

서민의 등을 두드려서 서민의 표를 어느 정도 몰아갈 수는 있겠지만, 그 표가 서민의 고통을 경감시켜주지는 못할 것이다. 전세금이 오르고 점포 임대료가 천정부지로 치솟아서 그날그날 벌어서 겨우 먹고살 수 있었던 '서민'들이 그보다 더 하층으로 추락하고 있다. 아무런 죄도 없고, 책임져야 할 일도 없지만 그들은 사회구조의 제물이 되어 나락으로 떨어진다. 이 사회의 가난이란 단순한 물질적 결핍이 아니다. 이 사회에서 가난이란 차별이며 모멸이다. 지금, 대통령을 하겠다는 사람들이 이 서민의 흉내를 내가며 표를 달라고 애걸하고 있다. 그리고 그들이 서로 '진짜 서민'이니 '가짜 서민'이니 하고 싸우는 꼴은 그야말로 천민적이고, 그 싸움 속에서 정치 전체의 천민 근성은 확산되어가고 있다. 대통령이 되겠다는 사람들이 왜 스스로 높은 귀족의 정신을 보여주지 못하고 쓰레기통 근처를 얼씬거리면서 쌍소리를 해대는가. 대중의 표를 합산해서 정치권력을 세우는 제도 아래서 선거는 그런 양상을 포함할 수밖에 없다고 해도, 지도자는 대중이 하자는 대로 하는 사람이 아니라 때로는 대중 전체의 뜻을 홀로 거역하면서 그 반대 방향으로 끌고 나갈 수 있어야 할 것이다. 귀족정신을 모조리 쳐부수어야 서민의 낙원이 세워지는 것은 아니다. 지도자가 귀족의 명예심을 잃을 때 서민의 지옥은 시작된다. '서민'은 귀족의 반대말이 아니다.

러브

본래 거친 것일수록 당당한 외양을 드러내게 마련이다. 내가 사는 이 무인지경의 산골마을에서도 밤이면 강 건너 러브호텔의 불빛은 찬란하다. 러브호텔들은 그 조악한 건축양식을 조금도 부끄러워하지 않는다. 네덜란드풍의 풍차나 이슬람 양식의 돔 지붕, 디즈니랜드풍의 뾰족지붕과 어렸을 때 읽은 동화 『헨젤과 그레텔』에 나오는 마술의 성이 국토의 구석구석에 창궐하였다.

이제 러브호텔에는 도농都農의 격차가 없다. 본래 욕망은 평등한 것이다. 전에 살던 서울의 외곽 신도시에도 러브호텔은 창궐했다. 러브호텔 사이사이에 교회가 수없이 들어섰다. 큰 사찰도 세워졌다. 러브호텔은 지붕의 외곽선에 네온사인을 둘렀다. 교회의 십자가도 네온사인이었고 사찰의 용마루 곡선도 네온사인이었다. 밤마다 그 거리는 성聖과 속俗이 뒤엉켜 번쩍거리며 욕망의 분화구와도 같은 세속도시의 장관을 이루었다.

그 신도시는 러브호텔을 추방해야 한다는 주민들과 허가를 내준 행정기관 사이에 싸움이 끊일 날이 없었다. 분노한 기독교인들은 "종말이 가까워왔다. 회개하라"는 현수막이 걸린 트럭을 저녁 무렵의 러브호텔 앞에 세워놓고 마이크로 죄 많은 세상을 통탄했다. 신도시에서, 혼자서 웃을 수밖에 없는 일이 많았다.

그 신도시 주민들은 자꾸만 번져가는 러브호텔에 대한 도덕적 분노로 끓어올랐다. 연일 시위가 벌어졌다. 시장과 교육감은 속수무책으로 쩔쩔맸다. 시장은 시위대 앞에 나와서 "러브는 규제대상이 아니다. 행정력으로는 러브를 막을 수 없다"라고 절규했다. 좀 희화적이기는 하지만 시장의 말은 틀린 말이 아니다. 행정력뿐 아니라 군사력이나 경찰력을 동원해도 러브를 막을 수는 없다. 종교나 교육의 힘도 러브 앞에서는 무력해 보인다. "종말이 가까워왔다"고 겁주어서 될 일도 아니다. 욕망에는 종말이 없고, 욕망에는 회개가 없다.

시장의 그 절규는 틀린 말이 아니었음에도 불구하고 더욱 큰 분노를 불러일으켰다. 사람이란 뻔한 일을 대놓고 뻔하게 말해주면 약올라하게 마련이다. 그러자 행정력을 동원해서 러브호텔 주차장의 비닐커튼을 걷어내라는 분노의 함성이 일었다.

이것은 될 일이 아니다. 호텔 주차장 입구에서 자동차 번호판을 가려주는 이 비닐커튼은 그 신도시의 평화를 지켜주는 보호막이다. 이 커튼을 걷어내면 가정은 거덜나고 불화는 증폭된다. 비닐커튼은 물론 위선과 허위의 장치다. 세상을 편안하게 해주는 것은 진실이 아니라 위선일 때가 많다.

현행법에는 학교 출입문으로부터 75미터 안에는 숙박업소를 허가해주지 않도록 되어 있다(2016년 3월 23일 시행령 기준). 아이들이 75미터 안에서만 돌아다니는 것은 아니다. 아이들은 산지사방으로 다니면서 논다. 그러니 이 75미터 안에 무슨 유효한 도덕적 의미가 담겨 있는 것 같지도 않다. 그러나 이나마 부질없는 장치라도 있어야 세상은 덜 민망하고 덜 쑥스러울 것이다. 그러니 비닐커튼이 부도덕하고 75미터 규정이 도덕적인 것도 아니다. 다 똑같은 것이다. 세속도시에는 그 두 개가 다 필요하다.

아마도 선善이 악惡을 몰아내는 방식으로 세속도시의 러브를 몰아낼 수는 없을 것이다. 본래 러브호텔들이 그 내부에서 세련된 익명성을 완성하듯이 그 건물 외양에도 그 같은 은밀성을 도입해서 점잖은 위선의 포즈를 갖는 일이 필요하다. 러브는 이미 풍속으로 자리잡았으니, 러브로 장사를 하려면 제발 좀 눈에 띄지 않게 하라는 말이다. 나는 이것이 비닐커튼을 걷어내라는 시비보다 훨씬 더 중요한 일이라고 생각한다. 그리고 러브호텔을 애용하는 남녀들은 되도록 학교 근처 호텔에는 가지 않는 것이 좋겠다. 러브를 하더라도 이만한 시민의식을 갖추지 못할 이유는 없을 것이다. 오해 없기 바란다. 나는 지금 러브를 권장하는 것이 아니다. 내가 권장하지 않더라도 러브는 더욱 번창할 것이다.

불자동차

도심을 뒤흔드는 소방차의 사이렌 소리는 다급하고도 간절하다. 질주하는 소방차의 대열을 바라보면서 나는 늘 인간과 세상에 대해서 안도감을 느낀다. 재난에 처한 인간을 향하여, 그 재난의 한복판으로 달려드는 건장한 젊은이들이 저렇게 사이렌을 울리며 달려가고 있다는 사실은 인간의 인간다움이 아직도 남아 있고, 국가의 기능이 정확하고도 아름답게 작동되고 있다는 신뢰감을 느끼게 한다. 인간만이 인간을 구할 수 있고, 인간만이 인간에게 다가갈 수 있으며, 인간만이 인간을 위로할 수 있다는 그 단순명료한 진실을 나는 질주하는 소방차를 바라보면서 확인한다. 달려가는 소방차의 대열을 향해 나는 늘 내 마음의 기도를 전했다. 살려서 돌아오라,

그리고 살아서 돌아오라.

자동차가 자동차에 막혀서 오도 가도 못하는 도심 한복판을 사이렌으로 헤치며 나아가는 소방차의 대열은 아름답고 고귀한 풍경이다. 그것은 인간이 인간에게 베푸는 절박한 신뢰이며 사랑이다. 인간은 인간이기 때문에 구조받을 권리가 있고 또 인간이기 때문에 재난에 처한 인간을 구해야 할 의무가 있다. 그 자명한 윤리가 매일매일의 도심에서 확인되고 있다.

새빨간 소방차들이 번쩍이는 고가사다리를 싣고 꽉 막힌 거리에서 진로를 찾지 못해 안타까워할 때도 본부상황실이 출동대열을 다그치는 고함소리가 무전기에서 윙윙거린다. 사이렌 소리가 고막을 찌를 때 나는 문득 삶이란 경건한 것이다라는 생각에 잠긴다. 인간은 재난 앞에 경건해야 하고 재난에 처한 인간에 대해서 경건해야 한다고 사이렌 소리는 이 세상을 향해 외친다. 외치면서, 소리의 끝을 길게 끌어가며 내가 덤벼들 수 없는 재난의 복판을 향하여 달려간다. 도심을 질주하는 소방차의 대열을 향해, 나는 소방차 만세, 인간 만세를 외치고 싶었다.

나는 소방관이 아니지만, 여러 소방장비들의 기능과 작동 방식에 대해서 약간의 지식을 가지고 있다. 나의 지식은 물론 소방장비에 관한 책을 읽어서 얻은 것이고 경험에 따른 것은 아니다. 또 내 작은 지식은 대부분 구식 장비들에 관한 것이고 요즘 소방대원들이 사용하는 신형 장비에 관해서는 전혀 모른다.

어느 날 술 마시는 자리에서 내 친구들에게 여러 소방장비들의 기능과 작동방식을 열거하면서, 그 기능 하나하나가 어떻게 인간의 생명과 연결되는 것인지를 설명해주었다. 그리고 도심을 질주하는 소방차가 어째서 아름다운 것인지를 설명해주었다. 내 친구들은 별 감동이 없었다. 술 마시는 자리에서 왜 불 끄는 얘기를 하느냐고 나를 나무라는 친구도 있었다. 나는 실망했고, 친구들이 내 말을 알아듣지 못해서 답답했다.

소방서와 소방관에 대한 내 유년의 추억은 슬프고도 따듯하다. 전쟁이 끝나고, 초등학생이던 나는 잿더미가 된 서울로 돌아왔다. 학교 건물이 무너져서 운동장에 천막을 짓고 그 안에서 공부했다. 아이들은 모두 머리에 부스럼이 나서 공부시간에도 긁어댔고 배가 고파서 우유떡을 빨아먹었다. 우리 가난한 마을에 소방서가 있었다. 그때 소방서는 높다란 망루를 세웠고 그 망루 꼭대기에서 소방관이 마을을 내려다보며 연기와 불꽃을 살피고 있었다. 소방서 망루는 마을에서 가장 높은 구조물이었고, 우리 마을의, 말하자면 랜드마크였다. 내 유년을 지배했던 이 세계의 느낌은 한마디로 불안감이었다. 이 세상이 통째로 뿌리 뽑혀서 어디론지 떠내려가고 있는 느낌이었다. 그 시절에, 남루한 마을 어귀에 높이 솟은 소방서 망루를 올려다보면서 나는 이 세상에 대한 안도감을 겨우 느낄 수 있었다. 아, 저렇게 높은 망루 위에서 소방관 아저씨가 우리 마을을 내려다보면서 살피고 있구나…… 그 안도감은 따듯하고도 눈물겨웠다. 나는 그 망루가 떠내려가는 세상을 붙잡아서 지탱해주는 튼튼한 보루라고 믿었다. 밤중에 잠이 깨서, 숨을 죽이고 누워 있을 때, 멀리서 소방차의 사이렌 소리가 들렸다. 아, 누군가가 죽음을 헤매고 있는데, 또 소방관 아저씨들이 달려가고 있구나…… 그때는 사방에서 불이 났고 매일 밤, 매일 새벽마다 사이렌 소리가 울렸다. 나는 엄마 옆에 누워서 불구덩이 속에 쓰러진 사람들과 불구덩이 속으로 달려드는 소방관 아저씨들을 생각하면서 가슴을 졸였다. 나는 때때로 무서워서 울었다. 엄마는 내가 우는지도 모르고 잠들어 있었다. 나는 울면서 그 소방관 아저씨들이 무사히 살아서 돌아오기를 빌었다. 그러자 무서운 밤이 덜 무서워졌고, 세상은 문득 따듯하게 느껴졌다. 학교에 제출하는 신상조사서에 장래희망을 쓰라는 난이 있었는데, 나는 거기에 '소방수'라고 적기도 했다. 나는 소방관이 되지는 못했지만, 유년의 소방서 망루는 그 어떤 아름다운 동화보다도 더 크게 내 마음을 버티어주었다.

1970년대 중반에 나는 조간신문의 현장기자가 되어 수많은 화재 현장을 취재했다. 그때는 스프링클러 시설이 도입되던 초기였고, 고가사다리도 지금처럼 높지 않아서 7~8층 이상은 접근하지 못했다. 대부분의 가정에서 난방과 취사의 연료로 연탄을 사용했고, 소방도로가 정비되어 있지 않았다. 폭탄처럼 생긴 프로판가스통도 처음으로 등장했다. 내다버린 연탄재에 불이 남아 있어서 주택가는 매일 밤 불이 났고, 겨울이면 서울 시내에서 하룻밤에 대여섯 군데 불이 났다. 재래시장이나 영세민 밀집지역에 불이 나면 삽시간에 모든 점포와 마을이 불바다가 되었고 사람들은 잿더미에 몰려들어 울부짖었다. 고층빌딩에 불이 나면 고가사다리가 접근하지 못하는 높은 층에는 사람들이 베란다에 매달려 울부짖다가 떨어져서 죽었고, 러브호텔에 불이 나면 남자들은 동침하던 여자들을 밀쳐버리고 혼자서 살겠다고 팬티도 못 걸치고 뛰쳐나오곤 했다.

그 많은 화재 현장에서, 나는 다시 내 유년의 소방관들을 만날 수 있었고 그들과 친구가 될 수 있었다.

겨울이면, 그 소방대원들은 밤새도록 현장에서 현장으로

이동했다. 남대문시장에서 불이 나서 서울 시내 소방 병력과 장비들이 총출동했는데, 또 북아현동 주택가에서 불이 나서 남대문시장에 와 있던 병력과 장비들을 북아현동으로 이동 배치하면 또 서울 북부지역에서 불이 나서 다시 이동 배치하는 식이었다.

겨울밤 내내 소방대들은 도심을 이리 뛰고 저리 뛰며 갈팡질팡했다. 그 시절에는 소방차에 좌석이 넉넉지 않아서 현장으로 투입되는 병력들은 펌프차나 고가사다리차 뒤쪽에 설치된 쇠막대기를 붙잡고 서서 달려갔다. 펌프차가 급하게 회전할 때 차 뒤에 매달린 대원들은 두 다리에 힘을 주어서 차의 원심력을 버티어냈다. 그들은 그렇게 달려갔다.

소방도로가 없는 동네에서 펌프차는 현장에 접근할 수 없었다. 동네 어귀에 차를 세워놓고 대원들은 소방호스를 길게 연결해가며 현장에 접근해 들어갔다. 관창수가 맨 앞에 서고 보조대원들이 호스를 짊어지고 뒤를 따라갔다. 수압을 받는 호스는 뱀처럼 꿈틀거렸다. 겨울에는 물줄기를 쏘아대는 관창수들의 방열복 소매에 고드름이 달려서 버스럭거렸다. 소화전이 얼어붙고 물이 다 떨어져버리면 선착대는 발을 구르며 후속대의 도착을 기다렸다.

타오르는 불길 속을 향해 소방대장은 지시했다.

—진입하라!

그는 자신의 부하들에게 불구덩이 속으로 뛰어들라고 명령하고 있었다. 파괴장비를 든 특공대원들이 그 명령을 받들어 불속으로 들어갔고, 특공대원들의 뒤쪽에서 동료들이 '안개 쏴'로 연기를 걷어내며 특공대원들을 엄호했다. 불구덩이 속으로 들어간 동료들의 안전을 다른 대원들이 살피고 있었고, 동료의 위난을 구하러 들어갈 준비를 갖추고 있었다. 호스를 연결해야만 관창수들은 앞으로 나아갈 수 있고, 동료와 동료 사이를 인간의 마음의 끈으로 연결해야만, 그 끈을 잡고서 특공대원들은 불구덩이를 헤치고 암흑 속으로 들어갈 수 있다는 것을 나는 추운 겨울날의 화재 현장에서 알았다.

고층빌딩에 불이 나면 소방대원들은 굴절사다리를 높이 올려서 베란다에서 울부짖는 사람들을 실어 내렸다. 그리고 또다른 대원들은 불타는 건물 안으로 들어가서 인명을 수색했다. 울부짖던 사람들이 사다리를 타고 땅 위에 내려오면 구경하던 사람들이 함성을 지르며 박수를 쳤다. 그러나 굴절사다리가 닿지 못하는 높은 층에서 사람들은 불길과 연기를 견디다못해 아래로 뛰어내렸다. 소방대원들은 땅 위에 매트리스나 그물망을 펼쳐놓고 추락하는 사람들을 받아냈다. 그 현장은 지옥 속에서 펼쳐지는 찬란한 아름다움이었다.

그 무렵, 초년병 기자였던 나는 화재 현장에서 자꾸만 불쪽으로, 관창수 쪽으로 접근했다. 대체로 미숙한 기자들은 현장으로 빨려들어가서 바싹 접근하게 마련이다. 소방관들은 악을 쓰면서 나를 말렸다.

—야, 너 기자야? 기자는 뒤로 빠져, 너 죽으려고 그래!

—야, 저 뒤로 가 있어. 여기가 어딘 줄 알고 덤벼들어, 인마.

어떤 소방관들은 관창수 쪽으로 접근하는 나에게 물을 끼얹기도 했다. 나는 그렇게 해서 소방관 몇 명을 친구로 사귈 수 있었다. 그들은 이제 모두 은퇴했고 그 후배들이 관창을 잡고 있다.

많은 소방관들이 불구덩이 속에서 목숨을 잃었다. 그들 대부분이 젊은이들이었다. 갓난아기를 둔 신혼의 가장도 있었고 아직 미혼인 젊은이들도 있었다. 불구덩이 속에서 질식한 사람들을 찾아내 들쳐업고 나오다가 무너지는 건물에 깔린 대원들도 있었고, 어둠 속에서 갑자기 프로판가스통이 터져서 산화한 대원들도 있었다. 불타는 건물의 지붕 위로 올라가서 도끼로 지붕을 때려부수다가 무너지는 건물과 함께 숨진 대원들도 있었다.

나는 그 대원들의 죽음의 현장을 여러 번 찾아갔다. 먼 지방도시에서 순직사고가 났을 때도 고속버스를 타고 가서 현장을 살폈다. 순직한 대원의 젊은 부인이 아기를 업고 나와 울부짖었다. 무너지고 녹아내린 잿더미 속에서 소방대원이 순직한 자리를 동료대원들이 알려주었다. 건물이 온통 불길에 휩쓸려 있을 때, 그렇게 깊숙한 곳까지 어떻게 들어갈 수가 있었을까.

암흑 속에서 고립된 대원이 어둠을 뚫고 다가오는 동료의 전짓불 빛을 기다리고 있었을 순간을 생각하면서 나는 울음을 참았다. 아무도 그에게 다가가지 못했고, 그는 결국 고립 속에서 숨을 거두었다. 인간에게 다른 인간이 다가오지 않으면 고립된 인간은 죽을 수밖에 없다. 그리고 또 많은 소방대원들이 암흑과 화염 속에 고립되어 있다가 동료들에 의해 구출되었다. 고립된 대원들이 그 암흑을 뚫고 다가오는 동료의 인기척을 느꼈을 때, 그는 살아서 돌아올 수 있었다. 다가오고 있는 인기척, 그것이 인간의 희망인 것이다.

사회가 고도로 조직화되고 세분화될수록 사회의 밀도는 높아가고 인간은 고립되게 마련이다. 다들 제각기 아파트와 오피스텔과 자동차와 밀실 안에 들어앉아 있다. 그 수많은 세포들의 틈새에 재난은 복병처럼 숨어 있다. 밀실에 고립된 인간들은 재난을 돌파하는 능력이 전혀 없다. 소방대원들이 그 밀실을 깨고 들어가 인간을 구한다. 지금 소방대원들의 역할은 화재진압뿐 아니라 사회 전체의 재난구조로 확대되고 있다. 산불, 수재, 해양사고, 교통사고, 붕괴, 매몰, 추락, 응급환자 수송뿐 아니라 아파트 문 열어주기, 미친 개 포획과 한강 철교 행거에 올라가서 자살하겠다고 날뛰는 사람을 달래서 끌고 내려오는 일까지도 모두 다 그들의 업무다. 핸드폰이 보급된 후에 산악 안전사고로 목숨을 잃는 일은 현저히 줄어들었다. 핸드폰으로 119 단추를 누르면 장비를 걸머진 젊은 대원들이 산꼭대기나 계곡으로 즉각 달려오기 때문이다. 그 대원들은 이 사회의 기초를 지키고 버티어주는 안전판이고, 인간에 대한 사랑과 신뢰를 실천하는 보살들이다. 그들은 인간에게 다가오는 인기척이다. 소방차가 도심을 질주할 때 나는 보살이 화염 속의 중생을 향해 달려가고 있음을 안다. 보살은 늘 우리 곁에 있다. 어린아이들이 질주하는 소방차에 열광하는 모습은 아름답다. 그 어린아이들처럼, 우리 사회가 소방대원들의 사명의 고귀함을 인식하고 그들을 응원하고 격려해주기를 바란다.

소방관의 죽음

1999년 5월 25일 새벽 2시께 전남 여수시 교동 400번지 중앙시장 화재 현장에서 2층 점포 내부의 인명을 수색하던 여수소방서 연등파출소 소속 인명구조대원 서형진 소방사가 화염과 유독가스 속에서 퇴로를 찾지 못한 채 쓰러져 숨졌다.

숨진 서형진 소방사는 선착대로 현장에 도착해서 곧바로 3층으로 투입되었다. 서소방사는 3층 유리창의 방범용 쇠창살을 도끼로 찍어내고 창틀에 매달려 아우성치던 16명을 굴절사다리 바스켓에 묶어서 지상으로 대피시켰다. 서소방사는 이어 3층 내부(2139세제곱미터, 점포 30여 개 및 볼링장, 당구장, 극장, 기계실)의 인명수색을 마치고 다시 2층 내부로 진입했다. 이때 3층은 연쇄인화 직전의 매연으로 가득 차 있었고, 2층은 극성기의 화염이 살수공격으로 수그러들면서 열기와 유독가스를 뿜어내고 있었다. 그는 보증금 1800만 원짜리 전세아파트에 26세의 젊은 아내 박미애씨와 지난 2월에 태어난 젖먹이 아들, 그리고 노부모를 남겼다.

지난 5월 20일, 그는 이 세상에서의 마지막 월급을 받았다. 그가 숨진 5월 25일, 그의 아내는 남편이 벌어온 월급 중에서 6만 원을 손에 쥐고 있었다. 소복을 한 젊은 아내는 돈에 관하여 말하려 하지 않았다. 그의 아내는 늘 잠이 모자라서 꾸벅거리던 남편의 고달픔과 그리고 현장 2층의 암흑 속에서 숨이 끊어지기까지 남편이 혼자서 감당할 수밖에 없었던 그 뜨거움을 되뇌면서 쓰러져 울었다. 그 여자는 "아, 그 뜨거운 곳에서……"라며 울었다. 아무도 그 여자의 울음에 개입할 수 없었다. 아무도 그 여자를 달랠 수 없었다.

이날 화재는 24일 밤 11시 21분께 여수소방서 상황실에 전화로 신고되었다. '중앙시장'이라는 신고에, 상황실은 발칵 뒤집혔다. 본서 상황실 당직관 유호일 소방경은 현장과 최근거리(1.5킬로미터)에 있는 연등파출소에 초동출동을 명령했다. 이날 밤 여수시 동북부 지역(구 여수권) 당직 상황실장은 낙포파출소장 이규준 소방위였다.

이규준 소방위는 연등파출소 차량 6대(지휘차, 구조대, 펌프차, 앰뷸런스, 사다리차, 화학차)와 대원 20여 명을 인솔하고 11시 24분께 현장에 도착했다. 이 병력이 이날 진압전투의 선착대였다. 선착대가 도착했을 때, 2층 유리창 밖으로 쏟아져나오는 화염과 연기가 3층으로 번져가고 있었다. 2층 유리창들은 모두 다 방범용 쇠창살에 가로막혀 있었다. 3층 유리창도 대부분이 마찬가지였고, 몇 군데 유리창에는 쇠창살이 없었다.

쇠창살에 갇힌 사람들은 살려달라고 아우성을 쳤다. 쇠창살이 없는 창문에서는 매연에 쫓긴 사람들이 곧 뛰어내릴 기세였다. "뛰어내리지 마라. 바람 쪽으로 머리를 낮추고 기다려라. 우리가 간다." 이규준 소방위는 핸드마이크로 3층을 향해 소리쳤다. 그러나 뛰어내릴지 말지는 소방관이 판단할 일이 아니라, 화염 속에 갇힌 사람들이 판단할 일이었다. 선착대는 쇠창살 없는 유리창 밑 인도 위에 매트리스를 깔았다. 4명이 뛰어내렸다. 부상자는 없었다.

이규준 소방위는 구조대원에게 3층 옥내 진입을 명령했다. 홍갑석 소방교, 김종수 소방사 그리고 숨진 서형진 소방사가 굴절사다리를 타고 3층 창문으로 접근했다. 바스켓을 창틀에 밀착시키고 도끼로 방범 쇠창살을 부수었다. 굴절사다리는 세 번을 오르내리면서 16명을 지상에 내려놓았다. 부상자는 없었다. 구조대원들은 다시 사다리를 타고 3층 유리창을 통해 3층 옥내로 들어가서 30여 개 점포와 볼링장과 극장을 수색했다. 인명이 없음을 확인한 구조대원들은 3층 옥외계단으로 철수했다.

그때 거리에 모여서 발을 구르던 사람들이 "2층에서 바느질하는 할머니가 못 나온 것 같다"고 고함쳤다. 서형진 소방사는 옥외계단을 따라서 3층에서 2층으로 내려와 2층의 방화용 철문을 도끼로 부수고 안으로 들어갔다. 서형진 소방사는 거기서부터 27미터를 전진한 자리에서 쓰러졌고, 2층에 그가 구하려던 할머니는 없었다. 그러나 할머니의 부재가 확인되지 않는 한, 그는 2층 불길 속에서 할머니가 있을 수도 있다는 가능성을 떨쳐버릴 수 없었을 것이다.

한편, 옥외에서 쏘아대는 물줄기가 화점에 닿지 못하자 정오채 서장은 1층에서 2층으로 올라가는 중앙통로 돌파를 명령했다. 중앙통로는 방범 쇠창살과 철제 셔터로 막혀 있었다. 전동장치로 개폐되는 문이었는데, 이미 옥내 전원은 끊어져 있었다. 철제 셔터는 열기를 받아서 뜨거웠다. 대원들은 물을 뿌려 철문을 식혀가면서 도끼와 유압절단기로 철제 셔터 아래쪽에 구멍을 뚫어냈다. 이 작업에 약 십이 분이 걸렸다.

이 구멍을 통해서 수관 4개가 2층 옥내로 들어왔다. 수관

1개마다 4명씩의 관창수가 붙어 있었다. 관창수들은 2층 화점을 공격하면서 1층과 3층으로의 연쇄인화를 차단했다. 새벽 1시 30분께 화재는 진압되었고 서형진 소방사는 동료들의 들것에 실려 지휘관 앞으로 운구됐다. "장비를 벗겨주어라"라고 정서장은 말했다. 대원들이 서형진 소방사의 무장을 해제했다. 공기호흡기, 도끼, 망치, 손전등, 안전모, 개인 로프를 떼어주고 방열복을 벗겨주었다. 그는 그렇게 한평생의 멍에를 벗었다.

28일의 영결식에서 그는 소방교로 추서되어 국립묘지로 갔다. 그가 세상에 남긴 젖먹이 아들의 이름은 서정환이다. 그의 장례식 다음날이 정환이의 백일이었다. 화재피해를 입지 않은 1층과 3층은 다음날부터 정상영업을 계속했다. 취재를 마치고 서울로 올라오는 자동차 안에서 들리는 라디오 뉴스는 온통 장관 부인들의 고급옷에 관한 것뿐이었다.

■ 서형진씨는 1999년 5월 25일 중앙시장 화재 현장에서 16명의 생명을 구하고 숨졌다.

3부

몸

바다의 기별

모든, 닿을 수 없는 것들을 사랑이라고 부른다. 모든, 품을 수 없는 것들을 사랑이라고 부른다. 모든, 만져지지 않는 것들과 불러지지 않는 것들을 사랑이라고 부른다. 모든, 건널 수 없는 것들과 모든, 다가오지 않는 것들을 기어이 사랑이라고 부른다.

내가 사는 마을의 곡릉천曲陵川은 파주평야를 구불구불 흘러서 한강 하구에 닿는다. 여름내 그 물가에 나와서 닿을 수 없는 것들과 불러지지 않는 것들을 생각했다. 마침내 와서 닿는 것들과 돌아오고 또 돌아오는 것들을 생각했다. 생각의 나라에는 길이 없어서 생각은 겉돌고 헤매었다. 생각은 생각되어지지 않았고, 생각되어지지 않는 생각은 멀었다.

바다는 멀어서 보이지 않는데, 보이지 않는 바다의 기별이 그 물가에 와닿는다. 김포반도와 강화도 너머의 밀물과 썰물이 이 내륙 하천을 깊이 품어서 숭어떼들이 수면 위로 치솟고 호기심 많은 바다의 새들이 거기까지 물을 따라 날아와 갯벌을 쑤신다. 그 작은 물줄기는 바다의 추억으로 젖어서 겨우 기신기신 흐른다. 보이지 않는 바다가 그 물줄기를 당겨서 데려가고, 밀어서 채우는데, 물 빠진 갯벌은 "떠돌이 창녀 시인 황진이의 슬픈 사타구니"(서정주, 「격포우중」 중에서)와도 같이 젖어서 질퍽거린다. 저녁 썰물에 물고기들 바다로 돌아가고 어두워지는 숲으로 새들이 날아가면 빈약한 물줄기는 낮게 내려앉아 겨우 이어가는데, 먼 것들로부터의 기별은 젖은 뻘 속에서 질척거리면서 저녁의 빛으로 사윈다.

가을은 칼로 치듯이 왔다. 가을이 왔는데, 물가의 메뚜기들은 대가리가 굵어졌고, 굵은 대가리가 여름내 햇볕에 그을려 누렇게 변해 있었다. 메뚜기 대가리에도 가을은 칼로 치듯이 왔다. 그것들도 생로병사가 있어서 이 가을에 땅 위의 모든 메뚜기들은 죽어야 하리. 그 물가에서 온 여름을 혼자서 놀았다. 놀았다기보다는 주저앉아 있었다. 사랑은 모든 닿을 수 없는 것들의 이름이라고, 그 갯벌은 가르쳐주었다. 내 영세한 사랑에도 풍경이 있다면, 아마도 이 빈곤한 물가의 저녁썰물일 것이다. 사랑은 물가에 주저앉은 속수무책이다.

'사랑'의 메모장을 열어보니 '너'라는 글자가 적혀 있다. 언제 적은 글자인지는 기억이 없다. '너' 아랫줄에 너는 이인칭인가 삼인칭인가, 라는 낙서도 적혀 있다. '정맥'이라는 글자도 적혀 있다. '너'와 '정맥'을 합쳐서 '너의 정맥'이라고 쓸 때, 온몸의 힘이 빠져서 기진맥진했던 기억이 떠올랐다. '이름'이라는 글자 밑에는 이름과 부름 사이의 거리는 얼마인가라고도 적혀 있다. 치타, 백곰, 얼룩말, 부엉이같이 말을 걸 수 없는 동물의 이름도 들어 있다. 이 안쓰러운 단어 몇 개를 징검다리로 늘어놓고 닿을 수 없는 저편으로 건너가려 했던 모양인데, 나는 무참해서 메모장을 덮는다.

물가에서 돌아온 밤에 램프 밑에 앉아서 당신의 정맥에 관하여 적는다.

그해 여름에 비가 많이 내렸고 빗속에서 나무와 짐승들이 비린내를 풍겼다. 비에 젖어서, 산 것들의 몸냄새가 몸 밖으로 번져나오던 그 여름에 당신의 소매 없는 블라우스 아래로 당신의 흰 팔이 드러났고 푸른 정맥 한 줄기가 살갗 위를 흐르고 있었다. 당신의 정맥에서는 새벽안개의 냄새가 날 듯했고 정맥의 푸른색은 낯선 시간의 빛깔이었다. 당신의 정맥은 팔뚝을 따라 올라가서, 점점 희미해서 가물거리는 선 한 줄이 겨드랑이 밑으로 숨어들어갔다. 겨드랑 밑에서부터 당신의 정맥은 몸속의 먼 곳을 향했고, 그 정맥의 저쪽은 깊어서 보이지 않았다. 당신의 정맥이 숨어드는 죽지 밑에서 겨드랑 살은 접히고 포개져서 작은 골을 이루고 있었다. 당신이 찻잔을 잡느라고, 책갈피를 넘기느라고, 머리카락을 쓸어올리느라고 팔을 움직일 때마다 당신의 겨드랑 골은 열리고 또 닫혀서 때때로 그 안쪽이 들여다보일 듯했지만, 그 어두운 골 안쪽으로 당신의 살 속을 파고들어간 정맥의 행방은 찾을 수 없었고 사라진 정맥의 뒷소식은 아득히 먼 나라의 풍문처럼 희미해서 닿을 수 없었다. 정맥의 저쪽으로부터는 아무런 기별도 오지 않았는데, 내륙의 작은 하천에 바다의 조짐들이 와닿듯이, 희미한 소금기 한 줄이 얼핏 스쳐오는 듯도 싶었고 아무런 냄새도 와닿지 않는 듯도 싶었다. 환청幻聽이나 환시幻視처럼 냄새에도 환후幻嗅라는 것이 있어서 헛것에 코를 대고 숨을 빨아들이는 미망이 없지 않을 것인데, 헛것인가 하고 몸을 돌릴 때, 여름장마의 습기 속으로 번지는 그 종잡을 수 없는 소금기는 멀리서 가늘게, 그러나 날카롭게 찌르며 다가오는 듯도

했다. 내 살아 있는 몸 앞에서 '너'는 그렇게 가깝고 또 멀었으며, 그렇게 절박하고 또 모호했으며 희미한 저쪽에서 뚜렷했다.

'너'가 이인칭인지 삼인칭인지 또는 무인칭인지 알 수 없는 날엔 혼자서 동물원으로 간다. 동물들은 모두 다 제 똥과 오줌과 제 몸의 냄새를 풍긴다. 기린이나 얼룩말이 목을 길게 빼고 먼 곳을 바라볼 때, 그 망막에 비치는 세계의 내용을 나는 알 수가 없다. 나는 기린의 눈의 안쪽으로 나의 시선을 들이밀 수가 없다. 올빼미의 눈과 독수리의 눈에 비치는 나를 나는 감지하지 못한다. 늙은 독수리는 나뭇가지에 앉아서 미동도 하지 않고 철망 밖을 내다본다. 백곰은 하루종일 철망 안쪽을 오락가락한다. 그의 앞발은 무겁고 그의 엉덩이는 늘어져 있다. 백곰은 앞발을 터벅터벅 내딛어, 몸을 흔들며 철망 안을 서성거린다. 코를 철망에 비비면서 저쪽 끝까지 갔다가 다시 돌아온다. 백곰의 눈은 반쯤 감겨 있다. 백곰의 동작은 대낮의 몽유夢遊처럼 보였다. 철망에 쓸려서 헤진 콧구멍으로 피를 흘리면서, 백곰은 돌아오고 또 돌아간다. 늙은 수사자는 시멘트 바닥 위에서 저편으로 돌아누워 있다. 갈기가 흘러내려 바닥에 닿았고 돌아누운 옆구리를 벌떡거리며 숨을 쉰다. 귀기울이면 사자의 숨소리가 들린다. 숨은 바람처럼 사자의 콧구멍으로 몰려들어갔다가 다시 쏟아져나온다. 숨이 드나들 때, 창자가 '가르릉'거리는 소리도 들린다. 늙은 사자의 숨소리는 불균형하고 숨쉬는 옆구리는 힘들어 보인다. 코끼리 발바닥은 발가락 다섯 개가 한 덩어리로 붙어 있고, 붙은 발가락에 제가끔 발톱이 박혀 있다. 공룡 시대부터 지금까지 그 발가락 다섯 개는 분화되지 않았다. 코끼리는 그 들러붙은 발바닥으로 둔중하게 땅을 딛는다. 다시 억겁의 세월이 지나야 코끼리의 발가락은 갈라지는 것인지, 발가락은 갈라짐의 먼 흔적들을 지닌 채 들러붙어 있다. 그 흔적은 미래에 있을 흔적이다.

'사랑'의 메모장에 왜 동물 이름을 적어놓은 것인지 지금은 기억이 없다. 아마도 '사랑'이 아니라 '타인'의 항목 안에 써놓아야 할 단어들이었다. 동물원에서 코끼리 발바닥과 기린의 눈동자를 들여다보면서, '너'는 이인칭이 아니라 삼인칭임을 안다. '너'가 삼인칭으로 다가오는 날엔 내가 사는 마을의 곡릉천을 보러 간다.

다시 '사랑'의 메모장을 연다. '시선'이라는 단어가 적혀 있다. '강'이라는 단어도 적혀 있다. '시선'을 적은 날은 봄이었고, '강'을 적은 날은 가을이었다. 봄에서 가을 사이에는 아무런 메모도 없었다. 메모가 없는 날들이 편안한 날들이었을 것이다. '시선' 밑에는 '건너가기'라고 적혀 있고, '강' 밑에는 또 '혈관'이라는 말이 적혀 있다. '농수로'도 있고 '링거주사'도 보인다. 허약해서 버리고 싶은 단어들인데, 버려지지가 않는다.

내가 당신과 마주앉아 당신의 이름을 부를 때 당신이 숙였던 고개를 들어서 나를 바라보았고, 당신의 시선이 내 얼굴에 닿았다. 당신의 시선은 내 얼굴을 뚫고 들어와 몸속으로 스미는 듯했고, 당신의 이름을 부르는 나의 목소리에 이끌려, 건너와서 내게 닿는 당신의 시선에 나는 경악했다. 내가 당신의 이름을 부르는 그 부름으로 당신에게 건너가고 그 부름에 응답하는 당신의 시선이 내게 와닿을 때, 나는 바다와 내륙 하천 사이의 거리와, 나와 코끼리 발바닥 사이의 시간과 공간이 일시에 소멸하는 환각을 느꼈다. 그것이 환각이었을까? 환각이기도 했겠지만, 살아 있는 생명 속으로 그처럼 확실하고 절박하게 밀려들어온 사태가 환각일 리도 없었다. 그리고 당신이 다시 시선을 거두어 고개를 숙일 때, 당신의 흘러내린 머리카락 위에서 햇빛은 폭포처럼 쏟아져내렸다. 당신의 먼 변방에 주저앉은 나는 당신의 겨드랑 밑으로 숨어드는 푸른 정맥을 바라보고 있었다.

그때, 당신의 푸른 정맥은, 낮게 또 멀리 흐르는 강물처럼 보였다. 나는 나주 남평의 드들강을 생각했다. 드들강은 넓고 고요하다. 들에 낮게 깔려 다가오는 그 강은 멀리 굽이치며 마을로 다가왔고 다시 굽이쳐서 들로 나아갔다. 강안에 둑이 없어서 수면은 농경지에 잇닿았고, 굽이치는 안쪽으로 물풀이 우거져 새들이 퍼덕거렸다. 느리게 다가오는 강은 강가에 앉은 자의 몸속을 지나서 흘렀다. 저녁이면 노을이 풀리는 강물은 붉게 빛났고, 강물이 실어오는 노을과 어둠이 몸속으로 스몄다. 당신의 겨드랑 속으로 사라지는 당신의 정맥이 저녁 무렵의 강물처럼 닥쳐올 시간의 빛깔들을 실어서 내 몸속으로 흘러들어오기를 나는 그 강가에서 꿈꾸었던 것인데, 그때 내 마음의 풍경은 멀어서 보이지 않는 바다의 기별을 기다리고 또 받아내는 곡릉천과도 같았을 것이다. 곡릉천은 살아서 작동되는 물줄기로 먼바다와 이어져 있다.

내 빈곤한 '사랑'의 메모장은 거기서 끝나 있다. 더이상의 단어는 적혀 있지 않다. '관능'이라고 연필로 썼다가 지워버린 흔적이 있다. 아마도, 닿아지지 않는 관능의 슬픔으로 그 글자들을 지웠을 것이다. 너의 관능과 나의 관능 사이의 거리를 들여다보면서 그 두 글자를 지우개로 뭉개버렸을 것이다.

모든, 닿을 수 없는 것들과 모든, 건널 수 없는 것들과 모든, 다가오지 않는 것들과 모든, 참혹한 결핍들을 모조리 사랑이라고 부른다. 기어이 사랑이라고 부르는 것이다.

여자 1

비는 살아 있는 것들 속에 숨어 있던 냄새를 밖으로 우려내서 번지게 한다. 며칠씩 비가 내리는 거리에는 젖은 가로수들의 몸냄새가 자욱이 배어나오고 마주 스치는 여자들의 지분 냄새는 젖은 공기 속에서 칼끝처럼 날카롭다. 아무런 인연 없이 스쳐지나가는, 오로지 타인일 뿐인 여자들의 향수 냄새는 다만 빗속의 익명성이라야 옳다. 이 익명성의 냄새는 새파랗게 날이 서 있어서 사람을 벨 듯이 달려든다. 비 오는 거리를 걸으면서, 스치는 여자들의 지분 냄새에 관하여 생각하는 일은 혼란스럽다. 냄새에 관한 생각은 냄새가 밀고 들어오는 감각에 흔들리는 것이어서 쉽게 정돈되지 않는다. 그 냄새는 네안데르탈인 이래로 땅 위에서 살다가 죽은 모든 여자들의 추억을 불러일으킨다.

또 그 냄새는 방금 스치고 간 여자의 실체성을 증발시켜서 신기루처럼 떠다니게 한다. 그런데, 신기루의 냄새가 그처럼 현실적이고 자극적일 수가 있을까. 이 냄새는 '그 여자'의 냄새인가 '웬 여자'의 냄새인가. 이 냄새는 살아 있는 한 여자의 개별적이고 구체적인 냄새인가 아니면 익명성 속에 매몰되어버린 여자 전체의 추상화된 냄새인가. 이 냄새가 살아 있는 여자의 구체적 실체라면 그토록 몽롱할 수는 없을 것이고, 다만 추상화된 기호에 불과하다면 스치고 가는 사람의 몸속으로 바로 찌르고 들어올 수는 없을 것이다.

향수는 강력한 휘발성 물질이다. 립스틱이나 파운데이션이나 파우더 속에도 휘발성 향료는 들어 있다. 휘발성은 색상이나 질감 못지않게 여자들 화장품의 한 중요한 본질인 듯싶다. 색상과 질감조차도 냄새로 변해서 밖으로 휘발되어지기를 기다리는 듯하다. 여자들이 몸을 움직일 때마다, 팔다리와 옷자락의 깊은 곳으로부터 그 냄새는 세상 밖으로 번져나온다. 그 냄새는 존재의 구획을 일체 무시하고 마구 새어나와 번진다. 여자들은 아무 인연 없는 타인의 감각을 향하여 그렇게 육질화된 냄새를 뿜어낸다. 이 냄새가 수만 년의 문명사 속에 배어들고 절여져서 사람들의 후각은 이제 이 냄새와 더

불어 편안한 듯하고, 이 냄새는 세련된 문명의 사랑스런 냄새로 대접받고 있다. 그리고 아마도 이 편안함의 밑바닥에서 여자들의 개별성은 지층처럼 매몰되어 있는 것이 아닌가 싶다.

화장을 할 때, 여자들은 거울 앞에서 무섭게 집중한다. 여자들이 얼굴에 그려넣고 싶은 것은 존재의 개별성과 개별화된 존재의 자유일 것이다. 여기까지도 쉬운 일이 아니다. 그런데 일은 여기서 끝나지 않는다. 여자들은 그 개별성과 자유를 거느리고 섹스어필까지 가야 한다. 어려운 대목이다. 이 마지막 관문을 통과해 나오면 여자들의 개별성과 자유는 억압의 세련된 양식으로 변한다. 이것이 휘발성 향료에 실려 비 내리는 거리로 번져나온다. 이 냄새는 '그 여자'의 냄새가 아니라 '웬 여자'의 냄새다. 비에 젖은 거리에서, 한 웬 여자의 냄새가 스치고 지나가면 또다른 웬 여자의 냄새가 다가온다.

신라의 유부녀 수로부인의 옷에서는 이상한 향내가 났는데, 그 냄새는 이 세상의 것이 아니었다. 이 유부녀가 바닷가를 걸어가면 물속의 용이나 거북이들도 수컷들은 모두 발정해서 쩔쩔맸다. 『삼국유사』에 그렇게 적혀 있다. 일연은 어쩌자고 역사책 속에 여자의 몸냄새를 기록했을까. 이 냄새는 천지간에 가득 차는 여자의 관능의 냄새이고, 개별화되지 않은 채로 만유萬有하는 여성성의 냄새로 맡아진다. 그 냄새는 익명의 여성성으로부터 번져나와서 용이나 거북이 같은 익명의 대상들을 들뜨게 한다. 이 여성성의 냄새는 개별화되지 않은 점에서 고대적이다. 그 무렵에 죽은 신라 여자들은 허리춤에 향주머니, 족집게 같은 화장도구를 주렁주렁 매달고 무덤 속에 누워 있다. 그걸 차고 무덤 속까지 간다. 백골은 진토되어도 화장도구는 빛난다. 고분벽화 속에서, 죽은 고구려 여자들의 입술과 두 뺨은 아직도 새빨갛다.

여자들은 저 익명의 여성성을 자신의 실존에만 고유한 개별적 상황으로 바꾸어놓기 위하여 수만 년의 세월을 거울 속에 집중했다. 그것은 무덤 속에서조차 단념할 수 없는 여자들의 싸움이다. 지금 이 싸움은 그다지 성공적으로 보이지 않는다. 나의 존재가 언제나 보여져야 하고 언제나 휘발되어서 밖으로 번져나가야 한다면, 그런 삶의 하중을 견뎌내기란 어려울 것 같다. 언제나 휘발되어야 한다면, 그 휘발의 결과가 개별성의 자유일 수가 있을까. 그러나 그런 의문은 화장을 향한 여자들의 집중된 열정 앞에서 완전히 무력하다.

비 오는 날의 새빨간 입술은 강력하고도 도발적인 존재감을 준다. '저기, 여자가 있구나!'라는 느낌이 불을 보듯이 분명해진다. 입술과 피부 사이의 경계선을 녹여내는 헤비핑크의 립스틱은 평화롭게 사람을 빨아들인다. 윗입술과 아랫입술이 만나는 입꼬리의 두 점이 기하학적 소실점을 이루며 소멸 직전에서 멈출 때, 크림슨레드의 입술은 그 얼굴이나 사람과 무관한 독자적인 여성성의 생물인 것처럼 보인다. 푸른 아이섀도는 여자의 눈동자를 아주 먼 곳으로 데리고 가서, 그 먼 곳으로부터 사람을 바라보게 한다. 여자들의 화장은 얼굴의 극세極細한 부위에까지 미친다. 화장도구 세트 속의 브러시는 굵거나 가는 것들이 10여 종이 넘는다. 입술 위의 잔주름 틈새로 립스틱을 밀어넣는 브러시도 있다. 여자의 얼굴 안에서, 보여지기를 갈망하는 부위가 이토록 많다는 것은 놀랍다. 그리고 그렇게 보여지는 것의 실체가 존재하는 것인지에 대한 의문은 무섭다.

보여지는 것이 아니라, 드러나는 것들의 아름다움으로 화장을 할 수는 없는 것인가. 인간의 내면은 반드시 그 눈빛과 낯빛과 몸가짐에 드러나는 것이라고 유가儒家는 가르친다. 이런 가르침은 이제 영험하지 못한 관상술 정도로 폄하되고 있다. 그러나 드러남과 보여짐이 완벽하게 분리될 때, 여자들의 자유의 자리가 확보될 수 있을까. 여자들은 아플 때 아파 보일 자유와 지칠 때 지쳐 보일 자유와 나이 먹어서 늙어 보일 권리가 없는 것일까. 오십이 넘어서도 아내와 외출을 하려면 화장을 마칠 때까지 삼십 분 이상을 망연히 기다려야 한다.
4세기 신라 무덤 속 여자들의 화장품까지 생각하면서.

여자 2

여자들은 아무데서나 화장을 한다. 비행기 안이건 고속버스 안이건, 호텔 로비에서나 사무실에서나, 아무데서나 하악下顎을 가차없이 벌려서 벌건 입속을 드러내놓고 활줄처럼 긴장된 입술 위에 루주를 칠한다. 붓으로 루주를 찍어서 입술의 윤곽선을 먼저 그리고 루주의 빨간 몸통을 밀어올려서 입술 위에 문지른다. 그러고는 윗입술과 아랫입술을 오므려 안쪽으로 끌어당겨 부빈다. 이것은 필시 루주를 입술 위에 골고루 펴지게 하려는 마무리 작업일 터인데 그렇게 짐작을 할 뿐, 여자들에게 그 뜻을 물어본 적은 없었다. 위아래 입술 사이에 종이 냅킨을 물고 깨물듯 힘을 주어 입술 도장을 찍어내고 종이에 찍힌 문양을 들여다보기도 하는데,

그 또한 오의奧義를 알 수 없다.

여자들의 눈동자는 손거울이 허용하는 작은 공간 너머에 있는 자신의 모습에 닿기 위하여, 또 눈을 떠도 보이지 않는 입술의 극지極地에 닿기 위하여 거울의 변방 구석구석을 핥듯이 정찰한다. 그때 손에 쥔 거울의 각도와 고개의 각도는 눈동자가 인도하는 방향에 따라 민첩하고도 섬세한 변화를 거듭한다. 눈꺼풀의 안쪽 가장자리를 따라서 검은 연필로 그늘을 그려넣는 일은 위태로워 보인다. 눈을 감아야만 눈꺼풀을 고정시킬 수 있는데, 눈을 떠야만 거기에 칠을 할 수 있다. 눈꺼풀에 무수한 경련을 일으켜가며 여자들은 그 지난한 공사를 완성해낸다. 마음의 속살이 벌거숭이로 드러나는 이 깜찍한 미학적 과정이 이제는 더이상 은밀하지 않다.

여자들은 아무데서나 막무가내로 콤팩트를 꺼내든다. 여자들의 혼백은 거울 속으로 무섭게 집중한다. 그때 여자들은 마치 거울 밖 세상을 버리고 거울 속으로 빨려들어갈 것만 같다. 화장을 마치고 나면 딸가닥, 콤팩트가 닫히는 금속성 소리와 함께 여자들은 거울 밖 세상으로 돌아온다. 그러나 식당이나 카페에 혼자 앉아 있는 어떤 여자들은 한바탕 집중된 삼매경으로 화장을 마치고 나서 한동안 창밖을 내다보다가 또다시 핸드백을 열고 콤팩트를 꺼내 그 어려운 공사를 처음부터 다시 시작한다. 아마도 그 여자들의 마음이 세상과 더불어 아늑하지 못하거나, 얼굴과 자아 사이에서 화해하기 어려운 싸움이 진행되고 있는 모양이다.

남자들도 남자 노릇 하기가 지겨울 때가 있다. 이 세상이 상식처럼 당연하게 요구해오는 남성성을 버티면서 살아간다는 것이 도무지 진부하고 무의미하고 또 너무 힘들어서 내팽개쳐버리고 싶을 때가 흔히 있다는 말이다. 그러니 여자들인들 어찌 저 콤팩트를 내던져버리고 싶을 때가 없겠는가. 다만 어쩌지 못할 뿐일 터이다. 화장은 여자들의 생로병사의 일부인 모양이다.

신혼부부가 몰려드는 섬의 관광호텔 식당에는 아침마다 수십 쌍의 신랑 신부들이 마주앉는다. 아침의 신부들은 풋내를 풍긴다. 객실에서 내려와 식당으로 막 들어서는 신부들의 머리는 젖어 있고, 거기에 실핀이 꽂혀 있다. 신부들은 수줍고 또 발랄하다. 한 생애를 시작하는 출발의 아침에는 약간의 수줍음과 발랄함이 섞여 있는 것이 마땅하리라. 젖은 머리의 신부들은 그 풋내만으로도 아름답다. 그러나 아침밥을 다 먹고 나면 그 풋것의 아름다움은 사라진다. 입가에 묻은 찌개 국물을 휴지로 닦아내고 나서, 수십 명의 여자들이 일제히 하악을 벌리고 입술에 루주칠을 하기 시작한다. 여자들은 무섭게 집중한다. 그 장관은, 그것을 바라보는 초로의 사내를 몸 둘 곳 없게 한다. 여자들은 제 신랑을 팽개쳐놓고 거울 속 나라로 떠나간 듯하다. 그러나 여자들은 떠나지 않는다. 여자들의 시선은 부단히 거울을 이탈해 옆자리에서 똑같이 거울을 들여다보고 있는 다른 여자의 자태를 흘깃거린다. 아름다움은 여자들의 얼굴 위에서, 여자들의 붓끝에서 집단적으로 사물화되고 있었다.

한국 남자들에게는 사물화된 여성의 아름다움을 예찬하는 말이 있다. 그 말은 '잘빠졌다'는 말이다. '빠지다'는 '뽑다'의 자동사형이다. '가래떡을 뽑다' '기계에서 제품을 뽑다'처럼 공업적 생산과정의 마지막 단계를 가리키는 말이다. 자동차를 새로 구입했을 때도 '새 차를 뽑았다'고 말한다. 어디에서 빠져나온다는 것인지는 모르겠지만, 사내들이 눈독을 들이고 힐긋거리는 여자들은 다들 잘빠진 여자들이고, 왕관을 쓴 미녀들이나 핸드폰 광고, 구두 광고에 나오는 롱다리의 여자들과 수중발레, 피겨스케이팅에 나오는 여자들은 더 말할 나위 없이 잘빠진 여자들이다. 여자의 몸을 놓고 '잘빠졌다'고 말할 때, 그 '빠지다'라는 동사의 쓰임새는 놀랍게도 정확하다. 그 정확성은 기계적이고 공업적인 정확성이다. 그리고 '잘빠졌다'의 '잘'은 여럿이 공유하는 입맛에 맞고, 공유된 욕망을 충족시킬 만하다는 뜻일 터이다. 그러므로 '잘빠졌다'는 말의 주어는 여자가 아니라 사물이고, 개체가 아니라 익명이며 규격이다. 이 익명성의 규격에 따라 여자들이 사물화될 때 여자들의 아름다움은 점점 더 도발적인 양상을 띠게 된다. '잘빠진' 것이 아름다운 것이므로 여자들은 점점 더 잘빠져나올 것이다.

남자가 남성성만으로 온전할 수 없듯이 여자들도 여성성만으로 온전할 수는 없다. 남자는 남성성을 완성해야 하고 여자는 여성성을 완성해야 하는 것이 인간의 운명이라고 말할 순 없다. 그래가지고는 피곤해서 살 수 없다. 남자에게도 여성성이 있고 여자에게도 남성성이 있게 마련이다. 남자와 여자가 서로 그것을 긍정해주는 삶이 아름다운 삶이다. '잘빠졌다'는 말은 공업적인 말이고, 더러운 말이다. 그 더러움은 사물성에서 온다. '잘빠졌다'는 말 속에서 잘빠진 여자는 소외된 여자다. 인간과 언어가 서로를 소외시키고 있다. 인간이, 인간이 아닌 것으로 바뀔 때 더러움이 발생한다. 아름다움의 내용을 억압과 사물성이 아니라, 자유로 가득 채우는 여자가 아름답다. 그런 여자가 살아 있는 여자고, 살아가는 여자고, 삶을 영위하는 여자다. 아들들아, 연애를 하려거든 그런 여자하고 해라.

여자 3

유방 성형수술을 받은 여자들에게 집단 부작용이 일어나 우리나라 젊은 여자들의 젖가슴이 크게 망가져버렸다고 한다. 젖통이를 크고 팽팽하게 만드느라고 그 속에 실리콘이라는 이물질을 넣었는데 모양은 도톰해졌지만 좀 지나니까 진물이 흐르고 염증이 깊어져서 아예 젖을 도려내야 할 지경이라는 것이다. TV 뉴스를 보면서 아깝고 분한 마음을 참을 수 없었다.

여자들의 젖가슴이란 그 주인인 각자의 것이고 그 애인의 것이기도 하지만, 신라금관이나 고려청자나 백제 금동향로보다 더 소중한 겨레의 보물이며 자랑거리다. 여자들은 누구나 다 한 쌍의 젖가슴을 키워내서 품고 있다. 그렇기 때문에 이 젖가슴은 더욱 보편적이고 소중한 일상의 보물이며, 민족적 생명과 에너지의 근본인 것이다. 희소가치가 없기 때문에 더욱 소중하다는 말이다. 더구나 그 속에 살아 있는 생명의 피가 흐르고 젖샘 꽈리에 젖이 고인다고 하니, 죽은 쇠붙이에 불과한 신라왕관과는 비교할 수 없다. 거리마다, 공원마다, 지하철마다 넘쳐나는 이 생명의 국보들은 새로운 삶을 향한 충동으로 우리를 설레게 하고 견딜 수 없는 것들을 견디게 해준다.

그런데 이 착한 젖가슴들을 죄다 곪아터지게 만든 실리콘이라는 물건은 미국 기업이 온 세계 여자들한테 팔아먹은 것이라고 한다. 제 나라 여자들 젖가슴이 이토록 곪아서 문드러지도록 정부는 대체 무얼 했다는 말인가. 철딱서니 없고 맹하기는 여자들도 마찬가지다. 여자들의 젖가슴을 놓고, 누구의 가슴이 더 예쁘고 누구의 가슴이 덜 예쁘다고 말할 수 있는 것은 아니다. 몸의 아름다움에 대한 우열의 비교가 지금 이처럼 거대한 자본주의적 성형산업을 일으켜놓은 것일 테지만, 몸은 본래 그렇게 말해질 수 있는 것이 아니다.

젖가슴에 관한 여러 감식가들의 견해를 살펴보니까, 빗장뼈의 중심점과 양쪽 젖꼭지 사이가 정삼각형을 이루는 구도를 으뜸으로 치고 있었다. 이것은 가슴을 앞에서 보았을 때의 얘기다. 옆에서 보았을 때는 젖가슴 그루터기의 직경보다 앞으로 내민 높이가 더 높은, 말하자면 방추형 젖가슴이 만인의 사랑을 받을 자격이 있으며, 밑으로 처진 젖가슴은 경멸과 혐오의 대상이다. 또 젖꼭지의 색깔은 연분홍을 최상품으로 치며 두 젖꼭지는 서로 토라진 듯이 바깥쪽을 바라보고 있어야 아름답다는 것이다. 나는 이 감정 의견들이 아주 틀린 것은 아니라고 생각한다. 이 제자백가의 설들은 모두 나름의 미학적 근거가 있어 보인다.

그러나 내 생각은 많이 다르다. 이 잔혹한 감정 기준들은 여자의 젖가슴을 사물화하고 있다는 점에서 근본적인 오류를 범하고 있다. 이 오류는 치명적이다. 젖가슴은 구조나 대칭이나 질량이나 밀도의 문제가 아니다. 생명현상과 자연현상에 대한 인식 없이 우리는 젖가슴의 본질을 논할 수가 없다.

내 생각은 이렇다. 여자 젖가슴의 모든 고난은 직립보행에서 비롯된 것이다. 네발로 기어다니는 포유류들의 젖은 아래로 늘어져서 편안하다. 이것이 무릇 모든 젖의 자연일 것이다. 두 발로 걷기 시작한 이후로, 여자들의 젖가슴은 어쩔 수 없이 전방을 향하게 됐다. 가엾은 일이다. 크고 무겁고 밀도가 높고 팽팽하고 늘어지지 않은 가슴만이 아름답다고, 남자나 여자나 모두 그렇게 세뇌돼 있다. 그러나 불행히도 크고 무거운 것들은 아래로 늘어지게 돼 있다. 늘어지려는 것을 자꾸만 끌어올리니까 부작용이 생긴다. 생명이나 자연은 인간이 거기에 의미를 부여하지 않아도 이미 스스로 본래 그러한 것처럼 아름답고 편안하다. 그러니 가슴이 좀 늘어지기로 무슨 걱정할 일이 있겠는가.

여자들아, 당신들 가슴에 얼굴을 묻고 젖가슴의 삼각형 대칭구도나 젖꼭지의 방향을 따져보는 사내들을 애인으로 삼지 말라. 이런 녀석들은 대개가 쓰잘 데 없는 잡놈들인 것이다. 이런 남자들을 믿고 살다가는 한평생 몸의 감옥, 광고의 감옥, 여성성의 감옥에서 헤어나지 못한다. 당신들의 젖가슴은 단지 젖가슴이라는 이유만으로 이미 충분히 아름답다. 직립보행의 고난을 떠안고 있는 그 가슴을 이제 좀 편안하게 해주기 바란다.

여자 4

몸을 드러낸 여자들은 도시의 여름을 긴장시킨다. 탱크톱에 핫팬츠로, 강렬하게 몸매를 드러낸 여자가 저쪽에서 걸어올 때, 더위에 늘어진 거리는 문득 성적 활기를 회복한다. 노출이 대담한 여름 여자를 볼 때마다 나는 내가 그 여자의 옷을 보고 있는지 몸을 보고 있는지 혼란에 빠진다. 그리고 이 혼란은 온갖 정의로운 담론들이 아우성치는 이 황폐한 도시에서 밥벌이를 해야 하는 나의, 그나마의 즐거움이다.

진보적 자유나 보수적 진실을 절규하는 신문 칼럼을 읽을 때가 아니라, 노출이 대담한 젊은 여자가 그의 젊은 애인의 허리를 부둥켜안고 활보하는 모습을 볼 때 나는 이 나라의 미래에 안도감을 느낀다. 여름 여자들의 그 손바닥만한 탱크톱과 핫팬츠, 그리고 그 밖으로 드러난 팔다리 사이에서 나는 흔히 아득함을 느낀다.

여자들의 여름패션이 아무리 바뀐다 하더라도 탱크톱의 긴장감과 해방감을 능가할 수는 없을 것이다. 탱크톱은 하나의 자족한 세계를 이룩한 패션이다. 드러내기와 감추기 사이에서 탱크톱은 가장 긴장된 타협을 이루어낸다. 그래서 헐렁한 탱크톱과 꽉 끼는 탱크톱 중에서 어느 쪽이 더 유혹적인가라는 질문은 성립되지 않는다. 탱크톱은 감추려는 가슴 부분을 오히려 더 드러냄으로써, 드러난 어깨와 팔을 거꾸로 감추는 듯하다. 탱크톱이 이룩한 그 긴장된 타협이 드러내기와 감추기의 경계를 허물어내는 것이다.

탱크톱의 끈은 브래지어의 끈과 함께 여름 여자의 어깨 위로 나란히 나타난다. 아, 그 두 개의 끈 사이의 밀고 당김은 얼마나 놀라운가. 그 두 개의 끈은 전혀 계통이 다른 끈이다. 탱크톱의 어깨끈은 겉옷으로서의 공식성을 위태롭게 유지하고 있다. 그러나 브래지어의 어깨끈은 그 최소한의 공식성을 벗어나고 있다. 흔히 브래지어의 어깨끈은 속옷의 질감을 그대로 드러내 보인다. 그 질감은 순결한 무방비의 질감이다. 그 두 개의 끈 사이의 문명적 거리는 멀다. 그리고 그 두 개의 끈은 서로 모순되면서 닮아간다. 탱크톱의 어깨끈은 형태를 버리고 증발하려 하지만, 브래지어의 어깨끈은 형태를 갖추어 세상 밖으로 나오려 한다. 여름 여자들의 어깨 위에서 그 두 개의 끈은 충격적 대조를 이루며 평화롭게 공존한다. 그 어깨 위에서 브래지어끈이 한쪽으로 흘러내렸을 때 평화는 문득 깨어질 듯한데, 나는 이런 어깨는 오래 바라보지 못한다.

올여름에는 탱크톱의 어깨 위로 브래지어끈이 보이지 않도록 하기 위해 투명한 브래지어끈이 나왔다고 여성잡지 패션광고에서 읽었다. 속옷끈이 몰고 오는 연상 작용을 꺼려하는 새침한 속성이 여자들에게 남아 있는 모양인데, 뭐 그럴 필요가 있을까 싶었다.

탱크톱은 겨드랑이 살을 드러낸다. 살이 접혀서, 작은 고랑을 이루는 부위다. 메릴린 먼로는 이 부위의 살이 아름답게 접혀 있었다. 먼로는 죽어서 다 썩었겠지만, 후세의 여자들은 이 부위의 살을 먼로 살이라고 부른다. 너무 두껍지만 않다면 먼로 살은 아름답고 에로틱하다. 먼로 살 주변에서 평화와 도발은 다르지 않다. 나는 그 모순 속에서의 긴장이 즐겁다. 더구나 지금은 찌는 여름인 것이다.

화장품 광고를 보았더니, 올여름에는 틴트tint라는 입술화장품이 나왔다. 이것은 장미에서 추출한 천연물감이다. 젊은 여자후배를 불러서 이 틴트를 실험해보게 했다. 틴트는 놀라운 화장품이었다. 립스틱이나 립글로스는 입술의 잔주름들을 기름기로 덮어서 끈끈하게 번들거리는 공격성을 드러내지만 틴트는 그 주름들을 그대로 살려내면서 입술의 자연성을 되살려내고 있었다. 틴트의 아름다움은 그 헐거움과 그 빈약함에 있다. 잘 익은 수박을 식칼로 쪼개면 그 속에서 펼쳐지는 바다와 같은 선홍색은 천연의 색깔이다. 틴트는 그 수박의 식물성을 닮아 있었다. 립스틱과 립글로스는 바깥쪽을 지향하지만, 틴트는 입술과 미세하게 교섭하면서 입술의 안쪽을 지향하고 있었다. 립스틱과 틴트의 관계는 탱크톱끈과 브래지어끈의 관계와 유사하다. 틴트의 유혹은 그 평화와 자연성에 있었다. 도발과 평화 사이를 밀고 당기면서, 여름 여자들의 노출과 화장은 스스로 긴장된 자리를 찾아간다.

나는 우리나라 여자들이 다들 예쁘고 다들 주눅들지 않았으면 좋겠다. 젊은 여자들의 성적 매력은 나라의 힘이고 겨레의 기쁨이다. 올여름 여자들의 노출이 너무 심하다고 텔레비전은 개탄하고 있지만, 너무 그러지들 말라. 곧 가을이 오면 여자들은 다시 옷을 입을 것이다. 좋은 것을 좀 내버려두라는 말이다.

여자 5

미스코리아나 슈퍼모델, 슈퍼탤런트 같은 호화판 미인선발대회 말고도 전국에서 매년 1백여 종의 미인대회가 열리고 있다. 여러 고장들이 너도나도 미녀를 뽑아서 전통문화나 특산품 선전에 앞세운다. 마을마다 광고마다 미녀가 넘쳐난다. 다들 희고 긴 다리를 옆으로 모아서 포개고, 큰 입을 활짝 벌려서 웃고 있다. 미녀로 뽑히면 아무런 업적이 없어도 상류사교계에 끼어들 수가 있고, 아무런 직업경력이 없어도 방송이나 연예 직종의 노른자위로 바로 진출할 수 있으며, 재벌의 부인이나 며느리나 손주며느리가 될 수도 있다. 그러니 뽑힌 미녀들은 웃을 만도 하다. 팔자는 순전히 개인적인 운명이라고 하지만, 미녀들의 이 찬란한 팔자는 유형화되고 집단화되어간다. 구석기 이래로 미녀는 매우 자연스럽게 정복자들의 차지였다. 이 풍속에는 동물생태학적인 타당성이 있다. 거기에 시비를 걸어봐야 다 부질없는 짓이다. 오늘의 미녀는 어떠한가. 인간의 풍속에는 동물생태학의 범주에 속하는 사태가 허다하다. 남성 지배와 미녀 우월주의의 공생공영 관계도 정확하게 그 범주에 속한다.

텔레비전은 미인대회를 장시간에 걸쳐 생중계하면서 미녀들의 벗은 몸을 앞으로 뒤로, 왼쪽으로 오른쪽으로 돌려가면서 자상하게 보여준다. 벗은 미녀들의 눈부신 아름다움을 한 명의 걸출한 영웅을 위해서가 아니라 만인의 즐김을 위해서 온 나라에 두루 보여주는 것이 텔레비전의 민주주의다.

이 아름다움의 본질에 관하여 분석적 사유를 전개하는 일은 고통스럽다. 미녀의 벗은 몸을 부위별로 논하는 것은 점잖은 사람의 글이 아닐 테지만, 심사기준이라는 것이 부위별로 되어 있으니 도리 없는 일이다.

심사기준에 따르면 미녀의 하체는 두 다리를 모으고 섰을 때, 넓적다리 윗부분의 안쪽이 딱 붙어야 한다. 이 간단한 '기준'은 의미심장하다. 거기가 왜 딱 붙어야 하는가. 거기는, 숨을 죽이고 텔레비전을 들여다보는 억조창생의 성적 긴장이 집중되는 부위다. 이 긴장의 질감은 날카롭고 또 서늘해야 한다. 끈끈하거나 질퍽거려서는 안 된다. 그러니 거기가 딱 붙어야 한다. 앞으로 봐서도 붙어야 하고 뒤로 봐서도 붙어야 한다. 거기가 딱 붙지 않고 휑하니 벌어져서 바람이 드나든다면 판은 다 깨진다. 미녀가 성립이 되지 않는다. 붙어야 하지만, 너무 꽉 들러붙어도 안 된다. 살이 눌려서 군살이 찐빵처럼 옆으로 부풀어오르면 후텁지근한 코미디가 되어버린다. 거기는 지난한 부위인 것이다. 양쪽 넓적다리 윗부분의 안쪽이 붙을 듯 떨어질 듯 닿으면서 드러내는 한 줄기 선 위에 삼엄하고도 선명한 긴장이 서려 있어야 한다. 앞에서, 그리고 뒤에서도.

하이힐은 발뒤꿈치를 쳐들어올림으로써 미녀의 엉덩이를 뒤쪽으로 빼주고 유방을 앞쪽으로 내밀어준다. 하이힐은 전방지향적이고 도발적인 유방의 구조역학적 토대다. 유방을 심사할 때 유방의 크기, 위치, 선 이렇게 세 가지의 관측 포인트로 분해된다. 그리고 그 분해된 미적 요소들이 다시 종합되면서 우수한 질감과 형태의 유방을 골라낸다. 유방은 작은 것을 수치로 여기지만 크다고 다 좋은 것이 아니다. 큰 유방은 그 풍만한 중량감을 미적으로 수습해낼 만한 선을 갖추기가 어렵다. 이 선은 아래로 늘어지는 듯하면서도 위쪽으로 쳐들어올려지는 힘을 보여야 한다. 중량을 가진 모든 것은 늘어지게 마련이므로, 유방의 고뇌는 마침내 이 '위쪽'에 있는 것이다. 유방은 전방지향적인 동시에 상방지향적이라야 하고 또 적당히 늘어져 있어야 한다. 큰 유방은 상방지향의 힘을 상실하고 축 늘어져버리기 쉬운데, 이런 유방은 미녀의 끝장이다. 그렇다고 해서 유방을 억지로 위쪽으로 몰아붙여서 드러내 보인다고 해서 될 일이 아니다. 이러면 계곡이 망가지고 오히려 점수가 깎인다. 여기도 지난한 부위이다. 여기도 고해苦海인 것이다.

여자의 어깨는 수억만 개의 표정과 질감과 기후를 갖는다. 미녀의 어깨는 어떠해야 하는가. 미녀의 어깨는 완강해서도 안 되고 왜소해서도 안 된다. 미녀의 어깨는 넓어서도 안 되고 각이 져서도 안 되고 각이 무너져내려서도 안 된다. 미녀의 어깨에는 세상에 대한 저항의 포즈가 들어 있어서는 안 된다. 미녀의 어깨는 다소곳이 흘러내리면서 사랑스러워야 한다. 사랑받기를 갈구하고 있어야 한다. 미녀의 어깨는 20도쯤으로 흘러내리는 각도를 으뜸으로 친다. 사랑스러움과 우아함은 이 각도 언저리에서 완성되는 것으로 되어 있다. 사내들의 세상은 이 각도를 존중한다.

지난주에는 '안티미스코리아 페스티벌'이라는 페미니스트들의 축제가 있었다. 이 견딜 수 없는 세상, 이 어처구니없는 세상, 이 기막힌 세상을 향하여 그 여자들은 발을 구르며 비명을 질렀고 몸부림쳤다. "못생긴 여자들의 투정이 아니다"라는 말은 남자들 들으라고 하는 말인 듯싶었다. 그 여자들의 세상 뒤집기는 어렵고 또 힘겨워 보였다. 어떤 남자들은 페미니스트의 반격이 있음으로 해서 미인대회의 즐거움은 배가 되었다고 말한다. 전운이 감도는 긴장 속에서 양쪽을 다 즐길 수가 있게 되었다는 것이다.

해마다 3만여 명의 딸아이들이 아들이 아니라는 이유로 낙태되고 있다. 이 나라는 살해당한 딸들의 지옥이다. 딸들은 살아서도 죽어간다. 딸들이 딸을 죽이기 위해서 몸을 벌리고, 이 딸들의 지옥 속에서 왕관을 쓴 딸들은 방글거리며 웃고 있고, 그런 세상을 견딜 수 없는 딸들은 악을 쓰면서 발을 구르고 있다.

세상의 남자들아, 남자들의 세상아, 이 일을 대체 어찌해야 쓰겠는가. 팔짱 끼고 양쪽을 다 즐겨야 하는 것인가.

여자 6

만화가들이 여자 젖가슴의 아름다움을 표현할 때는 유방의 아랫선에 공을 들인다. 유방의 흐벅진 질량감을 표현하려면 아랫선을 부드럽게 늘어뜨려야 하는데, 이 선이 너무 늘어지면 힘이 빠져서 성적 긴장감이 깨진다. 그러므로 이 선은 그저 맥없이 부드럽기만 해서는 안 된다. 부드럽고 유연하되, 위를 향해서 당겨지는 힘이 그 선 속에 숨어 있어야 한다. 아래로 늘어지는 무게의 풍요로운 충만감과 위를 향해 추켜올려지는 긴장의 팽팽함이 한 줄의 먹 위에 동시에 살아 있어야 이 지난한 선의 아름다움은 겨우 성립된다. 여기까지는 젖가슴을 옆에서 그릴 때의 얘기다.

젖가슴을 정면에서 그릴 때는 좌우 유방 사이의 거리를 처리하는 일이 쉽지 않다. 너무 떨어지면 골짜기의 깊이가 죽어버리고, 너무 붙여놓으면 양쪽의 무게가 포개지면서 숨이 막히고 느낌이 천박해진다. 정면의 아름다움을 살려내려면 두 유방을 안쪽으로 조용히 불러들이듯이 끌어당겨서 그 겹쳐지는 부분의 짧은 선을 간결하게 그려내야 한다. 이 짧은 선이, 눈에는 보이지 않는 골짜기의 그윽함과 유혹적인 평화를 사람들의 마음속에 떠오르게 한다. 아무리 아름다움이라 하더라도, 아름다운 젖가슴 그리기의 어려움을 시시콜콜 말하는 것은 마침내 아름답지 못할 것이다. 이 대목은 상술하지 않는다.

그림이 삶보다 더 아름다울 수는 있겠지만, 삶보다 더 무거울 수는 없을 터이다. 그러니 세월과 더불어, 세월의 풍화작용 속을 통과하며 살아가는 여자들의 젖가슴이 어찌 저 베레모 쓴 화백들의 절묘한 손놀림이 빚어내는 그림 속의 젖가슴과 같기를 바랄 수가 있겠는가. 하물며 여자의 여성성과 모성이 치러내야 하는 한평생의 생물학적 산전수전과 백병전 속에서 어찌 그림 속의 젖가슴이 온전하기를 바랄 수가 있겠는가. 삶은 풍화이며 견딤이며 또 늙음이다. 살아서 무엇을 이룬다는 일도 그 늙음과 견딤 속에서만 가능하다. 삶은 그림보다 무겁고, 그림보다 절박하고, 그림보다 힘들다. 그리고 삶은 그림보다 초라하다. 그림보다 꾀죄죄하고 그림과는 비교할 수 없이 훼손되어 있는 것이 삶의 올바른 풍경이다.

그런데 그게 꼭 그렇지만도 않은 모양이다. 성형수술이나 기계장치를 사용해서 그림에 나오는 젖가슴을 만들어주겠다는 광고들이 연일 쏟아져나오고 있다. 그림 같은 젖가슴을 과시하는 모델을 앞세운 이 광고들은 내용물이 다 '빠져나간' 아줌마들의 가슴을 마구 폄하하고 있는데, 이래도 되는 것인지 모르겠다. 내용물이 빠져나간 자리의 그 쓸쓸한 공허를 메우기 위해 실리콘이라는 물질을 넣어주겠다는 것인데, 대체 무엇이 빠져나가고 무엇이 들어오는 것인가.

이래저래 아줌마들은 서럽고 약오르게 되어 있다. 이 사회는 성적 긴장과 유혹을 상실한, 나이든 여자들을 집단적으로 천덕꾸러기로 만들어가고 있다. 여기에는 남자들뿐 아니라, 성적 자의식을 크나큰 재산으로 간직하고 있는 젊은 여성들까지 가세하고 있다. '아줌마'는 이 천덕꾸러기들에 대한 사회적 비칭으로 널리 사용되고 있다.

얼마 전에 모 대학 학생들이 학내 분규로 강의실을 점거하고 농성을 하고 있었다. 이 학교 여자교수가 농성장에 나타나서 학생들을 만류했다. 학생들은 "아줌마는 집에 가라"고 소리쳤다. 아줌마 교수는 울며 돌아섰다. 여대생들끼리 생맥줏집에 모여서 저희 학교 여자교수를 흉볼 때도 "그 아줌마……"라고 말한다. 대기업은 아줌마를 무서워한다. 아줌마가 이 나라 소비권력의 핵심부를 장악하고 있기 때문이다. 일류 백화점이나 고급 양품점에서는 아줌마를 아줌마라고 부르지 않는다. 아줌마를 아줌마라고 부르면 아줌마들이 싫어한다는 것을 백화점을 관리하는 높은 아저씨들은 잘 알고 있다. 아줌마는 경멸의 대상인 것이다.

이 사회의 인구구성 안에 아줌마라고 불려야 마땅한 인류학적 여성집단이 별도로 존재하는 것인지 아닌지는 딱 부러지게 말할 수 없다. 그러나 아줌마라는 유형화된 질감과 '티'는 완연하게 존재한다. 아줌마는 성적 긴장의 날이 서 있지 않다. 아줌마는 풀어져 있고 아줌마는 퍼져 있다. 아줌마의 질감은 펑퍼짐하고 뭉툭하고 무디고 질펀하다. 아줌마는 지하철의 좁은 자리에도 옆 사람을 압박해가면서 엉덩이를 들이밀고, 아줌마는 껌을 씹으면서도 거침없이 소리를 낸다. 한 번의 입동작으로 딱, 딱, 딱, 세 번 소리를 낼 수 있는 신기한 아줌마도 있다. 아줌마는 재래시장 좌판에서 봄나물을 살 때, 물건 파는 할머니를 윽박질러서 기어코 한 움큼을 더 집어온다. 아줌마는 고3의 재수 삼수 뒷바라지를 해야 하고 수능시험 때 절에 가서 빌고 입영열차 플랫폼에서 운다. 아줌마는 마음에 드는 물건이면 진주목걸이를 세 겹까지 목에 걸 수도 있고 크림슨레드의 짙은 루주를 앞니에까지 흘러내리도록 두껍게 칠할 수도 있다. 아줌마는 하이힐 위로 찐빵처럼 부풀어오른 발등의 살을 부끄러워하지 않는다.

그러니, 그래서, 아줌마들이 어떻다는 말인가. 아줌마의 유형화된 질감과 행태는 그것 때문에 천덕꾸러기 취급을 받아야 할 죄업이 아니다. 오히려 아줌마는 세월과 더불어 늙어가면서 여성 자신을 속박하고 있던 사내들의 성적 시선의 사슬을 끊어버린 자유인의 이름일 수도 있다. 남성에게, 아줌마가 세월 속에서 획득한 이 자유는 매우 낯설어 보인다. 남성에게 또는 아름다운 몸매의 젊은 여성에게, 이 중년여자의 자유는 다만 성적 수치심의 마모, 혹은 성적 긴장의 이완으로 보여질 뿐이다. 남자들이 "아줌마들은 당당하다"고 말할 때, 이 '당당하다'라는 말에는 성적 수치심의 결여를 흉보는 의미가 들어 있다. 성적 수치심의 마모는 사회적 수치심의 상실과 직결되는 것이라고 남자들은 생각하게 마련이다. 아마도 이것이 아줌마에 대한 집단적 폄하가 이루어지는 근거가 아닌가 싶다.

얼마 전에 서울 종로구 소격동 아트선재센터에서는 사진작가 오형근씨의 〈아줌마 사진전〉이 열렸다. 아줌마들의 여러 표정과 질감을 이 전시회에서 만날 수 있었다. 아줌마들의 그 당당함에도 불구하고 아줌마들의 자유는 쓸쓸해 보였다. 아직도 아줌마들의 자유의 표정은 소외된 자유다. 그 자유는 아직도 무언가가 더 채워져야 할 목마른 자유인 것처럼 보인다.

아줌마들이 아줌마를 소외시키는 이 세상의 성적 기만과 허위에 당당하게 맞서 있기를 바란다. 실리콘이 아니라 그 당당함으로 아줌마들의 자유의 내용이 채워지기를 바란다. 그리고 아줌마들이 만원 지하철 안에서 남의 귀밑에다 대고 껌을 짝짝 씹지 말고, 봄나물 한줌을 더 가져가려고 가엾은 노점 할머니들을 서럽게 만들지 말기 바란다.

여자 7

사람의 목소리는 경험되지 않은 것들에 대한 추억을 끌어당겨준다. 사람의 목소리에는 생명의 지문이 찍혀 있다. 이 지문은 떨림의 방식으로 몸에서 몸으로 직접 건너오는데, 이 건너옴을 관능이라고 말해도 무방하다. 그러므로 내가 너의 목소리를 들을 때, 나는 너를 경험하는 것이다.

초야의 새벽은 새소리로 열린다. 새소리를 들을 때, 나는 새의 종족을 구분할 수는 있지만 소리를 내고 있는 새의 개별성을 확인할 수는 없다. 나는 새가 아니기 때문이다. 그래서 새소리는 나를 소외시킨다. 새소리나 악기의 소리가 들려올 때, 나는 그 소리를 내고 있는 주체의 개별성이 그리워지고 그 그리움 때문에 더욱 소리에 빠져든다. 이 결핍에는 출구가 없다.

그러나 죽은 이난영의 노래를 들을 때 나는 내가 만난 적이 없는, 살아 있는 동안의 이난영의 개별성을 내 몸으로 확인한다. 내가 인간의 목소리에 매혹되는 것은 이 사적인 개별성과 직접성 때문이다. 나는 살아 있는 모든 인간의 목소리에서 관능을 느낀다.

양희은은 송창식, 조용필, 위키리 같은 가수들과 함께 대중의 음악정서를 두 박자 트로트로부터 해방시킨 선구적인 여가수다. 그 이전에는 들리는 것이라고는 온통 뽕짝이거나 후방전시 체제를 다그치는 군가뿐이었다. 나는 젊은 양희은을 좋아했고 지금도 자주 듣는다. 양희은의 목소리는 힘 있고 맑다. 양희은 목소리의 힘은 세계를 안으로 끌어들이기보다는 자아를 세계 속으로 밀어내는, 공격적인 힘이다. 그리고 양희은의 맑음은 잡것을 받아들이지 않으려는 배타적인 맑음이다. 그래서 양희은의 맑음은 부드럽지 않고 거세다. 힘 있고 맑은 소리는 멀리 간다. 양희은의 힘과 맑음이 합쳐지면서 때때로 건전가요풍의 창법을 이루는 대목을 나는 좋아하지 않지만 양희은의 목소리는 멀리 가서, 삶의 전망이라고 할 만한 것에 닿는다. 그때 양희은의 목소리는 세상을 열어젖히는데, 거기가 양희은의 가장 좋은 순간들이다. 그때 양희은은 새롭게 태어나는 시간의 질감으로 거칠고 싱그럽다. 목소리를 통해서 내가 체험한 양희은의 여성성은 여자인 생명의 외로움을 버거워하면서도 힘겹게 감당해낸다. 그 여성성은 제도나 인습에 의해서 이미 정형화되고 이미 여성화되어버린 아름다움을 사절하고 있다. 사랑을 노래할 때, 양희은의 목소리는 그리움이나 기다림을 노래하기보다는 사랑과 더불어 와야 할 자유를 노래한다. 그래서 양희은 목소리의 쓸쓸함은 애절하지 않고 강력하다.

김추자는 어떤가. 김추자는 어지럽다. 김추자 목소리의 본질은 환각과 도발이다. 김추자의 여성성은 내연기관처럼 끊임없이 폭발하고 배기한다. 이 폭발의 절정이 음악적 기율로 통제될 때가 김추자의 가장 좋은 순간들이다. 사랑을 노래할 때 김추자의 목소리는 사랑을 손짓해 부르기보다는 사랑을 부르고 있는 자신의 내면을 가열차게 터뜨려버린다. 그래서 김추자의 노래는 때때로 상대가 없는 독백처럼 들린다. 이 독백은 맹렬한 독백이다. 이것이 김추자의 도발이다.

사실은, 심수봉 얘기를 하려고 이 글을 시작했다. 나는 젊었을 때 양희은을 좋아했다. 좀더 나이 먹어서는 김추자를 좋아했고 지금은 심수봉을 좋아한다. 나는 목소리를 통해서 심수봉을 체험한다. 심수봉의 여성성 속에서, 여자로 태어난 운명은 견딜 수 없는 결핍이다. 이 결핍은 의식화된 것도 아니고 인문화된 것도 아니다. 이 결핍은 본래 그러한 것이다. 심수봉은 그 결핍을 막무가내로 드러내 보인다. 심수봉은 그 결핍의 자리로부터 남자의 안쪽을 향해 직접 쳐들어오면서 노래한다. 남자로 태어난 운명도 견딜 수 없는 결핍이고 빈곤이다. 그 결핍을 향해 바로 다가온다는 점에서 심수봉은 남자를 가장 잘 이해하는 여가수다. 심수봉은 곧장 다가온다.

내가 나이 먹어서 심수봉을 좋아하게 되었다고 말했더니, 내 주변의 젊고 사나운 첨단 여성들은 나를 늙고 진부하고 성적 이기심에 가득 찬 남성주의자 추물이라고 비난했다. 여자들은 점점 사나워진다. 심수봉의 노래를 들을 때 나는 그 여자의 결핍의 애절함에 의해 남자인 나 자신의 결핍을 깨닫는다. 그리고 그 결핍이 슬픔이라는 것도 알게 되었다. 나는 지금 심수봉 노래의 음악적 수준을 말하려는 것이 아니다.

다시 들어보니, 양희은의 자유나 김추자의 도발도 모두 견딜 수 없는 결핍을 노래하고 있었다. 자유를 노래할 때도, 그 노래를 노래하게 하는 것은 결국은 부자유일 터이다. 나이 먹어서까지 양희은을 좋아한다는 것은 건강한 일일 테지만, 나이 먹어서 심수봉을 좋아하게 되었다는 것은 뒤늦게 찾아오는 결핍의 자각이다. 그러니 사나운 여자들아, 결핍의 슬픔으로 화해하자. 내가 혼자 산속 마을에 엎드려 있어도 이 결핍과 부자유는 어쩔 수 없다.

손 1

한평생 연필로만 글을 쓰다보니, 출판사 편집자들로부터 눈총을 받고 산다. 아무래도 컴퓨터로는 글이 써지지 않는다. 컴퓨터를 배우려고 한 번도 노력해본 적이 없다. 그 물건의 편리함을 모르지는 않지만 누르면 글자가 나오는 그 물건을 볼 때마다 왠지 나하고는 인연이 없는 것 같아서 나는 컴퓨터 배우기를 포기해버렸다. 팔자에 없는 짓은 원래 하지 않는 게 좋다.

연필로 글을 쓰면 팔목과 어깨가 아프고, 빼고 지우고 다시 끼워맞추는 일이 힘들다. 그러나 연필로 쓰면, 내 몸이 글을 밀고 나가는 느낌이 든다. 이 살아 있는 육체성의 느낌이 나에게는 소중하다. 나는 이 느낌이 없이는 한 줄도 쓰지 못한다. 이 느낌은 고통스럽고도 행복하다. 몸의 느낌을 스스로 조율하면서 나는 말을 선택하고 음악을 부여하고 지우고 빼고 다시 쓰고 찢어버린다.

내 몸이 허락할 때, 나는 내 맘에 드는 글을 쓸 수가 있고 내 몸이 허락하지 않는 글을 나는 쓸 수가 없다. 지우개는 그래서 내 평생의 필기도구다. 지우개가 없는 글쓰기를 나는 생각할 수 없다. 지워야만 쓸 수 있고, 지울 수 있다는 희망이 있으므로 나는 겨우 두어 줄씩 쓸 수 있다. 그래서 원고를 몇 장 쓰고 나면 내 손은 새까맣게 더러워진다.

아날로그는 이제 낙후된 삶의 방식이다. 아날로그는 다 죽게 되어 있다. 아날로그는 더이상 디지털 문명의 대안이 될 수가 없다. 아날로그는 여기서부터 저기까지의 과정에서 벌어지는 모든 슬픔과 기쁨, 고난과 희망을 챙겨서 끌고 간다. 디지털은 여기서부터 저기까지 튀어서 간다. 그래서 디지털은 앞서가고 아날로그는 시대의 뒷전으로 밀려난다. 나는 아날로그가 끌고 나가는, 여기서부터 저기까지의 고난과 희망에 대하여 말하려 한다.

악기를 연주하는 인간은 아름답다. 그는 선율과 박자 위에, 지금까지 없었던 세계를 빚어낸다. 그가 빚어내는 세계는 연약하고 정처 없는 것이어서, 음들은 태어나는 순간에 시간 속에서 소멸한다. 하나의 음이 소멸하고 또다른 음이 태어나 그 뒤를 물고 이어지면서 다시 소멸한다.

선율은 그렇게 해서 시간 위에 뜬다. 떠서 출렁거리면서 흘러간다. 선율이 흔들릴 때 세계는 흔들리고, 이 세계의 철벽 같은 강고함에는 구멍이 뚫린다. 그리고 그 흔들림 속에서 악기를 연주하는 인간은 살아 있다. 없었던 세계가 홀연 시간 속에 등장하는 것이다.

음악은, 그리고 모든 아름다운 것들은 인간의 내면에 도사리고 있는 결핍의 소산인 것만 같다. 스스로의 결핍의 힘이 아니라면 인간은 지금까지 없었던 세계를 시간 위에 펼쳐 보일 수가 없을 것이다. 그래서 모든 상상력은 스스로의 결핍에 대한 자기확인일 뿐이다.

악기는 인간의 몸의 일부로써만 작동한다. 인간의 몸이 아니면, 그 악기로부터 소리를 끌어낼 수가 없다. 타악기는 팔의 일부이고 관악기는 호흡의 일부이며 건반악기, 현악기가 다 몸의 일부이고 성악은 몸 그 자체이다. 그래서 모든 악기는 인간의 몸과 친숙하게 사귈 수 있는 물리적 구조로 태어난다.

가야금, 거문고, 기타, 바이올린, 비올라, 첼로, 하프 같은 현악기들은 인간의 몸에 안기기 편안한 구조를 갖고 있다. 연주자는 악기를 안거나 무릎 위에 올려놓고 켠다. 그 악기의 구조는 여성성을 연상시킨다. 악기는 기계가 아니라, 몸 그 자체인 것이다.

소리를 내지 않고, 단지 진열되어 있는 악기들도 인간에게 안겨서 소리를 내고 싶어하는 그 운명만으로도 아름답다. 서울 국립국악원의 국악박물관에 가면 이처럼 아름다운 악기들을 하루종일 볼 수 있다. 이미 연주법이 전승되지 않은 현악기들도 있다. 당비파가 그러하다. 악기는 남아 있지만 그 연주법이 전하지 않아서, 악기는 더이상 인간에게 안기지 못하고 더이상 소리도 내지 않는다. 이런 악기들도 그 속에 소리의 잠재태와 소리의 가능성을 간직하고 있는 한 죽은 악기는 아니다. 악기는 살아서, 기나긴 잠에 빠져 있다. 그러나 죽은 것은 아니다.

모든 관악기는 인간의 숨소리의 변형이다. 서양의 금관악기들은 이 숨소리를 기계적으로 변형시키지만, 동양의 목관악기들은 이 숨소리를 숨소리 그 자체로서 세상에 내보낸다. 그래서 동양 목관악기 소리는 인간의 흐느낌과 호흡의 질감을 그대로 드러내 보인다. 동양 목관악기에서는 대숲의 스치는 바람 소리가 나는데, 그 소리는 그 악기를 부는 사람 내면의 호흡이다.

타악기는 그 악기를 이루는 재료의 소리를 벗어나지 못한다. 타악기는 그 재료와 인간의 힘이 부딪치는 소리다. 북은 쇠가죽의 소리고 징은 쇠의 소리고 편경은 돌의 소리고 목어는 나무의 소리다. 북소리는 짐승의 가죽과 인간의 교감이 빚어내는 소리다.

살아 있는 인간의 몸이 악기 속으로 연장되고, 악기는 인간의 몸속에서 살아나면서 소리를 낸다. 그래서 모든 음악은 인간의 몸의 소리인 것이다. 살아 있는 동안의 시간과 생명이 스스로의 결핍을 힘으로 삼아서 소리를 낸다. 그리고 몸과 악기의 교감의 원리는 오직 아날로그의 방식으로만 가능하다.

그러하되, 악기를 아무리 들여다보아도 그 구멍과 줄과 떨림판과 건반 어디에도 소리의 흔적은 없다. 악기는 소리의 집이지만, 소리는 그 집에서 살지 않는다. 소리는 어디에 있느냐. 소리는 어디에서 태어나 어디에서 죽느냐. 나는 소리의 거처를 알지 못한다. 그 거처를 알지 못하지만, 소리는 악기와 그 악기를 연주하는 인간의 몸 사이에서 아날로그 방식으로 태어나고 죽는다. 문질러야 소리가 나오고 불어야 소리가 나오고, 손가락을 놀려서 바람구멍을 막고 열어야 소리는 춤을 춘다. 소리의 춤은 생명과의 직접성에서 발생한다.

나는 몸을 써서 하는 일에 익숙지 못하다. 나는 공부를 잘하지 못한 일을 부끄럽게 생각하지 않는다. 나는 책을 많이 읽지 못한 일을 부끄럽게 생각하지 않는다. 나는 『자본론』의 각주를 이해하지 못하는 일을 부끄럽게 여기지 않는다. 그러나 망치를 들고 못을 박을 때, 못이 휘는 일을 부끄럽게 여긴다. 톱으로 나무를 자를 때, 톱 지나간 자리가 가지런하지 못하게 되는 일이 나는 창피하다. 삽으로 땅을 파서 김장독을 묻을 때, 삽날이 땅속에 깊이 박히지 못하는 일을 나는 수치스럽게 여긴다.

일을 잘하지 못하는 나의 수치심은 온갖 연장을 사서 모으는 자기보상의 취미로 발달해 있다. 나는 날카롭고 뾰족한 연장들을 많이 가지고 있다. 한때는 이 연장들을 무슨 명품처럼 거실 벽에 진열해놓기도 했었다. 나는 악기의 생김새를 사랑하듯이, 이 세상 모든 연장의 날카로움과 그 작동원리를 사랑한다. 내가 가지고 있는 연장은 톱, 망치, 펜치, 니퍼, 드라이버, 스패너, 대패, 작두, 써레 같은 것들이다.

연장은 악기처럼 몸의 일부다. 연장은 이 세계를 개조하고 거기에 흔적을 남기려는 인간의 열망의 소산이다. 그래서 망치를 들고 못을 박을 때, 나의 몸은 나무에 저항하고 못에 저항한다. 못과 나무도 나의 몸에 저항한다. 망치가 그 양쪽의 저항을 일련의 흐름으로 연결시켜주면서 나의 '못박기'

동작은 이루어진다. 그러므로 '못박기'는 내 생명의 축제인 것이다.

톱질과 땅파기도 다 마찬가지다. 그때 망치와 톱과 삽은 내 몸의 일부다. 나는 내 몸과 연장의 교감으로써 이 세계와 교감하고 거기에 맞선다. 이 세계는 망치와 톱에 와닿는 질감을 통해 내 몸속으로 흘러든다. 세계가 내 몸속으로 흘러드는 느낌은 뻐근하고도 평화롭다. 세계는 내 몸속에 가득 차서 넘친다. 나는 세계로부터 소외당하지 않는다. 이 친화의 긴장은 팽팽하고도 부드럽다. 그래서 가끔씩 마당에 나가서 사과궤짝을 부수어 개집도 만들고 화분도 만든다.

망치로 못을 칠 때는 못대가리를 수직으로 내리찍어야 한다. 이 수직의 각도가 어긋나면 못은 똑바로 박히지 않는다. 어긋난 상태에서 계속 망치질을 하면 못은 휜다. 망치로 못대가리를 때려서 차츰 나무속으로 밀어넣을 때, 나무의 여러 질감들—나무마다 못이 박히는 질감은 다르다—이 내 몸속에 와서 내 몸의 일부가 된다. 바싹 마른 나무에 못을 박을 때는 너무 세게 때리면 나무가 뽀개진다. 나는 그렇게 해서 나무를 이해하게 된다. 이 이해는 분석되거나 재구성되지 않는다. 나무의 질감은 체험됨으로써만 이해된다. 나는 망치로 못을 박는 순간에만 이 이해의 기쁨을 누릴 수 있다. 못박기를 끝내면 이 이해의 기쁨은 소멸한다. 그래서 못을 박는 일은 악기를 연주하는 일과 같다. 그러니 못이 휠 때 내가 느끼는 부끄러움은 크다. 이 부끄러움은 아날로그 세상의 부끄러움인 것이다.

개를 데리고 산보를 할 때, 나는 개다리의 움직임에서 동물적인 삶의 기쁨을 느낀다. 개다리가 땅 위에서 걸어갈 때, 개다리는 땅과 완벽한 교감을 이룬다. 개의 몸을 앞으로 나아가게 하는 것은 다리가 땅을 밀어내는 저항이다. 개의 몸속에 닿는 이 저항이 개를 달리게 하는데, 이 저항이야말로 개의 살아 있음이다. 개 한 마리가 이 세상의 길 위를 달릴 때, 이 세상에는 놀라운 축제가 벌어지고 있는 것이다.

개를 데리고 공원에서 달릴 때 나는 개와 똑같은 짐승임을 안다. 나는 개와 아무런 차이가 없는, 포유류의 네발짐승인 것이다. 내 콧구멍에서 김이 날 때, 개 콧구멍에서도 김이 난다. 이 세상의 길바닥을 헤매고 다닌 개의 발바닥에는 굳은살이 박여 있고 내 발바닥에도 굳은살이 박여 있다. 이 굳은살은 각질로 금이 가 있고, 거기에 때가 끼어 있기도 하지만, 나는 사람이나 개의 몸에서 가장 아름답고 가장 신뢰할 수 있는 부분은 발바닥의 굳은살이라고 생각한다. 그 굳은살은 말랑말랑하지도 않고 딱딱하지도 않다. 그 굳은살은 개나 사람이 이 세상을 딛고 다닌 만큼 단단하거나, 아직 덜 딛고 다닌 만큼 말랑말랑하다. 그래서 개 발바닥의 굳은살은 한 편의 역사를 이루는데, 이 역사는 『삼국유사』나 『삼국사기』보다 훨씬 더 직접적이다. 나는 개의 발바닥이나, 두 갈래로 갈라진 돼지 발바닥, 소 발바닥을 들여다볼 때마다 그 존재들의 개별적 삶의 역사를 생각하면서 반갑기도 하고 가엾기도 하다. 그리고 못대가리가 휠 때마다 세상과의 교감에 이토록 서툰, 내 생명의 초라함에 문득 놀란다. 아날로그 세상의 슬픔과 기쁨은 등불처럼 환하다.

한 그릇의 음식도 상호 교감의 방식으로만 이 세상에 태어난다. 나는 음식을 만드는 사람들의 착한 마음과 그 놀라운 상상력을 사랑한다. 음식은 재료와 재료 사이의 교감으로 태어난다. 그러므로 된장찌개는 하나의 완벽한 새로운 세계다. 재료들 사이의 교감으로, 지금까지 이 세상에 없었던 '국물'이라는 완연한 세계가 입속에서 살아난다.

불은 또 어떤가. 불은 재료와 재료 사이의 경계를 허물어서 서로 끌어당기고 밀어내게 한다. 불은 재료들의 질감을 국물 속으로 끌어낸다. 레인지 위에서 끓는 된장찌개를 들여다보면서, 나는 불과 물과 재료들 사이에서 빚어지는 내밀한 작용들을 여전히 알지 못한다. 사람이 알지 못하는 곳에서, 찌개가 저 혼자서 끓고 있다.

소파에 앉아서 부엌의 된장찌개가 끓는 소리를 들을 때, 나는 내가 알지 못하는 세계에서 끓고 있는 된장찌개로부터 소외되지 않는다. 나는 내 몸속에서, 불과 물과 찌개 재료들의 밀고 당김을 받아들일 수 있다. 그 내용을 알 수는 없지만, 그 작동방식을 나는 안다. 내가 나무에 못을 박을 때 느끼는 삶의 작동원리를 다른 아무도 알 수 없는 것처럼 된장찌개는 저 혼자서 끓는 것인데, 이 격절은 연대된 격절이다. 아날로그의 원리가 이 격절에 연대를 부여한다. 한 줄로 잇닿게 하는 것이다.

여자 사랑하기를 좋아하는 내 바람둥이 친구는 "연애란 오직 살을 부비는 것이다"라고 말했다. 나는 그의 말에 반박하지 못했다. 아, 저렇게 간단한 것을 몰라서 이토록 헤매었다는 말인가 싶었다.

살은 오직 아날로그 방식으로만 작동한다. 나는 살의 아날로그를 자세히 쓸 힘이 없다. 그것은 아직도 내 언어의 힘 밖에 있는 것처럼 보인다. 살의 아날로그는 언어와는 무관한 것처럼 보이기도 한다. 그래서 언어의 반대말은 '살'이라고 나는 생각하고 있다.

모르기는 해도, 살 역시 악기나 연장의 작동원리와 다르지 않을 것이다. 그러나 내가 두려운 것은 이 '살'이 타인의 '살'과의 관계 속에서 작동한다는 점이다. 그 대목을 나는 내가 힘이 있을 때 한번 써볼 생각이다. 그러나 쓰지 못하면 또 어떠랴. 살은 언어의 영역이 아닌 것을.

나는 손의 힘으로 살아야 할 터인데, 손은 자꾸만 남의 손을 잡으려 한다.

손 2

몸에 대한 이제마李濟馬(1837~1900)의 글은 형이상학인지 과학인지 구별하기 어렵다. 그 모호한 총체성 때문에 그의 글은 무시되기도 하고 신비화되기도 한다.

> 머리에는 독단으로 행하는 마음이 있고, 어깨에는 사치한 마음이 있고, 허리에는 나태한 마음이 있고, 엉덩이에는 욕심이 있다.
>
> (…)
>
> 턱에는 남을 깔보는 마음이 있고 가슴에는 우쭐대는 마음이 있고 배꼽에는 과대망상이 있고 뱃속에는 큰소리치려는 마음이 있다.

(…)

슬픔과 성냄은 서로 어우러지고, 기쁨과 즐거움은 서로 돕는다. (…) 이렇게 동動하는 것은 칼로 장을 베는 것과 다름이 없다. 이것은 죽고 사는 일에 관계된 것이니 몰라서는 안 된다.

_『동의수세보원』

의학자나 철학자가 아니라 한 생활인으로서 이제마의 글을 읽을 때, 그의 글 속에서 몸과 마음의 구획은 허물어진다. 생로병사를 통과하는 몸은 그 신체발부와 오장육부의 구석구석이 마음의 집이며, 마음은 거기에 깃들여 살면서 몸의 생로병사와 합일을 이룬다. 그렇게 해서 이제마는 인간의 몸을 삶의 변두리로부터 삶의 핵심부로 밀어올린다. 이 몸은 몸이 처하는 정치사회적 환경 속의 몸이고, 직무와 생산분배관계 속에서의 몸이며, 그 안에서 마음이 살아가는 몸이다. 몸은 과거의 몸이고 현재의 몸이며 동시에 미래의 몸이다. 삶과 시간이 몸속에서 합일되면서 역사를 이룬다. 이제마의 글 속에는 찢기지 않은 삶의 온전성이 들어 있다. 분석되지 않는 이 온전성을 과학에 미달하는 것이라고 폄하하기는 쉽지만, 이미 잃어버린 온전성을 탈환하기는 어렵다. 여러 페미니스트들은

'몸'이 빼앗긴 것들과 몸에 가해지는 억압과, 몸에 가해지는 견딜 수 없는 분해작용들에 관하여 말하기 시작했다. 근대성이 해체되어가는 자리에서 몸의 울음소리가 들린다. 책을 덮고 몸의 소리를 들어보자.

손은 세상과 타인을 움켜잡고 쓰다듬고 깨우고 재우고 변형시킨다. 손은 정치적이고 사회적인 육신이다. 일본 음식점 조리사들이 생선의 각을 뜰 때, 그의 칼은 생선의 해부학적 구조에 밀착되어 있다. 칼은 살과 껍질 사이, 살과 뼈 사이를 바람처럼 넘나들되 흔적을 남기지 않는다. 자연에는 직선이란 없다. 칼은 직선이고, 손으로 칼을 쥔 자의 관념 속에서 자른다는 행위는 직선으로 미리 자리잡고 있기가 십상이다. 그러나 그의 손은 관념 속의 직선을 버리고 재료의 구체성을 따라간다. 그의 손은 재료와의 대결구도를 이루지 않는다. 그의 손은 재료의 미세한 결과 흐름과 성질에 순응한다. 그것이 그의 손의 다스림이다. 그의 칼은 생선과 다투지 않는다. 그의 칼은 생선을 가장 편안하게 해주면서, 생선을 재우듯이 생선을 잡는다. 그렇게 해서 그는 생선의 모든 은밀하고 후미진 구석구석을 열고 펼치고 뜨고 저미고 들어낸다. 그의 손에는 남아서 겉도는 힘의 찌꺼기가 묻어 있지 않다. 그의 손은 재료의 내밀한 본질에 가닿는 발견자의 손이지만, 대상을 주물러서 변형시켜놓겠다는 조형의지를 거의 노출시키지 않는다.

글을 쓰면서, 연필을 쥔 자신의 손을 들여다보는 일은 답답하다. 글을 쓸 때, 손은 말을 만지지도 못하고 세상을 만지지도 못한다. 손은 다만 연필을 쥘 수 있을 뿐이다. 글을 쓸 때, 가엾은 손은 만질 수 없는 말들을 불러내서 만질 수 없는 세상을 만지려 한다. 세상은 결국 만져지지 않고, 말과 세상 사이에서 연필을 쥔 손은 무참하다.

이 무참한 손에는 신석기의 추억이 여전히 살아 있다. 돌칼을 쥔 신석기의 사내는 들짐승과 싸울 때 손에 쥔 돌칼을 놓치지 않으려고 돌칼의 손잡이 부분을 잘록하게 갈아놓았다. 먹이들이 멀리 숨어버린 날들의 추위와 주림에도 불구하고 그의 손은 칼로부터 소외되지 않았다.

모든 연장은 손의 연장延長으로서 이 세상에 태어난다. 연장은 손의 수많은 기능들을 세분해서 극대화한다. 손은 연장을 통해 세상으로 나아간다. 모든 무기와 악기도 손과 몸의 연장延長으로서 이 세상에 태어난다. 모든 관악기는 인간의 호흡의 연장이고 모든 현악기는 팔의 연장이다. 몸이 악기를 울리게 하고, 손이 그 울림에 떨림의 무늬들을 새겨넣는다. 손의 꿈은 무기와 악기와 연장을 통해서 세계를 개조하는 일이다. 손의 꿈은 세계를 귀순시켜서 인간의 안쪽으로 편입시키는 일이다. 신석기의 사내들뿐 아니라, 밀레니엄의 애인들에게도 손은 흔히 언어보다 위대하다.

손에 연장을 쥐고 일을 해본 지가 너무나도 오래되었다. 연장을 쓸 일은 점점 사라져간다. 삶은 규격화되어가고 사물에 대해서 날刀의 힘을 작동시키는 기쁨도 점점 사라져간다. 슈퍼마켓의 생선이나 고기는 이미 칼질이 끝나 있고, 망가진 가전제품은 전문가가 아니면 손을 댈 수가 없다. 손은 점점 퇴화되어가고 있고, 확인될 수 있고 만질 수 있는 세상은 점점 멀어져가고 있다. 삶은 다만 간접적으로 수용되는 정보일 뿐이다. 손은 이제 백수白手다. 이 백수가 되어버린 손에, 구석기의 그리움은 살아 있다. 백수가 되었을지언정, 손은 여전히 정치적이고 개혁적이다. 손의 울음을 들어보자. 그 울음은 멀어서 아득한 희망을 환기시키는 울음이다.

발 1

우리집에는 두 살 난 진돗개 수놈이 살고 있다. 어깨는 딱 벌어졌고 허리는 늘씬하고 아랫배는 잘록하다. 앞다리는 완강하고 뒷다리는 유연하다. 봄이 되면 매화가 피기도 전에 벌써 이 개는 털갈이를 한다. 묵은 털이 보푸라기처럼 빠져나가고 황금빛 새 털이 새싹처럼 돋아온다. 개의 몸속에 저렇게 찬란하게 반짝이는 황금빛이 숨어 있었다니!

떨어져나온 묵은 털은 솜덩어리처럼 뭉쳐서 마당을 이리저리 굴러다닌다. 아내는 딱 질색이다. 개털이 빠지면 까치들이 새까맣게 마당에 날아와서 개털을 물고 간다. 까치들은 개털을 물어다가 둥우리의 안쪽을 꾸미는 내장재로 쓴다. 시멘트로 처발라진 도시에서 까치들은 건축자재를 구하기가 쉽지 않다. 비닐끈 조각이나 쓰다버린 나무젓가락 토막을 물어다가 둥우리를 짓는다. 이렇게 거친 자재들은 모두 둥우리의 바깥 공사에 쓴다. 둥우리 안쪽은 마른 풀잎이나 보드라운 헝겊 조각을 물어다가 꾸민다. 건축자재 구하기 어려운 도시의 까치들에게 보드랍고 폭신폭신한 개털은 얼마나 환상적인 내장재일 것인가.

작년에 우리 마을 까치가 버리고 떠난 빈 둥우리 한 개가 나무에서 떨어졌다. 둥우리를 주워다가 그 안쪽을 들여다보니까 온통 우리집 개털로 꾸며져 있었다. 나는 개털을 보면 우리집 개털인지 딴 집 개털인지 다 안다. 방에서 기르는 서양종 개들은 몸집이 큰 쥐만한 것들도 있는데, 이런 개들은 털도 보잘것없어서 까치 둥우리 내장재로 쓸 수가 없다. 이러니 우리 동네 까치들은 죄다 우리집 개털의 따스함과 포근함 속에서 알을 낳고 새끼를 기른다고 할 수 있다. 나는 우리 개가 우리 마을 까치의 집 짓기에 기여한 공로를 큰 자랑거리로 알고 이 일을 동네 반상회에서 보고하려 했는데 아이들이 말려서 못했다.

봄이 되자 우리 동네 까치들은 일제히 새 둥우리를 짓기 시작했다. 쓰던 집을 보수공사하는 놈들도 있다. 그래서 온 동네 까치란 까치는 죄다 우리집 마당으로 날아와서 개털을 물어간다. 성품이 의젓한 이 개는 까치들을 쫓지 않고 모른 척하고 딴 곳을 쳐다본다. 나는 이 개가 내세에 사람의 몸으로 태어나기를 부처님께 빌었다. 그래서 이 개의 이름을 '보리'라고 지었다. 개 이야기를 하려다가 까치 이야기로 빠져버렸다. 늘 이 모양이다.

겨울 아침에 개를 데리고 산에 오르면, 내 입에서도 허연 김이 나오고 개 콧구멍에서도 허연 김이 나온다. 그때 나는 내가 곧 개임을 안다. 개, 소, 말, 사슴, 노루가 새나 물고기보다 인간 쪽으로 더 가까운 것은 그들이 다 함께 포유류들이기 때문이다. 어미의 자궁에서 태어나서 어미의 젖을 먹고 자란 중생들은 개나 말이나 사슴이나 사람이나 다 함께 공유할 수 있는 마음의 바탕이 아마도 있을 것이다. 그리고 그 바탕은 자궁으로부터 태어나는 일에 대한 연민일 것이다. 그래서 모든 포유류들에게는 '인연'이라고 할 만한 것들이 존재하는 모양이다.

충북 영동의 소백산맥 속에서 자전거를 타고 놀다가 진짜로 개를 잘 이해하고 있는 사람을 만났다. 그는 민주지산이 가까운 도마령 아래 산골마을의 포수 홍민표씨(36세)이다. 그는 사냥을 생계의 일부로 삼는 직업포수다. 그는 사냥 나갈 때 개 다섯 마리를 데리고 간다. 이 개는 빛나는 혈통을 자랑하는 사냥개가 아니다. 모두 그가 길들인 잡종견들이다. 그는 자신이 "개를 관리하기는 하지만, 개를 길들이지는 않는다"고 말했다. 개가 새끼를 낳으면, 이 새끼는 주인이 기르는 것이 아니라 어미가 기른다. 사냥하는 기술과 근성도 모두 어미개가 가르친다. 강아지 때부터 사냥 갈 때 데리고 나가면 이 강아지는 눈 덮인 산속에서 어미의 일거수일투족을 눈여겨보고 흉내내면서 저절로 사냥을 배우게 된다는 것이다. "제 어미한테서 사냥을 배운 개들이 사람한테 배운 개보다 훨씬 더 민첩하고 근성이 질기다"고 홍민표씨는 말했다.

어미개 다섯 마리가 며칠씩 산속을 뒤져 멧돼지를 찾아내면, 멧돼지가 달아나지 못하도록 포위하고 짖어대면서 총을 든 주인이 나타날 때까지 버틴다. 그때 멧돼지들은 개들을 향해 저돌성 공격을 감행하는데, 돌진하는 멧돼지에 받히면 개들은 살아남지 못한다. 이때 어미개는 새끼들을 멀리 숨겨놓고 구경만 시킨다. 그러고 나서 멧돼지가 총에 맞아 쓰러진 다음에 어미개는 새끼들을 불러서 쓰러진 멧돼지를 물어뜯는 훈련을 시킨다.

개들이 산속에서 오판을 해서 하루종일 헛고생을 할 때도 있다. 노루가 동쪽에 있는데 개들이 서쪽으로 가서 개 뒤를 따라가는 주인은 하루를 공치는 것이다. 홍씨는 그럴 때도 개를 나무라거나 때려서는 안 된다고 말했다. "개를 때리면 때려도 말 안 듣는 개가 된다"고 그는 말했다. 더구나 새끼들이 보는 앞에서 어미개를 때리면 어미의 권위가 무너져서 새끼들을 사냥개로 길러낼 수가 없다는 것이다. 산속에서는 사람도 오판할 수가 있고 개도 오판할 수가 있으므로 서로의 오판을 긍정해야 한다고 그는 말했다.

포수가 꿩을 쏘면 개들은 사냥감을 향해 달려간다. 이때 꿩이 총에 맞지 않았으면 개들은 빈손으로 돌아온다. 빈손으로 돌아온 개들도 쓰다듬어주고 격려해야만, 명중되지 않는 총소리에도 달려나가는 개가 된다는 것이다. 개에게도 인륜이 있고, 포유류 공통의 정서와 행동원리가 있다. 이것은 견륜犬倫이라고 해야 하는가. 그리고 개와 사람 사이에도 지켜야 할 신의와 염치와 범절이 있는 것이다. 사람이 개를 마구 대하면 개도 사람을 마구 대한다.

홍씨네 사냥개 발바닥에는 폭신폭신한 고무 같은 쿠션이 붙어 있다. 우리집 진돗개 발바닥과 똑같다. 이 쿠션이 있어서 개들은 겨울에도 발 시려하지 않고 눈 속을 뛰어다닐 수 있다. 그 쿠션에는 땅 위를 돌아다닌 생애의 고단한 자취가 굳은살로 박여 있었다. 개발바닥의 굳은살을 들여다보면서 나는 내 발바닥의 굳은살을 만져보았다. 땅 위를 돌아다닌 생애의 고단한 자취가 거기에 굳은살로 박여 있었다.

모든 개들이 내세에 사람의 몸으로 환생해서 착한 사람이 되기 바란다.

발 2

인라인스케이트를 타는 인간의 몸은 아름답다. 이 장치는 걸어다니는 인간의 발바닥에 바퀴를 달아준다. 바퀴가 돋은 발바닥으로 땅바닥을 밀어서 앞으로 나아갈 때, 인간의 몸통 전체는 좌우로 흔들린다. 이때 상체의 흔들림은 땅바닥을 미는 다리의 동작을 인도하면서 수용한다. 왼쪽 다리가 땅바닥을 밀 때 상체는 오른쪽으로 쏠리고 오른쪽 다리가 힘을 쓸 때 상체는 왼쪽으로 쏠린다. 상체는 왼쪽과 오른쪽으로 번갈아 쏠리면서 다리의 힘을 받아낸다. 땅을 미는 두 다리가 일을 교대할 때, 상체의 흔들림이 좌에서 우로, 우에서 좌로 바뀐다. 다리가 땅바닥을 밀어내는 거리는 가랑이 사이의 거리를 넘지 못하지만, 이 흔들림이 거듭 엇갈리면서 인라인스케이트는 앞으로 나아간다.

이 사람들을 앞에서 관찰하면 그들이 나아갈 때 허공을 휘저으며 흔들리는 두 팔은 직립보행 이전의 아득한 원시의 추억을 실현하고 있다. 네발로 땅 위를 기어다닐 때 앞다리와 뒷다리가 동시에 빚어내는 율동과 리듬은 확실히 저러했을 것이다. 그리고 이 사람들을 뒤에서 관찰하면, 그들의 허리, 엉덩이, 다리는 '미끄러진다'는 동작 속에서 유연하게 통합된다. 그것은 살아서 미끄러지고 살아서 땅에 저항하고, 저항하면서 기뻐하는 엉덩이이며 허리이다.

나는 인라인스케이트를 타는 젊은이들의 뒷모습을 볼 때 이 대도시 속에서 원시림을 느낀다. 두 발로 땅을 딛고 걸어다니던 종족에 견주어 볼 때, 발바닥에 바퀴를 달고 미끄러져가는 종족들의 세계는 얼마나 가볍고 경쾌한 것인가. 그래서 인라인스케이트는 인간 직립 수억 년 역사 속의 혁명이다. 이것은 놀라운 일이다. 이것은 개벽이다.

인라인스케이트의 바퀴는 자동차나 자전거의 바퀴와는 비교할 수 없이 원시적이다. 이 바퀴에는 엔진의 힘이 걸려 있지 않고, 힘을 증폭하거나 분산시키는 기어 또는 트랜스미션 같은 장치가 연결되어 있지 않다. 이 바퀴는 바퀴 그 자체일 뿐이다. 바퀴의 발달사 맨 첫 장에 나오는 둥근 통나무와 같다.

스케이트보드나 '싱싱이'(한 발을 보드에 대고 다른 한 발로는 땅을 밀면서 나아가는 탈것)도 바퀴가 달려 있지만, 이 바퀴는 인간의 발바닥에 직접 붙는 바퀴는 아니다. 인라인스케이트의 바퀴는 몸의 일부가 되어 인간의 걸음을 율동으로 변형시켜준다. 그 변형의 완성은 '미끄러짐'이다. 인라인스케이트는 아득한 과거와 아득한 미래를 종합하는 바퀴이며, 가장 원시적이고 가장 첨단적인 바퀴이다.

새벽 공원의 안개 속에서 인라인스케이트를 타는 젊은이들은 이 지상에 갓 태어난 새로운 종족들처럼 보인다. 그 젊은이들은 땅과의 마찰을 이용해서 나아가면서도 그 마찰과 더불어 논다. 그들은 이 무겁게 억누르는 중력의 땅 위를 바람처럼 가볍게 미끄러진다. 그들이 몸을 흔들며 나아갈 때, 인간의 몸에서는 수만 년 동안 감추어지고 눌려 있던 몸의 선과 곡면과 근육의 움직임이 살아나는데, 그 몸은 인간이 본래 그러했던 몸이다.

나는 얼마 전 인라인스케이트를 배우기 시작했는데, 아직도 가랑이가 쩍 벌어지면 수습하지 못하고 주저앉는다. 그래서 내가 타기보다는 다른 사람이 타는 모습을 보는 걸 더 좋아한다. 어리고 생생한 아이들이 인라인스케이트를 타고 내달리는 모습은 살아 있는 것의 힘과 기쁨을 느끼게 한다. 인라인스케이트는 삶의 밑바닥이 모두 아스팔트로 발린 도시 공간에서만 탈 수 있다. 이 뜨거운 여름의 아스팔트 위에서도 인간은 나무를 기를 수 있고, 발바닥에 바퀴를 달고 미끄러지면서 달릴 수 있다. 희망은 늘 가까운 곳에 있기 때문에 늘 보이지 않는 모양이다. 나는 이번 여름에 기어이 이것을 몸에 착 붙도록 익혀서 소슬한 바람 부는 가을에 바람처럼 이 땅의 표면 위를 미끄러지면서 놀리라.

평발

아들아, 새벽이 되어도 돌아오지 않고 전화 한 번 없는 너를 기다리며 나는 지금 가슴이 찢어지는 슬픔과 분노로 이 글을 쓴다. 이 짧은 글을 마치기 전에 대문에 벨소리가 나고 네가 돌아오기를 나는 바란다. 하루종일 집안일에 시달린 너의 어머니도 아직 잠들지 못하고 있다.

너는 재미도 없고 신명이 날 리도 없는 국어 · 영어 · 수학에 주눅들려 노예만도 못한 고등학교 시절과 재수 시절을 거쳐서 겨우 대학에 들어갔다. 그러나 너의 젊은 몸의 생명력은, 국 · 영 · 수로 너의 정신을 옥죄고 경쟁과 싸움으로 마음을 황폐하게 만들어버린 어른들의 제도보다 힘센 것이어서, 너의 몸은 청년의 건장함으로 자라났다. 지난번 이삿짐을 나를 때도 너는 이미 아버지보다 훨씬 힘이 좋았다. 그리고 너는 징병 신체검사에서 현역복무 판정을 받았고, 이제 입영 명령을 기다리고 있다. 대통령을 하겠다는 사람이나 국회의원, 장관, 그리고 온갖 돈 많고 권세 높은 댁 도련님들이 무슨 사유에서인지 관행적으로 병역을 면제받아왔다는 신문기사를 매일같이 눈독들여 읽고 있는 너의 눈치를 보면서, 나는 사실 네가 그 문제를 나에게 묻지 않기를 바랐다. 아마도 그 참담함은 이 나라의 무수한 힘없는 아버지들의 참담함이었을 터이다.

내가 아들인 너의 눈치를 보면서 전전긍긍하던 어느 날, 너는 결국 너의 그 별것도 아닌 평발 증세를 어머니께 강조하면서 재검받을 방법을 찾아달라고 말했다. 나와 너의 어머니는 다만 무력하게 한숨을 쉴 뿐 아무런 대답도 해줄 수가 없었다. 너를 낳아서 청년이 되도록 길렀으며, 남자로 태어나 병역의 의무를 마친 내가 너에게 이 사태를 어떻게 설명할 수 있을 것이며, 이 나라의 어느 아버지가 징집을 앞둔 아들에게 이 사태를 납득시킬 수 있겠는가. 병역은 남자로 태어난 국민의 가장 신성하고 도덕적인 의무라고 말한들 이미 더럽혀지고 허물어진 신성 앞에서 그 말이 무슨 씨가 먹힐 것인가.

네가 네 또래 녀석들과 어느 음습한 술집 골목이나 헤매면서 분노와 혼란의 풋술을 마시고 있을 이 새벽에, 나는 너의 교육과정과 너의 사회적 성인식과도 같은 입대 예비과정에서 이 나라의 제도와 사회, 그리고 남 앞에서 애국적 언동을 해 보이는 일을 직업으로 삼는 권세 높은 자들이 너의 그 짧은 생애에 가한 상처와 모욕을 생각하면서 잠들지 못한다.

너에게 할 말은 아니다만 아직도 돌아오지 않는 너를 기다리면서 나는 너를 기르던 세월 속에서 내가 치러야 했던 가혹한 노동과 날이 밝도록 일해야 했던 수많은 밤의 고난을 생각했다. 세금을 원천징수당하고, 34개월의 병역을 치르고, 예비군 · 민방위 훈련에 참가하고, 교통규칙을 지키고, 전기를 절약하고 쓰레기를 줄이고…… 시간외노동을 밥먹듯이 하면서도 나라가 시키는 대로 끝까지 머리 숙여 모든 일을 다 해온 세월은, 지금 견딜 수 없이 허망하다.

나라를 지키는 일은, 아버지 세대가 늙으면 아들 세대가 물려받아야 하는 것이다. 그것은 한 사인私人인 아버지가 사인인 아들에게 넘겨주는 의무가 아니다. 그것은 공적公的 아버지와 국가와 국민의 이름으로 이루어질 수밖에 없다. 그러나 지금 너희들의 그 울분에 찬 새벽 술자리에 공사 간에 어느 아비가 끼어들 수 있겠느냐. 아들아, 나는 겨우 이렇게 말하려 한다. 나라를 사랑한다는 것은 이 못난 나라의 못남 속에서 결국 살아내야 한다는 운명을 긍정하는 것이라고. 그리고 나라의 쪽박을 깨지 않는 일이라고. 너의 의무는 몇몇 비굴한 이탈자들에 의하여 신성이 모독되었지만, 송두리째 부정당한 것은 아니라고.

너의 어머니에게 다시는 너의 평발을 내밀지 말아라. 아프고 괴롭겠지만, 나라의 더 큰 운명을 긍정하는 사내가 되거라. 네가 긍정해야 할 나라의 운명은 너와 동년배인 동족 청년과 대치하는 전선으로 가야 하는 일이다. 가서, 대통령보다도 국회의원보다도, 그리고 애국을 말하기를 직업으로 삼는 사람들보다도 더 진실한 병장이 되어라.

4부

길

길

길은 생로병사의 모습을 닮아 있다. 진행중인 한 시점이 모든 과정에 닿아 있고, 태어남 안에 이미 죽음과 병듦이 포함되어 있다. 길은 이곳과 저곳을 잇는 통로일 뿐 아니라 여기서부터 저기까지의 모든 구부러짐과 풍경을 거느린다. 길은 명사라기보다는 동사에 가깝다. 소백산맥을 넘어가는 문경새재는 산맥의 모습을 닮아 있고, 섬진강 하류를 따라 내려가는 19번 국도는 물을 닮아 있으며, 구부러진 논두렁길이나 밭두렁길은 그 흙에 코를 박고 일하는 인간의 노동을 닮아 있다.

밭두렁길이 구부러지는 까닭은 농업이 기계화되기 이전에 길이 인간의 몸의 조건을 따라 이리저리 휘어들었기 때문일 것이다. 어떤 길은 구부러지고 어떤 길은 곧다. 그 구부러짐과 휘어짐은 모두 길이 산하에 파고들면서 남겨지는 궤적들이다. 길은 산하의 가장 낮고 유순한 지점들만을 골라서 뻗어나간다. 길은 인간의 자취들 중에서 자연에 가장 가깝다. 길은 자연의 가파른 위엄을 피해 간다. 그것이 길의 원리이고, 행行함의 원리이다. 산맥을 넘어가는 등산로나 강을 건너가는 나루터가 다 이와 같다.

2만 5천분의 1 지도에는 고속도로, 국도, 지방도뿐 아니라 가로, 농로, 임도, 산판길, 염전길, 해안길, 마을길, 등산로까지 표기되어 있다. 그 많은 길들의 원리는 똑같다. 순응함으로써 이어지는 것이다. 우리 국토에서 가장 험하고 고달픈 길은 대동여지도에 표기된 봉수로일 것이다. 이 길은 사람이 다리로 걸어다니는 길이 아니고, 육안에서 육안으로 이어지는 '눈의 길'이다. 북쪽 국경과 남쪽 바다의 위난의 조짐들이 모두 이 '눈의 길'을 따라서 서울 남산으로 모여든다. 전라도 해안의 기별은 서해안 바닷가를 따라 북상하고 함경도 국경의 소식은 동해안을 따라 남하한다. 경상도 해안의 봉수는 내륙산악의 봉우리들을 징검다리로 건너뛰면서 '새재'를 넘어 서울로 향한다.

봉수대는 가장 높은 봉우리에 설치하는 것이 아니라, 마을에서 가깝고, 인접 봉수대와 교신이 편리한 야트막한 봉우리에 자리잡는다. 낮게, 멀리 그리고 바르게 보이는 곳이 봉수의 명당이다. 그래서 봉수로의 원리도 육로의 원리와 다르지 않다. 나는 대동여지도의 봉수로를 들여다볼 때마다, 인간이 그 땅에 발붙이고 살아남기 위하여 얼마나 많은 땀과 눈물을 바쳐야 하는 것인지를 생각하면서 침묵한다.

90년대 말부터 죽령, 이화령, 대관령에 터널이 뚫렸다. 그리고 더 많은 고개들이 이제 밑창이 뚫어질 판이다. '령'의 존엄은 이제 사라져간다. 자동차들은 고갯마루까지 올라오지 않고 그 아래쪽 터널을 지나서 삽시간에 '령'을 통과해버린다. 고갯길 구간의 주유소, 휴게소, 식당, 노점상 들은 모두 문을 닫고 떠났다. 고갯마루에서 한숨 돌리며 우동이나 찰옥수수를 사먹던 휴게소는 이제 폐허로 변했다.

산맥을 터널로 관통해내는 공사는 자연의 가장 험하고 가파른 곳을 향해 정면으로 뚫고 들어가는 길 닦기이다. 이 길 닦기는 '길의 원리'에 어긋난다. 그 원리에 역행함으로써 산맥의 몸통 속으로 헤집고 들어가는 새길은 빠르고 편리하다. 올여름에도 수백만 인파가 이 터널을 따라서, 산맥의 몸통 속을 지나 피서지로 향했다. 그리고 그 터널 위쪽 고갯마루는 인기척 없는 적막강산이 되었다.

차량이 붐비던 대관령 구간에는 이제는 '대관령 옛길'이라는 표지판이 붙었다. '대관령 옛길'에는 인적이 없다. 그 '옛길'은 길의 모든 풍광과 구부러짐을 그대로 거느리고 빈 산맥 속으로 뻗어 있었고, 자동차들은 그 아래쪽 터널 속으로 몰려 들어갔다. 이곳과 저곳만이 있고 그 사이의 과정들이 이제는 모두 사라졌다. 사람이 길을 버리니, 길이 또한 사람을 버리는 것이어서, 옛길은 이제 적막하고, 새길은 또 옛길이 되어 간다.

바퀴

자전거를 타고 산길을 저어갈 때에나 내 두 다리의 힘으로 새벽의 공원을 어슬렁거릴 때 나는 삶의 신비를 느낀다. 이 신비는 내 살아 있는 몸의 박동 속에서 확인되는 것이므로 신비라기에는 너무나 구체적이다. 이 신비는 증명되는 신비이다.

인라인스케이트를 탈 때에 몸은 날렵하고 스케이트보드를 탈 때에는 더욱 가볍고 싱싱이를 탈 때에는 훨씬 더 가볍다. 나는 이 작은 글에서 걷기, 자전거 타기, 인라인스케이트 타기, 스케이트보드 타기, 싱싱이 타기의 질감들을 말해보려 한다. 여러 가지 바퀴들 사이를 나의 글이 빠르게 달려나갔으면 좋겠다.

걷기는 사유의 대상이 되기에는 너무나도 친숙한 동작이

다. 개도 걷고 사람도 걷는다. 개의 이동을 '긴다'고 말하는 일은 부당하다. 내가 걸을 때 팔다리의 자연스런 동작은 땅 위를 걷는 개의 사지의 움직임과 똑같다. 나는 개를 데리고 땅 위를 걸어갈 때 내 직립보행의 우월감을 버린다. 다 마찬가지인 것이다. 땅은 내 몸의 근육에 물리적으로 저항하고 내 몸의 근육이 그 저항에 다시 저항함으로써 앞으로 나아간다. 걸어갈 때 나는 내 종족의 진화의 수억만 년을 삽시간에 돌파해서 아득한 생명의 기원에 당도한다. 그곳은 거칠고 싱싱한 나라다.

자전거를 타고 산길을 달릴 때 내 몸은 바퀴를 통해서 대지와 교감한다. 내 다리가 페달을 밟아서 바퀴를 굴릴 때 땅은 내 몸에 찾아온 힘센 손님처럼 반갑다. 이 손님은 초면부터 친숙한 손님이어서 손님이라기보다는 벗에 가깝다. 땅과 몸 사이를 바퀴가 이어주는데, 이 바퀴는 기계가 아니라 내 몸의 일부이며 새롭게 확장된 나 자신의 몸이다. 나는 바퀴와 친숙하지만 바퀴는 여전히 조금은 남이다. 이 거리는 아름답다. 이 거리는 나와 세상을 소외시키는 것이 아니라, 나와 세상을 연결시켜줌으로써 나를 넓히고, 내가 세상과의 관계 속에서 앞으로 나아가게 한다.

인라인스케이트를 탈 때는 두 다리로 땅을 밀고, 허리를 앞으로 구부리고 두 팔을 좌우로 흔들어서 균형을 잡는다. 인라인스케이트의 바퀴는 자전거의 바퀴보다 훨씬 더 인간 쪽으로 가깝다. 이 바퀴는 인간의 발바닥에서 돋아난, 생래적인 이동수단인 것처럼 느껴진다. 발바닥에 돋은 바퀴로 땅바닥을 밀어서 앞으로 나아갈 때, 나는 직립보행의 수억만 년과 비로소 작별하는 것 같지만, 내 팔다리가 흔들리는 동작은 네 발로 땅을 기던 시절의 동작과 똑같아진다. 그래서 인라인스케이트를 탈 때, 나는 이 대도시의 아스팔트 위에서 지층 시대의 유인원처럼 자유롭다. 나는 문명에 구속되지 않는다. 아, 인라인스케이트 타기를 끝내고 다시 내 발바닥만으로 땅을 밟을 때, 땅은 얼마나 큰 신뢰로서 나에게 다가오는 것인가. 그때 내 발바닥의 행복은 크고 깊다.

나는 아직 스케이트보드에는 익숙하지 못하다. 다리로 땅을 박차고 나서 그 다리를 보드 위에 올려놓고 순간적으로 균형을 회복하는 동작에 내 몸은 아직도 훈련되어 있지 않다. 그리고 이 엽기적인 이동수단은 핸들이 없는 것이어서, 진행 중에 몸통의 각도로 방향을 틀어야 하는 일이 나에게는 아직도 난감하다. 스케이트보드의 꿈은, 아마도, 날아감에 있는 것 같다. 다리로 땅을 박차고 보드 위에서 균형을 취할 때, 인간의 동작은 이제 막 비상하려는 새의 동작에 접근한다. 그 물건의 앞대가리는 그 비상의 꿈을 간직한 유선형이다. 비상하려는 동작을 거듭해가면서 인간은 결국 땅 위를 굴러갈 수밖에 없는 것인데, 그 굴러감 속에는 단념할 수 없는 창공의 꿈이 살아 있다.

싱싱이는 또 어떤가. 싱싱이는 주로 어린이들의 놀이기구다. 아이들이 이 물건에 몸을 싣고 이 골목 저 골목을 씽씽 달린다. 이 대도시의 골목에서, 아이들은 새로운 종족의 어린것들처럼 바퀴를 굴려서 이동하고 있다. 싱싱이는 바퀴에 실리는 이동들 중에서 가장 가볍다. 걷기를 버리고 굴러가는 일이 이토록 가벼울 수가 있다는 것은 놀랍다. 싱싱이를 타고 달릴 때, 나는 이 무거운 삶의 하중에서 풀려난다. 한 번의 발길질로 나는 아주 조금밖에 나아가지 못하지만, 이 짧은 거리에서 나는 자유를 느낀다. 이 자유는 작고 소중한 것이다. 그리고 그 많은 바퀴들을 내 몸에 거느리고, 나는 여전히 땅에 묶여 있고, 땅과 더불어 살아 있고, 땅이 버티어주어서 살아 있다.

고향 1

지난여름은 무더웠다. 여름의 힘센 햇볕이 산과 들에 깊이 스며서 나무와 곡식을 자라게 했다. 나는 폭양 속에서 자전거를 타고 여러 고장을 여행했다. 도시에서 도시까지는 기차나 승용차에 자전거를 싣고 이동했고, 거기서부터는 지방도로, 산판길, 임도, 우마차로, 소로, 논두렁길을 따라 자전거로 이동했다. 나는 여러 마을들의 깊숙한 안쪽에 닿을 수 있었다. 가다가 너무 덥고 지치면 개울물에 미역을 감으면서 나아갔다. 시골 농가나 마을회관 마루에서 잠드는 저녁의 잠은 곤하고 깊었다. 그 여행길에서 나는 여러 사람들을 만날 수 있었고, 여러 사람들의 기쁨과 슬픔을 발견할 수 있었다. 이 짧은 글은 2002년 여름에 내가 만난 사람들의 살아가는 이야기다.

그러므로 이 글의 필자는 내가 아니라 그분들이다. 나는 대필하는 사람에 불과하다.

고향의 그림자

만경강은 아직도 자유파행自由跛行하는 강이다. 강은 댐이나 제방으로 막히지 않아서 아직도 넓은 들을 이리저리 굽이치면서 흐른다(만경강에 비하면 한강은 가엾다. 한강은 강변도로 사이를 직선으로 흐른다. 한강은 우리에 갇힌 짐승과도 같다). 만경강은 유역을 넓게 적시면서 아득한 갯벌을 펼친다. 이 갯벌은 가을이면 오스트레일리아에서 시베리아로 날아가는 도요새들의 중간 기착지이고, 여기서 오랜 세월을 염전에 소금을 일구어 살아온 사람들의 고향이다.

새만금의 물막이 공사가 끝나면 갯벌이 모두 사라져서 소금 일을 하던 사람들은 고향을 떠나야 할지도 모른다. 지금 새만금방조제는 만경강 어귀를 반쯤 가로막으면서 다가오고 있다. 동글조개는 이 갯벌에서 흔하다. 동글조개는 그 껍데기에 나이테를 갖는다. 나무는 1년에 한 바퀴씩 나이테를 쌓아가지만, 동글조개는 매일매일의 밀물과 썰물의 흔들림을 그 껍데기 위에 새겨간다. 그 자취가 쌓여서 조개의 나이테를 이룬다. 염전 사람들의 마음속에도 고향의 세월이 조개껍데기의 나이테처럼 새겨져 있었다.

염전 일은 힘든 노동이다. 일 년에 여덟 달을 일한다. 봄부터 가을까지, 폭양 속에서 바닷물을 가두고 빼고 저녁이면 염전 바닥에 눈처럼 내려앉은 소금을 긁어모아서 창고로 나른다. 비가 오면 밤에도 염전으로 뛰어나와 소금물을 빼서 물창고에 가둔다.

한평생 염전에서 일해온 만경강 하구 마을의 전철수씨는 "한여름 일하고 나면 체중이 10킬로그램씩 빠지고, 겨울에는 다시 살이 오른다"고 말했다. 그의 몸은 한평생 여름 햇볕과 소금에 절여져서 가까이 가면 햇볕 냄새가 난다. 살갗 밑에 햇볕이 늘 쌓여 있다.

"공장에서 기계로 소금을 만들어내서 염전은 오그라들었다. 그후엔 중국산 소금이 쏟아져들어왔고, 이제 방조제를 막으면 염전은 끝장이다"라고 그는 말했다.

"염전이 끝장나면 어디로 갈 것인가?"라고 묻자, 그는 아무 말도 하지 않고 저무는 갯벌 너머의 먼바다를 바라보았다. 그는 어려서부터 염전 일만 해왔다. 조직사회의 경험이라고는 젊어서 군대 3년 다녀온 것밖에 없다. 그때 국군의 날 서울 시가를 행진하는 퍼레이드에 참가했는데, 여대생이 목에

화환을 걸어준 일이 그의 생애에 최고 명예라고 그는 말했다.

조개껍데기에 파도의 무늬가 찍히듯이, 염전 바닥 소금 위에는 바람의 무늬가 찍힌다. 그 무늬들이 전철수씨의 얼굴과 손등의 주름살에도 찍혀 있다. 이제 염전이 끝장나면, 그가 또 어디로 갈지는 그 자신도 알지 못한다. 철야공사가 진행되는 방조제 앞에서 그의 고향은 위태로웠다. 그가 어느 객지로 흘러가든, 그의 마음속에서 고향의 무늬는 점점 더 깊게 각인될 것이었다. 포클레인과 트럭들이 하루종일 방조제 공사장을 드나들었다.

남은 사람들

전남 장흥군 부산면은 탐진강의 맑은 물줄기가 굽이굽이 감아나가던 아름다운 마을이었다. 집집마다 야트막한 돌담을 쌓았고, 돌담 밑으로 시냇물이 흘렀다. 탐진댐이 들어서면서 일곱 개 마을이 물에 잠기게 되었다. 탐진댐은 내년부터 담수가 시작된다. 오래 살던 사람들은 모두 흩어졌다. 행정관청에서는 떠나야 할 사람들을 수몰민水沒民이라고 부른다. 수백 년을 대를 이어 고향에서 살아온 사람들이 어느 날 갑자기 수몰민이 되어 고향을 떠났다. 부산면 지천리는 마을 전체가 다

떠났다. 마을은 포클레인의 삽날에 폭격을 맞은 것처럼 부서졌다. 수몰선이 마을 앞 정자나무 밑까지 올라와 있다. 개울물은 여전히 흐르고 주인 없이 비쩍 마른 개들이 마을을 어슬렁거리고 있었다.

지천리에는 일흔 살이 넘은 마덕림 할머니 혼자만 남았다. 댐의 물막이 공사는 할머니집 마당 바로 앞까지 치받고 올라왔다. 할머니는 "죽어도 여기서 죽겠다. 이놈들아, 나를 들것에 실어서 내가라"고 말했다.

할머니가 시집올 때 심었던 어린 배나무가 이제는 온 마당을 뒤덮고 있다. 할머니의 손때 묻은 항아리와 옹기단지들이 이제는 살림이 줄어들어서 천덕꾸러기로 나뒹굴고 있다.

"다들 떠났는데, 왜 혼자서 안 떠나시나요?"라고 묻자 할머니는 버럭 소리를 질렀다.

"왜 안 떠나느냐고? 내 땅이니까 안 떠난다. 알겠냐?"

도회지로 출가한 딸들이 저녁마다 전화를 걸어서 빨리 도회지로 나오라고 성화가 불같다. 수몰선 앞에서 할머니의 하루하루는 옛날과 조금도 다르지 않다. 이미 사라져버린 마을의 사라져버린 삶을 할머니는 꼬박꼬박 살아가고 있다.

죽순을 뜯고 산나물을 캐서 오일장에 내다팔고, 이웃이 버리고 떠난 밭과 부서진 집터에 콩이나 깨를 심었다. 수몰선

바로 앞에서 할머니는 호미를 쥐고 깨밭을 매고 있다. 수몰선이 쪼그리고 앉은 할머니의 엉덩이까지 치받고 있다. 그러나 할머니는 수몰선 쪽을 돌아보지도 않는다. 부서진 남의 집터에 일군 할머니의 밭은 아직은 흙보다는 돌이 더 많다. 할머니 생시에 저 많은 돌들을 다 골라낼 수 있을까 싶었다. 그러나 할머니는 그 기약 없는 돌멩이들을 하나씩 골라낸다. 소쿠리에 가득 담아서 밭두렁으로 끌어낸다. 할머니는 하루종일 쪼그리고 앉아서 앉은뱅이걸음으로 밭고랑 이쪽에서 저쪽으로 이동한다. 할머니의 앉은걸음은 가볍고 거침없다. 할머니는 이렇게 손수 농사를 짓고 산나물을 캐서 작년에 5백만 원을 모았다. 할머니는 이 돈을 장가드는 손주에게 자동차를 사라고 주었다. 마을에 물이 차오르면 할머니도 결국은 별수 없이 마을을 떠나야 할 것이다. 그러나 할머니는 그 마지막날까지 평상심으로 살아간다.

위태로운 고향의 마지막 나날들이 할머니에게는 옛날과 조금도 다름없는 평화로운 날들이다. 할머니의 고향은 더이상 미래의 고향이 아니다. 할머니의 고향은 바스라져가는 고향이다. 그러나 할머니의 하루하루는 수몰선 앞에서 담담하다.

강원도 사북에서 만난 늙은 광부 김모씨(당시 64세)는 중증 진폐환자다. 김씨는 산재병원에 2년째 입원중이다. 김씨는

30년이 넘게 막장에서 일했다. 김씨의 고향은 사북이 아니라 대전이다. 30여 년 전에, 배고픈 젊은이들이 고향을 버리고 탄광지대로 몰려와 광부가 되었다. 그들은 이 객지에서 죽음에 죽음을 잇대어가면서, 객지를 고향으로 만들어왔다. 그 죽음은 지금 탄광도시의 네거리 한복판에서 순직 산업전사 위령탑으로 서 있다.

김씨의 진폐는 치료될 수 있는 병이 아니다. 김씨 자신도 알고 의사도 알고 간호사도 알고 있다. 치료라기보다는, 죽음에 이르는 날들을 요양시키고 관리해주는 것이 병원의 일이다. 김씨는 숨이 가빠서 말을 오래하지 못한다. 화장실에 갈 때도 휠체어를 타고 긴 산소 파이프를 복도에 늘어뜨리면서 가야 한다. 진폐에는 담배가 가장 나쁘다. 그러나 김씨는 담배를 피운다. 병실에서는 못 피우고 복도에 나와서 피운다. 이 산재병원에 입원한 늙은 진폐환자들 중에서 담배 피우는 환자들은 많다. 회복의 희망이 없기 때문에 그들은 담배를 피운다. 휴게실에는 담배 연기가 자욱하다. 의사와 간호사들도 환자들이 담배 피우는 줄 뻔히 알면서 모른 척하는 것 같았다. 그들에게 담배를 피우지 말라고 말할 수 있는 희망이나 권위가 이 세상에는 없는 것처럼 보였다. 석탄 가루의 먼지들이 그 환자들의 폐 속에 눈처럼 쌓여 있다. 그들이 진폐에 걸린 까닭은 숨을 쉬었기 때문이다.

한때는 석탄이 국가의 기간 에너지였다. 이 나라는 석탄을 때면서 한 40여 년을 살아왔다. 지금 석탄산업은 완전히 저물어간다. 탄광지대 기차역마다 처분할 수 없는 석탄은 산더미처럼 쌓여 있다. 석탄산업이 저물어가자 많은 광부들은 산재병원에 입원했다. 김씨는 "자식들이 취직해서 좀 살 만해지니까 죽을병에 걸렸다"고 말했다. 김씨는 자식들이 주는 용돈을 받아 한 번쯤 야외에 나들이 가서 고기라도 구워먹는 것이 평생에 꿈꾸던 행복이었지만, 지금은 거동조차 할 수 없다. 그의 고향은 진폐의 앙금으로 그의 허파 속에 엉겨 있었다. 그토록 힘들게 일구어낸 고향에서 그는 담배 몇 대 피우면서 서서히 죽어가고 있다.

폐허가 되어버린 탄광촌에 카지노가 들어섰다. 대박의 꿈을 버리지 못하는 사람들로 카지노는 연일 불야성이다. 마을에는 자동차나 귀금속 장신구를 담보로 금전을 빌려주는 전당포들이 들어섰다. 주말이면 호텔에는 남는 객실이 없고 마을 여관 숙박비는 두 배쯤 뛴다.

김선씨(가명)는 이 늙고 병든 퇴직 광부의 딸이다. 김선씨는 카지노에서 딜러로 일한다. 김선씨뿐 아니라 이 카지노에서 일하는 많은 젊은이들이 이 지방 광부의 자녀들이다. 젊은

이들은 카지노, 호텔로 변해버린 고향을 조금도 어색해하지 않았다. 김선씨는 "옛 모습이나 지금의 모습이나 양쪽 다 내 고향이라고 생각한다"고 말했다. 늙은 광부가 진폐로 쓰러져 가고 인간의 삶은 이렇게 끝없이 이어져가고 있었다.

여러 사람들의 고향은 이제 위태로워 보였다. 그러나 위태로운 고향은 여전히 탄탄하게 땅에 뿌리박혀 있었다. 정부가 이제 추곡수매정책을 포기하면 많은 사람들이 또 고향을 떠나야 할 것이다. 그리고 떠난 사람들은 또다시 어느 객지에서 새로운 고향을 만들며 살아가게 될 것이다.

여행에서 만난 사람들은 모두 다 다치거나 망가져 있는 사람들이었다. 시대가 인간에게 가하는 고통을 피할 수 없었던 사람들이었다. 그러나 그 망가진 사람들의 내면에 끝끝내 망가질 수 없는 부분들은 여전히 온전하게 살아남아 있었다. 뿌리 뽑히고 거덜난 삶 속에서 삶에 대한 신뢰를 발견하는 일은 늘 눈물겹다. 그들은 고난에 찬 삶을 통해서 말없는 실천에 도달해 있었다.

저무는 가을 논길에 경운기 한 대 지나간다. 늙은 남편이 운전을 하고, 수건을 머리에 쓴 늙은 아내는 적재함에 타고 간다. 늙은 부부는 하루종일 같은 밭에서 일해도 말 한마디

주고받지 않는다. 날이 저물면 누가 먼저 가자고 하지 않아도 서로의 동작을 보면서 돌아가야 할 때가 되었음을 안다. 저문 논길에 경운기를 타고 집으로 돌아갈 때도 늙은 부부는 아무 말이 없었다.

고향 2

나는 고향이라는 어휘가 거느리는 정한을 그다지 좋아하지 않는다. 진화할 수 없는 비논리성이 그 정한의 바탕을 이루는 듯싶다. 나는 고향도 없고 타향도 없는 세상이 좋다. 고향이라든지 타향이라든지 하는 그런 어휘가 아예 없는 세상에서 나는 살고 싶다.

나의 이른바 고향은 서울 사대문 안이다. 사대문 안에서도 청계천을 기준으로 남촌과 북촌을 갈랐는데, 내 본적지는 대궐(경복궁) 근처인 북촌이었다. 북촌에도 나처럼 가난한 사람들은 넘쳐났지만 북촌 사람들은 자기네들이 세계와 문명의 중심이라는 자부심에 넘쳐 있었고 한양 성곽 밖에서 사는 사람들을 다 싸잡아서 '문밖 것들'이라고 통칭했다.

내 어머니는 서울 토박이 여자였다. 어머니는 가난했다. 사실 나는 어머니가 그 결핍과 적막을 어찌 다 감당해내면서 자식들을 기른 것인지 알 수가 없다. 어머니는 가난했지만 경우 바르고 깔끔한 여자였다. 어머니는 자, 됫박, 저울 같은 도량형기를 존중하고 신성시했다. 쌀 됫박 밑바닥에 양초를 발라서 물량을 속이는 쌀장사와 저울 눈금을 속이는 푸줏간을 어머니는 증오했고, 동네 여자들과 합세해서 불매운동을 벌였다. 두부 한 모의 규격이 일정치 않아서, 콩값이 오르면 두부모가 작아졌는데, 어머니는 가게에서 두부모의 가로 세로 높이를 따졌다. 내가 심부름으로 석유를 사러 갈 때도 어머니는 주전자나 양철통을 들고 가지 못하게 했고 반드시 한 되들이 정종 됫병을 들려 보냈다. 정종 병은 투명해서 속이 들여다보였고 또 들이가 정해진 병이어서 석유가게에서 양을 속이지 못하기 때문이었다.

몇 살 때였던가. 아마도 초등학교 상급반 무렵이었을 것이다. 제헌절 날 어머니는 새 옷을 주셨다. 어머니가 주신 새 옷은 새로 산 게 아니라 입던 옷을 빨고 깁고 다려서 주신 옷이었다. 운동화는 새로 사온 것이었다. "법을 만든 날이다, 새 옷을 입어라"고 어머니가 말씀하신 것으로 나는 지금도 기억한다. 나는 그때 어려서 잘 몰랐지만, 그 설화적인 가난의 멍에를 지고 자유당의 무법천지를 살아가던 어머니에게 법을 만든 날은 자식에게 새 옷을 입혀주고 싶을 만큼 좋은 날이었던 모양이다. 어머니에게 헌법은 과연 무엇이었을까를 생각하면 나는 지금도 눈물겹다. 제헌절은 학교에 가지 않았으니까 나는 새 옷을 자랑할 수도 없었고, 동네에서 하루종일 아이들하고 온갖 개구쟁이 망나니짓을 하면서 놀았다. 나는 엿이 너무도 먹고 싶어서 신고 있던 운동화를 엿과 바꾸어 먹었고 어두워져서 집으로 돌아왔을 때 어머니가 주신 새 옷은 흙투성이 헌옷이 되어 있었다.

어머니는 거칠고 사납고 과장된 말을 무척 싫어하셨다. 남의 감정을 상하게 하지 않으면서도 자신의 생각을 말할 수 있는 단정하고 순한 서울말을 어머니는 좋아하셨다. 내가 문밖 아이들과 놀다 돌아오면 어머니는 "너, 개네들 말버릇 따라하지 마, 왜가리 짖어대는 것처럼 말하지 마, 반듯하고 조용히 말해라, 조용히 말해야 남이 듣는다"고 타이르셨다. 어머니는 종결어미가 불분명한 말을 싫어하셨고 늘 대하는 이웃집 아낙네들에게도 말꼬리가 분명한 존댓말을 쓰셨다. 어머니는 이제 너무 늙고 또 아파서, 당신의 고운 말씨를 모두 잃어버리셨고 한 되와 두 되를 구분하지 못하시지만, 내 가난한 어머니의 고향은 향토가 아니라 척도와 언어였던 모양이다.

어머니 이야기를 하려고 이 글을 시작한 것은 아니다. 내 고향 서울 사대문 안은 이미 오래전부터 그 누구의 고향도 아닌 익명의 공간이 되어버렸고 며칠 전 설 연휴기간 중에 내 고향의 남대문은 불타서 없어졌다.

내 소년 시절에는 한강에 다리가 두 개밖에 없었다. 하나는 기차가 다니는 한강철교였고 또하나는 자동차, 보행자, 우마차, 자전거가 다니는 한강인도교였다. 한강인도교를 4차선으로 넓힐 때 박정희 대통령이 차지철을 데리고 나와서 테이프를 끊고 전국이 축제 분위기로 들떠서 꽹과리를 때리고 상모를 돌리면서 난리치던 기억이 난다.

지금 한강의 다리는 26개다. 명절이 되면 고향으로 가는 사람들은 26개의 다리로 한강을 건너서, 가고 또 가고 기어이 간다. 기어이 갔다가 기어이 돌아온다. 고향으로 가는 사람들이 다들 서울을 빠져나가면, 내 고향 서울 사대문 안은 문득 넓고 적막하다. 명절이 되어도 갈 곳이 없는 나는 텅 빈 내 고향의 거리를 혼자서 어슬렁거린다. 거기는 이제 누구의 고향도 아니고, 고향으로 갔던 사람들이 다들 돌아와도 그 또한 아무의 고향도 아니다. 거기는 만인의 타향이다. 2008년 설에 고향으로 내려갔던 사람들이 다시 서울로 돌아오던 날, 내 고향 서울의 남대문은 불타서 없어졌다. 아침에 택시를 타고 가보니 남대문은 타다 만 장작더미였다.

나는 10년 넘게 일산에 살고 있다. 사대문 안에서 셋방, 시민아파트를 전전하다가 불광동, 연신내를 거쳐서 일산까지 내려왔다.

일산에 와보니, 이 또한 아무의 고향도 아니다. 여기는 신도시다. 수많은 교회와 러브호텔, 섹시바, 나이트클럽, 카페, 지압방, 발바닥 전문 마사지방, 노래방, 침대 있는 노래방, 찜질방, 사우나, 성인용품 가게, 남성 전용 휴게실, 이발소, 헤어살롱, 손톱 다듬어주는 가게(네일살롱), 발톱 다듬어주는 가게(페디살롱), 가슴 코 눈꺼풀 종아리 볼 전문 성형외과, 개털을 염색하고 파마해주는 동물미용실, 개한테 침뜸 부황 진맥 물리치료 보약을 해주는 동물한방병원, 일본 이탈리아 중국 베트남 스페인 프랑스 터키 등 각 나라 음식점, 여대생이 해준다는 안마시술소 들이 한동네에 들어서 있다. 어느 날 저녁, 길거리 카페에서 혼자 술을 마시면서 창밖을 내다보니까 핸드마이크를 어깨에 멘 기독교인이 초저녁 러브호텔 앞에 와서 마이크로 외쳤다. "회개하라. 종말이 가까웠다."

나는 혼자서 웃었다. 나에게는 혼자서 웃어야 할 일이 많다. 일산으로 이사 와서 나는 경기도 일산 사람이 되려고 도서관에 가서 고양과 일산에 관한 역사책, 지리지, 사료집, 고

고학적 발굴보고서, 민속자료 연구서, 무속자료 들을 읽었다. 책을 읽고 집으로 돌아온 날 저녁에 나는 또 그 러브호텔의 거리에 앉아서 술을 마시곤 했다.

일산은 넓은 들이다. 곡릉천, 창릉천 두 개울이 흘러서 한강 하구에 닿는데, 신석기 유물들은 대부분 이 두 하천 유역에서 출토되었다니, 이 개울이 사람들의 수만 년 터전임을 알 수 있다. 밤이면 교회의 네온사인 십자가들과 러브호텔의 전광판이 뒤섞여 돌아가며 불야성을 이루는 마을의 이름들이 『삼국사기』 지리지에 그대로 나온다.

일산은 한강 하구의 충적평야다. 신시가지 지역에서는 정발산이 가장 높아서 해발 88미터이고 낮은 언덕들이 흘러내려서 한강 물가에 닿아 소멸한다. 땅이 평평하고 넓었으나 한강 하구가 자주 범람해서 사람들은 땅에 뿌리박을 수 없었다. 1925년 을축년에 대홍수가 있었고 1930년 한강 하구에 둑이 건설되었고 1970년대에서 1990년대까지 배수시설과 경지정리가 이루어졌다. 일산 신시가지의 땅은 한강둑과 배수시설에 의해 비로소 농경지로 편입될 수 있었다.

1990년에 시작된 신도시 개발사업으로 일산은 천지개벽했다. 일산은 황무지에서 농경지로, 농경지에서 신시가지로 바뀌었는데, 이 격변의 과정이 불과 60년 안에 이루어졌다.

그렇게 해서 만들어진 도시와 풍경이 지금 내가 살고 있는 마을이다.

한국선사문화연구소와 단국대학교 한국민족학연구소는 일산 신도시 개발지역을 학술조사하고 보고서 두 권을 발간(1992년)했는데, 거기에 일산의 개벽을 다음과 같이 기술했다.

> 자연의 구체적인 부면들에 대한 개별적인 적응과 이용으로 이루어지던 생활 및 주거 형태에서, 일정한 지역의 전 범위에 걸쳐 단지 평면적인 아파트 건물군의 입지군으로서만 자연이 그 유용성을 인정받는 새로운 생활 및 주거 형태로의 변화가 일어나게 되었다. (…) 이러한 과정에서 모든 것은 화폐로 계산이 가능한 상품으로 변화될 것이 강요되었다. 농민들이 일구어온 생산수단과 생활수단 및 정신적인 것까지를 포함한 존재의 모든 측면, 예컨대 일생 동안 살아오면서 겪은 추억까지도. 이것들이 곳곳에 묻혀 있고 스며 있던 마을의 뒷동산, 논두길 등과 함께 '보상가격'이라는 이름의 교환가치가 매겨졌다.
>
> _류기선, 「근세의 일산」

신시가지 공사가 착공되자 턱없이 낮은 '보상가격'으로 내쫓기는 원주민들은 격렬히 저항했다. 그들의 삶 전체가 가격으로 보상받을 수 없는 것이기도 했거니와 그 가격은 미래를 포함하지 않는 것이었다. 원주민들에게 새로 지을 아파트 입주권을 주기도 했으나 입주에 따른 현금을 부담할 능력이 없는 사람들이 많았다. 불도저와 포클레인을 향해서 원주민들은 돌멩이를 던지고 분뇨를 퍼부었다. 그때 나는 서울 불광동에 살고 있었는데 싸움의 현장을 직접 가서 보았다. 달려드는 불도저를 향해 분뇨가 담긴 소주병을 던지며 사람들은 울면서 노래했다.

나의 살던 고향은
꽃 피는 산골
복숭아꽃 살구꽃
아기 진달래

나는 일산으로 이사 와서 일산에 관한 책을 많이 읽었다. 나의 독서는 고향 없는 자의 자기 위안일 뿐, 책 속에 고향이 있을 리는 없었다. 그때 울면서 〈고향의 봄〉을 노래하던 사람들은 지금은 어디론지 흩어져갔고 일산은 여전히 누구의 고향도 아니다. 밤마다 교회의 불빛, 카바레의 불빛, 러브호텔의 불빛이 뒤엉킨다. 밤에 정발산 꼭대기나 내 작업실이 있는 오피스텔 옥상에 올라가면 그 뒤엉켜서 들끓는 불빛을 볼 수 있다.

남대문에 불을 지른 범인은 일흔 살의 노인인데, 일산 원주민이었다고 한다. 신문에 난 기사를 읽었다. 일산에 땅을 가지고 있었는데 신도시 개발할 때 보상금 1억 정도를 받고 토지를 강제수용당했다고 한다. 아무도 그 노인의 원한을 귀담아들어주지 않았고, 노인은 원한을 풀 길이 없어서 남대문에 불을 질렀다고 경찰에서 진술했다. 나는 서울 사대문 안 사람인데, 거기에서 뿌리 뽑혀 일산으로 왔고, 노인은 일산 사람인데 일산에서 뿌리 뽑혀 남대문에 불을 질렀다. 노인은 10년 형을 받고 교도소로 가서 아마도 거기에서 여생을 마칠 것이고, 나는 무슨 뾰족한 수가 있기 전에야 도리 없이 일산에서 살아야 할 것이다. 남대문은 내 고향 서울의 오랜 상징이었다. 남대문은 고향의 상징일 뿐 아니라, 그 마을이 만인의 고향이 될 수 있는 보편적 공간이라는 표상이기도 했다. 고향에서 뿌리 뽑힌 일산의 한 노인이 불을 질러서 남대문은 이제 타다 만 장작이 되었다. 관리들이 장작을 모아서 쓰레기장에 내다버렸다고 한다.

설 연휴가 끝나고 사람들은 다시 서울로 돌아와서 도심은 교통체증에 막혀 헐떡거리고 있다. 사람들이 명절이면 기어이 돌아가는 그 고향이 아직도 그들의 고향일 것인가. 당신들의 고향은 아늑하고 포근한 어머니의 품인가. 불타버린 내 서울의 남대문을 보아라. 그리고 내 고향 서울을 다시는 타향이라고 말하지 마라. 타향 위에 고향을 건설하지 못하는 한 당신들은 영원히 고아이며 실향민인 것이다. 내 고향 서울에 이제 남대문은 없다. 남대문을 복원하더라도 그 복제품일 뿐, 조선 태조 7년(1398년)에 세워진 그 남대문은 연기가 되어서 사라졌다.

고향 3

한 세대 전까지 서울 사대문 안에서 세거世居했던 토박이 어른들의 서울 사랑은 끔찍했다. 그분들은 북한산과 한강으로 기본구도를 삼는 서울의 웅장한 산하와 그 구석구석의 오밀조밀한 자연풍광을 사랑했을 뿐 아니라, 서울의 서울다운 품성과 삶의 질감을 자랑으로 여겼다. 지방 사람들이 '서울깍쟁이'라고 경원했던 서울의 깐깐한 품성이 그분들의 마음바탕이었다. 대도회지의 삶이 요구하는 엄격한 계약정신과 경우 바른 시민정신, 그리고 반듯한 준법정신이 그분들의 일상의 생활감정이었다.

서울 토박이 어른들은 일상의 언어에 대해서 민감하고도 섬세하였다. 그분들의 말씨는 언제나 조용조용했다. 과장이나 허황된 비유를 쓰지 않았고, 말투에 경음이나 격음이 섞여 들지 않았다. 그분들은 의견이나 소망을 진술하는 언어와 사실을 진술하는 언어를 구별할 줄 알았고, 자신의 직접체험을 말하는 언어와 남으로부터 전해 들은 말을 뒤섞지 않았다. 편차 없는 의사소통이야말로 도회지적 삶의 기본이라는 것을 그분들은 잘 알고 있었다. 그런 점에서, 그분들의 일상언어는 저널리스틱한 언어였다. 같은 서울 안에서도 사대문 안과 밖, 그리고 사대문 안에서도 대궐 언저리의 북촌과 남산 둘레의 남촌 사이에도 거주지에 바탕한 정서적 우월감의 다툼이 없지는 않았지만, 그 다툼을 바탕으로 정치사회적인 패거리를 만들지는 않았다.

이제, 서울과 서울 사람들의 존재성은 다른 지역에 비해서 희미하다. 서울이 고향인 사람들은 이 희미한 존재성을 서울의 커다란 합리성이며 보편성이라고 여긴다. 그런 자기 위안 속에는 이미 회복할 수 없이 망가져버린 고향에 대한 슬픔이 깔려 있다.

요즈음 부쩍 서울의 도시다운 정체성을 묻는 질문이 공론화되어가는 듯하다. 난감한 질문이다. 지금, 서울의 정체성을 대표적으로 상징하는 구조물은 단연코 남산타워다. 어디서든지 보이고 멀리서도 보인다. 거대한 주사기 같은 이 철근 구조물을 멀리서 바라보면, 여기가 서울임을 의심할 수 없다. 남산타워는 서울의 공간정서를 지배하고 장악한다. 말하자면, 랜드마크다. 단언하건대, 서울의 남산타워는 인류가 대도시에 세운 모든 구조물 중에서 으뜸으로 추악하다. 이 추악함은 자명한 바 있으므로 별도의 논증이나 분석이 필요 없다. 이 추악함은 우뚝하고도 힘세다. 이것은 말하자면 추악함의 인류사적 기념비인 것이다.

허네 못 허네 말도 많았지만, 중앙청을 헐어낸 것은 아무래도 잘한 일이다. 중앙청이 사라진 자리에서, 서울의 심층구조는 완연히 살아났다. 세종로 네거리에서 바라보면, 광화문-경복궁-북악산-북한산을 축으로 하는 거대한 구도 속에서, 보다 작은 존재는 보다 큰 존재 속에 안겨 있다. 그 거대한 구도 속에서 자연과 인위는 친화하고 평화는 아늑하되 나약하지 않으며 기상은 우뚝하되 거칠지 않다. 이 구도는 대도시 서울의 존재의 기본축이다. 거기에는 이 산하에서 영위되는 삶의 영원성이 담겨 있다. 이 구도는 시간을 불러들여서 살게 하는 공간이다. 거기에서 단순한 물리적 공간은 역사와 인문으로 전환된다. 정치권력의 핵심부인 경복궁은 이 기본축선상에 놓이고, 그 정문인 광화문은 그 앞으로 뻗은 도로의 중앙축선을 이루며, 이 축선들은 북악산-북한산의 영원성에 닿는다. 이성계, 정도전 같은 조선 개국의 엘리트들이 설정한 이 기본축은 서울의 과거와 미래를 관통한다.

한강은 이제는 옛날처럼 출렁거리며 흘러가지 않는다. 물 흐르는 소리도 들리지 않는다. 위쪽 물길이 수많은 댐으로 막혀서, 한강은 이제 우리에 갇힌 맹수처럼 되었다. 기절한 듯이 언제나 가만히 엎드려 있다. 강은 그저 사람들이 만들어놓은 양쪽의 시멘트 제방 사이에 고여 있는 것 같다. 이 결박당한 강을 만만히 여겨서는 안 된다. 한강은 하류에서 그 위용을 드러낸다. 서강대교에서 양화대교, 성산대교, 행주대교를 거쳐 김포대교에 이르는 강변남로(올림픽도로) 구간에서 한강은 점차 아득한 강폭으로 벌어지면서 무한에 접근한다.

행주산성 건너편, 강서구 가양동 양천향교 뒷산은 겸재謙齋 정선의 한강 관측소였다. 겸재의 화폭 속에서 강의 북쪽 대안에는 반짝이는 모래톱이 펼쳐져 있고, 서울의 들판이 끝나는 그 너머에는 북한산의 푸른 봉우리들이 솟아 있다. 행주를 지나면서부터 강폭은 더욱 벌어지고 강은 흐름의 힘을 서서히 버리면서 바다와 합쳐지는 소멸의 길을 준비한다. 이 소멸은 멀고 먼 상류의 산악으로부터 바다에까지 이르는 새로운 흐름을 예비하는 소멸이다. 그리고 북한산은 그 소멸하는 강 너머에 우뚝하다. 북한산은 역사적 삶의 영원성의 표상이다. 그리고 한강은 생성과 소멸을 거듭하는 새로운 시간의 흐름이다. 북한산은 '있음being'이고 한강은 '됨becoming'이다. 이것이 서울의 서울다운 정체성의 근본이다.

서울이 아무리 망가져도, 산하가 남아 있는 한 이 정체성은 살아남을 것이다. 그것은 지금도 시퍼렇게 살아 있다. 남산타워는 아니다. 서울의 정체성을 묻는 질문은 비로소 고개를 들기 시작했다. 북한산과 한강 사이의 공간에 서울다운 합리성과 보편성을 건설하고, 서울다운 삶의 질감을 이루어내는 일이 서울의 정체성을 확립하는 길이다. 북한산과 한강은 크고 또 넓어서 능히 만인의 고향이 될 만하다. 다들 서울로 몰려들어서, 출신지 지역별로 정치적 패거리 작당을 한다면, 서울은 끝끝내 만인의 타향일 뿐이다. 한강은, 아직은 타향을 흐르는 강이다.

쇠

영일만의 새벽은 빛으로 가득 찬다.

호미곶에서 925번 지방도로를 타고 포항 쪽으로 내려오면서 바라보는 영일만의 바다는 크고 푸르다. 영일만에서는 물과 뭍이 함께 커 보여서, 거대한 만곡灣曲에 둘러싸인 바다는 일망무제의 수평선보다 더 넓어 보인다. 원양에서 달려드는 파도가 만의 안쪽 깊숙이 밀려와, 이 거대한 바다는 달려들듯이 육지에 안긴다. 영일만에서는 시간과 바람이 맑다. 새벽에, 먼바다에서 새롭게 태어나는 빛들은 이 바다와 육지를 가득 채우고, 형산강 물줄기를 타고 내륙으로 퍼져간다.

서기 158년에 신라 임금은 이 바닷가에서 인간세상으로 빛을 맞아들이는 제사를 지냈다. 영일만은 빛이 닿는 포구였고, 그래서 이 바다의 이름은 지금도 영일迎日이다. 지금, 영일만의 새벽빛들은 포항제철소의 굴뚝에 먼저 와닿는다. 포항제철소의 용광로와 공장들은 영일만 해안선을 따라 숲처럼 울창하게 들어서 있다.

2003년 1월 중순 포항제철소를 견학했다. 오랫동안 기자생활을 했지만 포항제철소는 처음이었다. 포스코 직원은 나의 제철소 방문이 처음이라는 사실에 놀랐고, 나는 제철소의 규모와 적막에 놀랐다. 작은 도시만큼이나 거대한 제철소 공장단지 안에는 인기척이 없었다. 종업원들이 용광로 주변이나 작업라인에 도열해서 비지땀을 흘리며 노동을 하고 있는 것이 아니었다. 모든 작업공정은 사무실 컴퓨터 앞에 앉아 있는 직원들에 의해 원격조종되었고, 쇳물이 흐르는 공장 안에서는 사람 구경하기가 어려웠다.

포항으로 가는 비행기 안에서 나는 내내 신라나 가야 시대의 대장간을 상상하고 있었다. 포항제철소는 가야의 대장간과 무엇이 같고 무엇이 다른가. 변할 수 있는 것은 무엇이며 변할 수 없는 것은 무엇인가. 쇠는 대체 인간에게 무엇이었으며, 무엇이어야 하는가. 비행기 안에서 나는 그런 질문에 스스로 빠져들고 있었다. 이 짧은 글은 그 질문에 대한 내 자신의 대답이다.

포스코 용광로는 철광석과 코크스를 섞어서 넣고 거기에 고온의 열풍을 불어넣어 쇳물을 뽑아내고 있었다. 열풍에 코크스가 타면서 철광석을 녹여 그 안에 스며들어 있던 쇠가 액체가 되어 흘러나오는 것이다. 쇳물을 녹여내는 과정은 돌과 불과 바람의 작용이었다. 원소와 원소가 부딪칠 때, 인간 앞에는 전혀 경험하지 못한 새로운 세계가 열린다. 쇠가 문명을 바꾸어놓듯이, 불은 물질을 바꾸어놓는다. 나는 사실 불의 발생과 불의 작용을 잘 이해하지 못한다.

『연소학』이라는 책에 불은 '물질이 타면서 빛과 열을 방출시키는 현상'이라고 적혀 있었다. 이 말은 아무 말도 안 한 것과 똑같다. "불은 타는 것이고, 타는 것이 불이다"라는 말과 무엇이 다른가. 아마도 물질 안에는 인간이 알지 못하는 힘의 잠재태가 들어 있어서, 그것이 타면서 밖으로 발현되는 모양이다.

돌에 온도를 가하면 돌 속의 쇠는 분리돼 흘러나온다. 그래서 용광로는 여러 원소들을 그 안에 가두고 뒤섞어서 새로운 문명의 소재를 빚어내는 자궁처럼 보인다. 도자기를 굽는 가마는 불의 힘으로 물렁물렁한 흙을 굳게 하는데, 포스코의 용광로는 딱딱한 쇠를 물처럼 흐르게 한다. 도자기 가마 안에서 흙에 고온을 가하면, 수억 년 동안 흙속에 숨어 있던 색깔이 인간 앞에 드러난다. 이것이 고려청자나 이조백자, 또는 막사발의 색깔이다.

그러나 포스코 용광로 안에서 돌은 분해되면서 재로 변한다. 그러니 불의 작용을 이루 다 헤아릴 수 없다. 쇳물이 어느 정도 굳어지면 시뻘건 슬래브로 변해 압연공장의 벨트 위를 달리면서 넓게 펴져나간다. 이 슬래브는 쇠인 동시에 불이다. 불이 돌을 녹여서 쇳물을 뽑아내고, 여기서 다시 불이 빠져나가야 쇳물은 쇠가 된다. 그래서 세상의 모든 쇠는 그 안에 불의 자취를 지니고 있다. 철제 연장은 신석기 연장이나 청동기 연장보다 발전한 문명이지만 그 안에 불과 바람을 포함하고 있다는 점에서 돌보다 더 시원적始原的이라고 할 수 있다.

이 모든 비밀은 용광로 안에서 이루어지는데, 용광로의 안쪽을 이루는 내화벽돌은 흙으로 빚어진다. 흙만이 불을 견디고, 흙만이 자궁의 역할을 할 수 있다.

용광로는 원소들의 나라이다. 나는 포스코의 용광로를 들여다보면서, 원소와 원소들이 서로 껴안고 엉켜 놀고 바뀌면서 소멸하고 또 새롭게 태어나는 과정의 온갖 이야기들이 궁금했다. 그러나 그 원소들 나라의 이야기는 인간의 인식 영역이 아닐 것이었다. 나는 이 세계에는 인간의 인식이 헤아릴 수 없는 부분들이 있어야 마땅하다고 믿는다. 철제 마구나 갑옷을 만들던 가야 대장간이나 에밀레종을 만들던 신라 대장간의 작동원리도 포스코 용광로와 다르지 않았을 것이다. 가야의 대장장이에게 코크스는 없었다. 그러나 가야의 대장장이들도 더 높은 온도를 얻기 위해 성능 좋은 땔감을 찾아서 산속을 헤맸고, 좋은 땔감이 있는 곳으로 대장간을 옮겼다. 가야의 대장장이들도 풍구를 돌려서 화덕에 바람을 넣었으며, 단단하고 매끄러운 쇠를 얻기 위해 아직 덜 굳은 시뻘건 쇳덩어리를 망치로 두들겼다. 가야의 대장장이들도 원소와 원소를 결합해야만 돌이나 모래를 쇠로 바꿀 수 있다는 것을 알았고, 불과 바람의 상승작용을 알았다. 이 원리는 바뀔 수 있는 것이 아니고, 포스코 용광로도 이 원리에서 이탈할 수는 없을 것이다. 그래서 최첨단 철강제품을 만들어내는 일은 아득한 시원의 시대를 미래와 연결시키고, 돌과 불과 바람으로 문명의 물적 토대를 일궈내는 일처럼 보였다. 그러니, 포스코의 첨단 컴퓨터 앞에 앉은 일류기술자들과 가야의 대장장이는, 내가 보기에는 별 차이가 없었다. 그들은 가장 근원적인 조건들을 끌어모아서 최첨단의 문명을 지향하는 인간들이었다. 포스코 용광로를 바라보면서, 나는 변하는 것보다 변할 수 없는 것들이 인간에게는 더 소중하다는 사실을 알았다.

변하지 않는 모든 것들 위에서 변화를 추구할 때, 우리는 포스코의 용광로 같은 거대한 문명의 자궁을 건설할 수 있다. 나는 이것이 영일만의 빛이라고 믿는다. 신라 임금이 맞아들인 영일만의 빛은 인간의 내면에서 발원하고 있었다. 신라 임금은 변하지 않는 빛 속에서 새로운 빛을 찾아왔다. 국립박물관 가야실에 전시된 옛 철제도구들의 잔해는 참혹하다. 세월의 풍화를 견디지 못한 그 쇠붙이들은 이제 녹슬고 썩고 부서져서 칼인지 창인지조차 구분하기 어렵다. 그러나 같은 시대의 철제도구 중 아직도 쇠의 위엄을 간직한 물건들도 있다. 마구나 갑옷, 화살촉 중에는 모습이 온전한 물건들도 많다. 고대의 쇠붙이들은 그 성분의 순수함이나 단련 정도 또는 매장지의 지질학적 환경에 따라서 썩었거나 혹은 온전하다. 썩지 않고 휘지 않고 무뎌지지 않는, 강도 높은 쇠를 만들어내는 것은 가야 대장장이들의 꿈이었고, 고대국가의 흥망성쇠가 걸린 사업이었다. 신라가 가야제국을 정벌하고 다시 그 여세를 몰아 삼국을 통일한 시대의 한국사는 가장 많은 피를 흘렸다. 김부식은 그 시대에 "피가 흘러 내를 이루었고, 방패가 피에 떠내려갔다"고 기록했다. 철제무기의 시대였다.

『삼국사기』에는 통일의 영웅인 김유신이 철제 도끼를 들고 등장한다. 청동기에서 철기로의 이행이 칼로 무를 자르듯이 바뀐 것은 아니었다. 문명의 바탕을 이루는 소재는 서로 겹치고 습합되면서 서서히 이전되었다. 그러나 부족병합과 통일전쟁에 이르는 시대의 사람들은 새로 태어난 쇠의 단단함에 매혹되어 있었던 것 같다. 가야의 가장 중요한 국책산업은 농업과 제철업이었다. 신라의 산업구조도 이와 같았다. 합천의 산골마을에는 지금도 가야시대의 제철소와 대장간들의 흔적이 남아 있다. 가야 고분은 온갖 철제무기들의 박물관이다. 마구와 갑옷이 인간에 장착된 상태로 출토되기도 하고, 통 속에 든 화살이 통째로 나오기도 한다. 쇠를 들고 싸웠던 가야 사람들은 죽어서도 쇠에 둘러싸여 있다. 쇠는 그들의 자부심이었고 미래를 건설하는 수단이었으며, 세계를 개조하려는 열망의 도구였다. 박물관에 가보면 신라는 금의 나라고, 가야는 쇠의 나라라는 생각이 든다. 나의 이 생각은 잘못된 인상이다. 금은 쇠보다 보존성이 뛰어나서 썩지 않고 무덤 속 세월을 버티어낸 것이고, 또 박물관 신라실이 번쩍이는 금붙이 중심으로 꾸며졌기 때문일 것이다. 신라나 가야나 모두 나라의 기본 토대는 금이 아니라 쇠였을 것이다.

쇠가 이룩한 토대 위에서야 비로소 금관과 금귀고리, 금허리띠의 정교함이 발현될 수 있기 때문이다. 금으로는 왕관과 장신구를 만들 수 있고 예술품을 만들 수는 있지만, 전쟁을 수행할 수 없고, 황무지를 갈아서 농경지로 바꾸어놓을 수 없다. 쇠는 전쟁을 수행할 수 있고, 땅을 경작지로 바꾸어놓을 수 있다. 쇠는 고대국가들에게 문명의 신바람을 안겨주었다. 쇠는 전쟁을 더욱 전쟁답게 만들었고, 농업생산력을 높여주었다. 쇠는 정치적 토대를 이룩하지만 금은 여기에 미치지 못한다. 청동제 칼로 전쟁을 하던 사내와 철제 칼로 전쟁을 하던 사내가 전쟁과 살육을 몸으로 이해하는 정도는 비교도 할 수 없을 정도로 다르다. 나무쟁기를 땅에 박는 농부와 쇠쟁기를 땅에 박는 농부도 그러하다. 그러므로 쇠의 꿈은 세계를 개조하는 사명을 완수하는 것이었다. 무기와 농기구는 세계를 개조하려는 인간의 도구다. 인간은 손에 연장을 쥐지 않고서는 이 세계와 맞설 수가 없다. 가야의 대장간에서는 쇠를 녹여 무기도 만들고 농기구도 만들었다. 무기를 만드는 대장장이가 농기구를 만드는 일은 어렵지 않았을 것이다. 쇠를 녹여서 끝을 뾰족하게 벼리면 창이 되고, 폭을 넓히면 호미가 된다. 무기와 농기구는 세계를 개조하려는 인간의 공통된 열망으로 가까운 거리에 있다. 무기는 전쟁의 도구이고 농기구는 평화의 도구이다. 이 모순된 운명의 도구들은 같은 화덕에서 태어나고, 쇠의 자식으로 태어나는 것이다. 그리고 세계를 개조하려는 쇠의 모순된 꿈은 전쟁과 평화 사이에 거대하게 걸쳐 있다. 쇠의 이 모순된 꿈은 가야 대장간 화덕에서 빚어지는 것이나 포스코 용광로에서 빚어지는 것이 다르지 않다. 포스코 용광로는 세계를 개조하고 세계를 버티어내려는 쇠의 꿈을 산업사회의 일상 속으로 끌어들여 실현시켰다. 이것이 영일만의 새로운 빛이다. 쇠는 이제 더이상 전쟁과 농업의 기본 토대만은 아니다. 쇠는 생활의 일부이며 그 질감이고 표현이다. 철기시대는 계속 진행중이고, 철기시대는 아직도 완성되지 않았다. 옛 신라가 빛을 맞아들였던 바닷가에서 포스코는 계속되는 철기시대를 진행시키고 있다. 포항제철소 부두에는 여러 나라에서 온 기선들이 차례를 기다려서 쇠를 받아가고 있었다.

자전거의 동력전달장치 속에서도 쇠의 아름다움은 찬란하다. 체인과 베어링은 그 단단함으로 부드러움을 완성한다. 나는 어렸을 때부터 쇠로 만든 연장들을 좋아했다. 해외여행을 할 때마다 그 지방 철물점에 들러서 맘에 드는 연장들을 사가지고 왔다. 쇠붙이를 들고 오는 여행객을 김포공항 보안요원들은 면밀히 조사했다. 내가 모은 연장은 펜치, 망치, 대패, 톱, 니퍼, 스패너, 드라이버, 핀셋, 칼 같은 것들이었다. 한때는 이 연장들이 너무나도 아름답게 느껴져서 그림이나 도자기처럼 벽에 꾹 걸어놓고 쳐다보고 좋아했었다. 그러다가 어느 날 이가 아파서 치과에 갔다가 나는 그 철제 연장들을 보고 경악했다. 치과의사의 연장은 그야말로 쇠의 낙원이며 쇠의 절정이었다. 그것들은 연장이 수행해야 하는 기능과 연장의 생김새가 완벽하게 일치하고 있었다. 군더더기라고는 없었고, 모양과 기능의 일치 속에서 반짝반짝 빛나고 있었다. 그리고 그 연장은 그것을 사용하는 인간의 마음과 그 인간이 작용을 가해야 할 대상 사이에서 완벽한 출동태세를 갖추고 있었다. 치과의사의 연장을 들여다보면서 나는 그 연장을 다루기 위해 치과의사가 되고 싶었다. 모든 연장에는 끝이 있고 날이 있고 손잡이가 있다. 연장은 손잡이로부터 끝과 날을 향해 전개된다. 손잡이는 인간의 쪽이고 끝과 날은 사물의 쪽이다. 쇠가 인간과 사물을 연결시켜, 사물을 개조할 수 있게 하고 썩은 이를 뽑을 수 있게 해준다. 치과 의자 옆에는 완성된 쇠의 아름다움이 가지런히 정렬되어 있었다. 나는 쇠의 아름다움을 들여다보면서 이를 뽑아야 한다는 두려움을 잊고 있었다.

나는 자전거 타기를 좋아한다. 자전거가 고장나면 내 손과 내 연장으로 자전거를 분해해서 고칠 수도 있다. 자전거의 동력전달장치 속에서도 쇠의 아름다움은 찬란하다. 자전거 체인과 뒷바퀴 구동축 속에 들어 있는 베어링에서 쇠의 아름다움은 한 절정을 이룬다. 체인은 많은 관절로 구성되어 있다. 베어링은 매우 강도 높은 쇠다. 체인과 베어링은 그 단단함으로 부드러움을 완성한다. 체인은 유연하게 출렁거리면서 굴러가고, 기어를 변속하는 인간의 명령에 민감하게 반응한다. 베어링은 그 단단함을 이용해 마찰을 제거한다. 단단한 것이 유연성과 운동성을 완성해낸다. 내가 아끼는 연장들의 날과 끝도 단단하고 날카롭다. 뾰족한 펜치의 끝은 민감하고 섬세하다. 쇠는 단단함으로써 부드럽고, 쇠의 날은 날카로움으로써 섬세하다. 쇠는 그 양극단의 모순을 함께 지향한다. 철기시대는 아직 완성되지 않았다. 영일만을 떠나 서울로 오던 날도 바닷가 제철소의 굴뚝에서 나오는 연기는 동해의 바람에 날리고 있었다.

가마

1993년 겨울, 국립중앙박물관에서는 한반도의 선사시대부터 원삼국시대에 이르는 토기들을 한자리에 모아 기획전시회를 열었다. 그 전시회는 무척 재미있었고, 많은 생각거리를 제공했다. 고구려, 백제, 신라라는 정치적 강역에 따른 유형 구분보다는 시대 양식에 따른 유형 구분이 덜 피상적이며, 그것보다는 개별적 물건의 표정을 깊이 들여다보는 편이 사물에 가까이 가려는 사람의 태도일 것이다. 굳이 정치적 강역에 따라 토기들을 유형화해서 말한다면, 고구려의 물건들은 실용성 그 자체를 당당하게 미화해내고 있었고, 신라와 가야의 물건들은 제의적이고 주술적인 인간의 꿈이 물건의 선과 형에 투사되어 있으며, 백제의 물건들은 제의적인 면이 상당히

약화되고 실용성과 제의성 사이에 조화를 이루면서 삶에 대한 경건성을 여유 속에 용해시키고 있었다.

고구려의 물건들은 삶의 앞쪽에 서서 삶을 끌고 나가려는 인간들의 전향적 실용성이 미의식의 과도한 조작을 통과하지 않은 채 실용성만으로 단순한 아름다움에 도달해 있었다. 그 토기들은 졸한 것이 왜 아름다운지 그야말로 졸하게 드러내고 있었다. 백제의 물건들은 삶의 깊은 안쪽에 들어앉은 인간이, 자신이 파악한 삶의 질감과 내용을 세계의 표면을 향하여 겨우 밀어올린 것 같은 표정들로 일관하고 있었다. 그 물건들은 문명 세계의 매체들과 관행들이 지배적 질서를 구축하기 오래전에 이 세상 밖으로 떠밀어올려져 본의 아니게 나들이를 한 인간 최초의 미의식이라 할 만했다. 그 물건들은 한결같이 무슨 기쁨을 속으로 간직했는지 웃고 있었고, 그 출생의 근원 앞에서 경건하였으며, 그 웃음과 경건성으로 더불어 수줍어하고 있었다.

나는 나의 이런 느낌과 그 느낌을 적어내는 언어가 몹시 불안했다. 토기에 대한 나의 이 느낌들과 언어는 도대체 어떤 인식을 근거로 하는 것이며, 그것을 옮기는 언어는 전달될 수 있는 것인가. 나의 느낌과 언어는 혹시, 이 세상에 갓 태어난 선사 토기들처럼 세상에 의하여 감지되고 해석되는 것이 두

럽고 수줍어 마땅히 입다물고 스스로 고요해져야 옳은 것이 아닐까.

나는 중앙박물관의 고대 토기 앞에서 머뭇거렸다. 이런 망설임을 스스로 위로하려고 백제 토기를 재현해내고 있는 토기 가마를 찾아갔다. 충남 부여에 있는 '백제요'의 가마였다. 거기서 나는 오랫동안 가마의 어두운 안쪽을 들여다보았다. 그 어둠은 지극히 인공적인 공간이었지만 그 인공성을 제거하려는 또다른 인공적인 장치들을 구비하고 있었다. 인공성을 제거하려는 또다른 인공성에 의하여 우리는 자연에 도달할 수는 없지만 아름다움에 도달할 수는 있는데, 그때의 아름다움은 인공 자연이다. 인공 자연은 자연 그 자체보다 훨씬 더 인간에게 친숙하고, 인간과 자연을 매개하는 해설자의 역할을 수행할 수 있다.

가마의 어둠은 물, 불, 바람 그리고 흙 같은 원소들이 서로 자연으로서의 성질들을 삼투시켜가며, 그 삼투작용들이 모두 합쳐져서 하나의 새로운 인공 자연을 빚어내는 잉태의 공간이었다. 그 구조는 거대한 여성 성기와도 같았다. 도공들은 가마에 불을 대는 행위를 '가마 익힌다'라고 표현하고 있었다. 그 말은 토기가 흙으로 빚어져서 세상에 태어나는 과정, 곧 토기의 회임에서 출생에 이르는 모든 과정을 매우 적절히 표현함으로써 토기의 본질을 관통하고 있었다.

불은 물과 상극이지만, 둘은 같은 성질을 갖고 있다. 물의 흐름은 지표 위에서 가장 자연스런 물리력의 유동이고, 불의 흐름은 공기 속에서 가장 자연스런 화학력의 유동이다. 그것들은 모두 가장 자연스럽고 자유롭고 편안한 곳을 지향하고 있다. 그것은 좁은 곳에서 넓은 곳을 지향하며, 자신에게 가해지는 모든 외력에 순응하면서 그 외력을 넘어선다. 가마 안은 벽으로 구획되어 있고, 그 벽에는 불구멍(살창구멍)이 뚫려 있다. 불들은 그 구멍을 통해서 구획을 넘어간다.

벽의 중심 부분에 뚫린 구멍은 작고, 가장자리로 갈수록 구멍의 크기는 커진다. 불길을 가마의 가장자리로 유도함으로써 가마 전체의 온도를 일정하게 유지하면서 한 개 한 개의 그릇이 아니라 가마 전체를 '구워내기' 위한 인공적인 장치였다. 불은 그 구멍을 통해 가마 속을 흐르면서 흙과 물의 성질 속으로 삼투되어 흙과 물의 성질을 변화시킨다. 완성된 한 개의 토기 속에는 불이 들어 있는 것이다.

물은 흙의 입자들을 서로 반죽시켜서 흙의 흩어진 알맹이들을 엉기게 한다. 흙은 물을 만나서 비로소 가소성可塑性을 갖는다. 물과 흙이 결합된 반죽은 물과 흙의 성질을 모두 지니고 있지만, 더이상 물이나 흙이 아니다. 물과 흙이 만나서 빚어내는 이 응집력이야말로 경험되지 않은 새로운 공간을 창조할 수 있는 자유의 터전이다. 그 터전은 인간의 꿈을 받아들여주는, 귀화할 만한 자리이다.

흙과 물을 반죽할 때, 그것들은 인간의 손금으로 스밀 듯이 인간의 살에 밀착한다. 반죽은 거의 인간의 살의 연장이다. 사람들은 마음속에 들어 있는 꿈과 아름다움의 모양새를 그 반죽을 주물러 실현할 수 있다. 물레의 회전운동은 그 꿈의 실현을 구체적으로 공간화시켜준다. 물은 흙의 물리적 성질을 변화시키고, 불은 물과 흙, 그 두 쪽을 모두 화학적으로 변화시킨다. 손으로 빚어진 반죽은 그릇의 모양을 갖추었으되, 아직은 그릇이 아니다. 그것은 그릇의 잠재력이며 그릇의 가능성이다.

그러나 불을 만나기 전의 반죽의 아름다움은 몽상 속의 아름다움일 뿐이다. 반죽의 아름다움은 흙의 깊은 안쪽에 숨어 있는, 보이지 않는 가능성들의 아름다움이다. 불이 그 가능성을 발현시킨다. 빚어진 그릇이 구워질 때, 물은 흙을 떠난다. 물이 흙을 떠날 때 물은 제 몸을 거두어가고 그 기능만을 흙 속에 남기는데, 흙은 물이 남기고 간 가소성에 의지해서 형태를 유지한다. 그러고는 불이다. 가마 속으로 들어간 그릇의 가능성들은 익어가는 가마 전체의 틀 속에서 저마다의 속내를 발현한다.

토기의 색은 흙의 깊은 안쪽에 들어 있는 것인데 그것들은 불의 힘에 의해 세계의 표면으로 끌어올려진다. 그 색들은 원래 흙의 캄캄한 안쪽에서 억만 년을 매몰되어 있던 색들의 잠재태일 터이다. 불이 그것들을 끌어올려 살아나게 한다. 그 색의 가능성들이 색의 발현태로서 끌어올려지는 과정은 매우 길고도 즐거운 여정이리라. 그러나 인간의 언어로 쓰여지는 나의 글은 그 여정에서 보여지는 저 은밀한 이야기들을 따라잡지 못한다.

하나의 토기가 태어날 때 그것들은 물과 불과 흙과 공기의 모든 원소들을 편력한다. 그리고 하나의 토기는 그 어느 요소도 아닌 새로운 인공의 자연이다. 가마에 불이 꺼지고, 토기들이 쏟아져나올 때, 완성된 토기는 저마다의 운명의 색깔로 반짝이거나 혹은 조용하다. 그것들은 저마다 개별적인 표정을 띠고 있다. 토기가 쏟아져나올 때 그것들은 얼마나 많은 말들을 참고 있는 것인가. 그것들이 걸어오는 말에 나는 응답하지 못한다. 그것들은 공통된 본질 위에서 개별적 운명의 색깔을 드러내는 것이다. 나는 그 비밀에 응답하지 못한 채, 토기 한 점을 사서 서울로 돌아왔다.

셋

어떤 새는 저녁 무렵에 혼자서 바다로 나아간다. 가슴에 석양을 받으며 새는 캄캄해지는 수평선 쪽으로 날아간다. 혼자서 날아가는 새는 저 혼자서 바다 전체를 감당하려는 듯하다. 한 마리의 새는 바다 전체와 대치하고 있다.

한 마리의 개미 역시 그렇다. 개미 한 마리가 땅을 기어갈 때, 그 개미는 홀몸으로 땅 전체와 대치한다. 한 마리의 사슴이나 사자도 그러하다.

깎아지른 벼랑 끝에 앉아 있는 독수리 한 마리는 저 혼자서 이 세상 전체를 내려다보고 있다. 이 한 마리는 외롭고 또 위태로워 보이지만, 이 외로움은 완벽한 존재의 모습을 갖춘 것이어서 살아 있는 모든 것들은 본래 혼자일 뿐이라는 운명을 일깨운다. 나는 혼자서 밤바다로 나아가는 새의 내면을 들여다볼 수 없다. 새 또한 나를 들여다보지 못할 것이다.

'하나'라는 존재의 모습은 늘 나를 질리게 한다. 산속의 무덤들은 여럿이 모여 있지만 그 모임은 군집일 뿐 소통은 아니다. 죽음이야말로 가장 완전한 개별적 행위다. 살아 있는 모든 것들은 다들 혼자 죽어서 저 혼자만의 무덤을 이룬다.

새 두 마리가 날아갈 때, 세상의 질감은 완전히 바뀐다. 새 두 마리가 날아가는 풍경은 '함께' 날아가는 것 같기도 하고, 따로따로 혼자서 날아가는 것 같기도 하다. '둘'이라는 실체는 정말로 존재하는 것일까. 아니면 '하나'만이 존재하는 것이고, '둘'이란 그 '하나'의 중첩에 불과한 것인가. 이런 질문은 쓸데없어 보이지만 고통스런 질문이다. '새 두 마리가 날아간다'는 언어는 가능한 것인가. 두 마리란 한 마리가 두 번 겹쳐져 있는 풍경에 불과한 것이 아닌가. 나는 그런 질문에는 대답하지 못한다. 그러나 새 두 마리가 날아가는 풍경은 새 한 마리가 날아가는 풍경보다 나에게는 편안하게 느껴진다. 두 마리는 덜 위태로워 보인다. 새 두 마리는 관계를 형성하고 있다. 그래서 두 마리의 새는 풍경과 대치하고 있기보다는 새끼리 서로 대치하고 있다. 이 관계는 난해하다. 그것을 사랑이라고도, 긍정이라고도 함부로 말하기는 어렵지만 두 마리는 한 마리보다 안정된 풍경이다. 두 마리가 날아갈 때 '너'와 '나' 같은 인칭이 발생하고 비로소 언어라고 할 만한 것들이 발생한다. 그 두 마리가 서로 따로따로인 두 마리라 하더라도 두 마리는 '너' 아니면 '나'인 것이고, 내가 너를 너라고 부를 때, 너라고 부르는 나는 너의 너인 것이다. 그래서 '너'와 '나'는 같은 말이다. 말이 오가는 방향만이 다른 것이다.

세 마리는 어떤가. 세 마리의 새가 날아갈 때, 이 세계의 관계망은 완성된다. 세 마리는 '너'와 '나'와 '그'를 이룬다. 세 마리는 각자의 일인칭을 거느리면서 삼인칭의 공간을 날아간다. 세 마리가 날아갈 때, 언어는 더욱 교묘해지고 복잡해진다. 세 마리는 언어를 완성한다. '나'의 언어가 향하는 방향에 따라서 '너'와 '그'는 바뀐다.

새 한 마리, 새 두 마리, 새 세 마리가 세상의 내용과 관계를 바꿔놓는다. 그 새들은 언어의 방향을 바꿔놓고, 없었던 의미를 빚어낸다. 세 마리는 가장 편안한 세상의 모습인 것처럼 보이기도 한다. 그러나 세 마리가 날아갈 때도 새들은 역시 한 마리씩 날아가고 있다. 세 마리가 이뤄내는 세상 속에서 한 마리가 매몰되는 것은 아니다.

이 한 마리가 생명을 가진 것의 단독한 운명일 것이다. 밤바다로 혼자서 날아가는 새 한 마리는 높은 목청으로 울어댄다. 그 새의 울음은 바다에 가득 찬다. 이 세상은 세 마리로 구성돼 있다. 그러나 새 세 마리는 따로따로 혼자서 날아가는 새들이다. 하나 됨을 잃지 않고 셋을 이루는 세상이 좋은 세상일 것이다.

까치

일산에 살고 있는 나는, 저녁이면 일몰의 강화 쪽 하늘로 사라지는 여객기들을 오랫동안 바라보곤 했다. 노을진 하늘 속으로 빨려들어가서 종적을 감추는 여객기들은 이 세계의 대륙 간 하늘을 횡단하는, 힘센 물고기들처럼 보였다. 여객기들은 문명한 대도시들 사이의 전령으로서 아름다워 보였고, 알 수 없는 먼 곳을 향한 충동으로 일상의 진부함을 헝클어놓곤 했다.

중국 여객기가 추락한 김해 돗대산의 현장에는 삶과 죽음이 뒤죽박죽으로 엉켜 있었다. 나는 죽음과 구별될 수 없는 일상의 삶에 대해 심한 모멸감을 느꼈다. 살아 있다고 말할 수 있는 근거를 댈 수가 없었다. 어떠한 관찰자도 그 운명으로부터 예외일 수 없었다. 그날, 밤새도록 장대비가 내렸다. 불에 탄 토막 시신들은 다시 비에 젖었다. 구조대원들은 조각난 시신이 물에 씻겨내려가지 않도록 배수로를 파고 모래가마니를 쌓았다. 산 자와 죽은 자가 똑같이 가엾었다. 아침까지 비가 쏟아졌다.

사흘 뒤에 서울로 돌아왔다. 비행기가 떨어진 김해공항에서 다시 비행기를 타고 돌아왔다. 비행기가 이륙했을 때, 사고현장인 신어산 일대가 내려다보였다. 산은 눈부신 신록으로 덮여 있었다. 나는 등판에 돋는 소름을 느꼈다. 다음날 아침 출근길에, 비는 그치고 신록의 가로수들은 봄빛에 빛났다. 광화문 동십자각 쪽 담장가 높은 가로수 꼭대기에 까치둥지 세 개가 매달려 있었다. 지난해 여름에 까치가 살고 있었는데, 겨우내 보이지 않아서 둥지를 버리고 딴 곳으로 갔겠거니 했다. 아침 출근길에 버스 안에서 나무 꼭대기를 올려다보니까 까치들은 여전히 그 둥지 주변에서 짖어대고 있었다. 나뭇가지를 물어다가 낡은 둥지를 고치고 있었다. 비 갠 날의 눈부신 나무 꼭대기에서, 제 입으로 물어온 건축자재로 제집을 짓는 까치는 여객기를 타고 대륙을 횡단하는 인간보다 복 받은 존재처럼 보였다.

며칠 전의 폭우 속에서 김해의 여객기 추락 현장은 구조대원이 접근하기 어려울 정도로 곤죽이 되어버렸지만, 광화문 가로수 꼭대기의 그 엉성한 까치둥지는 떨어지지 않고, 아침햇살에 빛나고 있었다. 폭우가 쏟아지면 건물이 무너지고 저수지 둑방이 터지는데, 까치둥지는 무슨 공법으로 지었기에 그 높은 꼭대기에 끄떡없이 매달려 있는 것인가. 나는 물론 그 대답을 모른다. 조류학 책을 뒤져보니까, 새들의 둥지는 헐겁고 가벼워서 비바람에 저항하지 않고 나무와 함께 흔들리기 때문에 떨어지지 않는다고 적혀 있었다. 또, 새들이 살고 있는 둥지는 끊임없이 조금씩 보수공사를 하기 때문에 비바람에 대해서 유연한 힘을 유지하지만, 새들이 버리고 떠난 둥지는 힘이 빠져서 비바람에 쉽게 떨어지는 경우가 있다고 적혀 있었다. 아마도, 자연을 거스르는 것들의 강력함은 그 외형과 구조의 견고함에 의지하고 있는 듯하다. 그래서 그 강력함은 허약함을 내장하고 있지만, 이 내장된 허약함은 눈에 보이지 않고, 일이 터지고 나서야 비로소 거대한 허약함을 드러낸다. 자연에 포개지는 것들의 외양은 늘 엉성하고 헐겁다. 그 헐거움은 강력함을 내장한 헐거움이지만, 이 내장된 강력함도 얼른 눈에 띄지 않는다. 그러니, 견고하다 혹은 헐겁다는 인간의 말은 도무지 신뢰할 수 없는 것처럼 들리기도 한다.

김해 사고현장에서 돌아와서 나는 날아가는 여객기의 아

름다움보다도, 높은 나무 꼭대기에 매달린 까치둥지가 더욱 인간 쪽에 가깝다고 느꼈다. 우습고 또 무기력한 말일 테지만, 둥지를 짓는 까치들의 건축공법을 골똘히 연구해서, 이 세상의 모든 구조물들을 처음부터 다시 만들 수는 없는 것인지를 생각했다. 아마도 그럴 수는 없을 것이다. 그러나 그 말이 무기력한 말이라 하더라도 까치의 공법을 궁금해하는 인간의 꿈이 무효인 것은 아니다.

자연은 그 자체로서 무의미한 것일 수 있다. 자연은 물리적이고 물질적인 세계이며, 인과율의 적용을 받는 객관의 세계이다. 그러나 인간이 설정한 의미들보다 더욱 힘세게 인간을 지배하고 있다.

김해 사고현장에서 삶과 죽음을 과학으로 설명할 길은 없어 보였다. 멀쩡히 걸어서 잔해 속을 헤집고 나온 사람 옆자리에서 또 어떤 사람은 불에 타서 재가 되었다. 삶과 죽음은 함께 비애로워 보였다. 다시 그 비행기를 타고 서울로 돌아왔을 때, 인간을 위로해주는 것은 광화문 가로수 꼭대기 까치둥지였다. 인간의 비행기가 추락해도 까치둥지는 떨어지지 않았다.

꽃

옆집에서 마당에 매화나무를 심었다. 올봄에 꽃이 피었는데, 처음에는 이슬 같더니 며칠 지나니까 구름 같았다. 내 방에서 이 나무가 잘 보인다. 그래서 옆집에서 심은 나무는 내 집 마당에 심은 나무와 같다. 구태여 돈 들이고 수고를 들여서 제집 마당에 나무를 심어놓아야만 나무가 아름다울 리는 없을 것이다. 나무나 풀은 본래 주인이 따로 없고, 바라보는 사람이 주인이다. 그런데도 우리집 아이들은 "옆집도 매화를 심었으니 우리도 마당에 꽃 피는 나무를 심자"고 조른다. 소유는 아름다움을 개인화함으로써 그 아름다움을 배가하는 모양이다. 이걸 나무랄 수도 없다.

"우리집 나무나 남의 집 나무나 다 똑같은 것이다. 금강산이 아름다운 것이 아니라, 옆집 매화나무가 더 아름답고 절실한 것이다. 나와 가까운 것들, 내 눈에 잘 띄는 것이 귀한 것이다"라고 말해본들 아이들이 그 말을 알아들을 리도 없다. 그래서 "올봄은 이미 늦었으니 내년 봄에 심자"는 정도로 얼버무리고 넘어갔다. 나무를 심을 엄두는 못 내고, 일년생 화초라도 몇 포기 마당에 심어서 아이들의 성화를 모면키로 하고 동네 꽃가게에 갔다. 농협이 직영하는 대형 매장이다.

야생화는 한 포기에 5천 원씩이었고, 수입종이나 개량종은 2천 원씩이었다. 버려진 들판에 피어나 아무도 거들떠보지 않던 야생의 풀꽃들이 훨씬 더 비싸게 팔리고 있었다.

사람들이 버려진 것들의 아름다움을 발견하기까지 오랜 세월이 걸렸다. 배가 어느 정도 불러진 연후에야, 그리고 화려하고 요란한 것들을 싫증나도록 누린 연후에야, 그 초라한 것들의 아름다움이 비로소 보이게 되는 모양이었다.

농협의 꽃 직판장은 꽃을 사려는 사람들로 붐볐다. 젊은 부부들은 어린아이를 올려 앉힌 손수레를 밀고 다니면서 꽃을 고르고 있었다. 무슨 꽃을 살 것인지, 머리를 마주대고 소곤거리는 젊은 부부들의 모습은 꽃보다 아름다웠다.

아파트에서는 흙을 구할 길이 없다. 흙 한줌을 구하려면 차를 몰고 멀리 교외로 나가야 한다. 농협 직판장에서는 꽃을 산 사람들에게 흙을 한 움큼씩 나누어주고 있었다. 꽃을 산 사람들은 화분에 넣을 흙 한줌을 비닐봉지에 담아서 아파트로 돌아갔다. 팬지, 마거리트나 야생화가 그들의 아파트 창가에 옮겨져 살게 될 것이다.

농협 매장 안 대형 TV에서는 뉴스특보가 진행되고 있었다. 이라크 여러 도시들을 공습으로 부수어놓은 미군들은 중화기를 앞세워 바그다드로 진격해 들어가고 있었다. 미사일들이 불기둥을 뿜어내며 날아갔고, 아파치 헬기가 쏘아대는 포탄이 지상목표물을 명중시켰다.

텔레비전 화면은 불꽃놀이가 벌어진 컴퓨터 게임과도 같았다. 피난민들은 노새를 타고 불타는 도시를 빠져나갔고, 부모를 잃고 팔다리가 잘린 어린이들이 피를 흘리며 울부짖었다. 뉴스 앵커는 바그다드 시내에서의 시가전은 불가피해 보인다고 예측했고, 부시 대통령은 "승리의 그날은 하루하루 다가오고 있다"고 호언했다.

꽃을 고르느라고 모종 좌판을 들여다보던 사람들이 가끔씩 텔레비전 화면을 흘깃거렸다. 전쟁은 간여하거나 개입할 수 없이 멀고, 또 거대하고 강력한 참극이었으며, 사람들은 그 뉴스를 흘깃거리면서도 제집 베란다에서 키울 꽃을 고르고 있었다.

꽃을 산 사람들은 제 손에 들린 꽃을 각별한 애정의 눈으로 들여다보면서 각자 집으로 돌아갔다. 그 인간들은 애처롭고도, 애처로운 만큼 아름다워 보였다. 꽃을 아름답다고 느낄 수 있는 마음은, 그야말로 들판에 피는 야생화처럼 아무런 보호도 받지 못하고 때가 되면 무자비하게 짓밟힐 수 있다. 그리고 이 설명할 길 없는 비극 속에서도 인간은 여전히 꽃을 아름답다고 느끼고, 하고 많은 꽃들 중에서 제집 베란다의 꽃을 더욱 애지중지한다.

그날, 하루종일 마당을 파고 꽃을 심었다. 비료도 주고 물도 주었다. 저녁 무렵에 꽃들은 움츠러들면서 낯선 집에서의 첫날밤을 맞았다. 저녁 뉴스 시간에도 전쟁 뉴스특보는 계속되었다. 바그다드에 피는 봄꽃을 생각했다. 이 세계에 사는 일은 고난과 수치를 내포하고 있다. 꽃조차 예외는 아닐 것이다. 올봄에, 내 집 마당에서 봄꽃들은 활짝 피어날 것이다.

잎

다시 맞는 봄에 새잎이 돋는다. 봄에는, 몇 번의 봄이 더 남아 있을는지를 생각할 겨를이 없다. 봄에는 찰나의 덧없음에 미혹되는 한 미물로서 살아간다. 봄에는, 봄을 바라보는 일 이외에는 다른 짓을 할 시간이 없다. 지나가는 것들의 찬란함 앞에서 두 손은 늘 비어 있다. 나는 봄마다 속수무책으로 멍하니 바빴고, 올봄에도 역시 그러하다. 혼자서 늙어가는 내 초로의 봄날에 자전거를 타고 섬진강 물가를 달릴 적에, 새잎 돋는 산들이 물에 비치어 자전거는 하늘의 길을 달렸다. 아, 이 견디기 어려운 세상 속에는 또다른 세상이 있었구나! 이 별 볼 일 없는 생애는 어찌 그리도 고단했던가. 땅 위의 길과 하늘의 길이 결국은 닿아 있었구나. 봄의 섬진강은 그런 미혹들이 바람에 실려서 불어왔다. 이쪽 길로 가자니 저쪽 길이 아까웠고, 저쪽 길로 가자니 또 그 너머의 길이 궁금해서 자전거는 갈 길을 정하지 못하고 이리저리 굴러갔다. 구례에서 출발한 자전거는 섬진강 동쪽 19번 국도를 따라 내려가다가, 강 건너 서쪽 산이 부르면 나룻배를 타고 강을 건너서 816번 지방도로를 따라 내려갔다. 이쪽에서만 저쪽이 보이고, 또 저쪽에서만 이쪽이 보인다.

새잎 돋는 봄날의 강가에서, 사실 그런 의문들은 다 부질없고 한가한 것이다. 그저 막무가내로, 닿을 수 없는 봄 속을 향해 달리면 그만이다. 어느 성인은 봄의 강가에서 득도했다고, 어렸을 때 읽은 책에 적혀 있었는데, 나는 봄의 강가에서 미혹의 끝을 향해 바퀴를 굴려 나아간다.

꽃은 식물의 성적인 완성이며, 존재의 절정이다. 그래서 꽃은 스스로 자지러진다. 꽃에는 그리움이 없다. 꽃은 스스로 아무것도 그리워하지 않으면서, 그 꽃을 바라보는 사람으로 하여금 눈앞에 보이는 대상을 그리워하게 한다.

나뭇잎은 한 조각의 이파리로서 스스로 자족하기보다는 온 산을 뒤덮는 연두의 바다로서 흔들리고 반짝인다. 어린아이나 어린 강아지나 새로 돋아난 어린 잎은 신생의 빛으로 영롱하다. 어린 강아지의 빛과 어린 새잎의 빛이 닮아 있는 현상에서 나는 생의 신비를 느낀다. 봄의 산에는 그 신생의 빛들이 골짜기와 능선마다 피어오르고, 그 빛들이 강물에 비친다.

봄산의 푸르름은 연두에서 초록으로 이르는 빛의 스펙트럼을 이룬다. 봄의 산은 파스텔이다. 빛과 색의 구획선은 서로 스민다. 소나무도 봄에는 새잎이 돋지만, 소나무의 새잎은 날 때부터 강건한 초록색이다. 소나무의 새잎에는 연두의 애잔함이 없다. 그래서 소나무나 전나무는 추사의 그림에 나올 직한, 이념의 가파름을 애초부터 지니고 태어난다. 봄의 산에서 빛의 스펙트럼을 이루는 숲은 자작나무숲이나 오리나무숲, 은사시나무숲 같은 활엽수들이다. 자작나무숲은 연두에 가깝고 오리나무숲은 초록에 가깝지만, 그 경계는 날마다 이동하는 것이어서 빛이 빛의 꼬리를 물고 여름을 향해 나아간다. 자작나무숲은 가볍고 경쾌하지만 오리나무숲은 깊고 신중하다. 자작나무숲에 내리는 봄비는 촐싹거리지만, 오리나무숲에 내리는 봄비는 후두둑거린다. 잎의 크기와 억세기가 다르기 때문에 비를 맞는 소리도 다르다.

다른 모든 숲들이 여름의 강성한 초록으로 옮겨간 늦봄 무렵에 은사시나무숲은 겨우 깨어난다. 갓 깨어난 은사시나무숲은 희뿌연 연두의 그림자와도 같다. 자작나무숲의 향기는 비리고, 오리나무숲의 향기는 그윽하고, 은사시나무숲의 향기는 어린애가 토해낸 젖의 곰삭은 향기다. 신선한 요구르트 냄새와 비슷하다. 은사시나무숲에 봄바람이 불 때, 이파리들은 바람의 방향에 따라서 일제히 나부끼면서 뒤집힌다. 그래서 은사시나무숲의 빛과 색깔은 그 숲을 스치는 바람의 풍향에 따라서 바뀐다. 봄의 숲들은 이 모든 빛과 색과 냄새의 대오를 거느리면서 여름의 강성함을 향해 나아간다. 온 산의 엽록소는 일제히 깨어나서 아우성친다.

식물학 책을 들여다보아도 엽록소의 정체와 탄소동화작용의 비밀을 알 수는 없었다. 빛을 빨아들여서 먹고 살면서 빛과 더불어 살고, 빛과 더불어 아름다움을 뿜어내는 저 억겁의 이파리들은 복되다.

하루종일 봄산의 언저리와 강가를 자전거로 쏘다니고 나면, 내 피부에 나무처럼 엽록소가 생겨서, 밥벌이에 수고하지 않고도 빛과 더불어 온전히 살 수 있을 것 같은 환각에 빠진다. 그때 숲속에서 오줌을 누면 초록색 오줌이 나올 것만 같다. 그러나 강가를 쏘다니며 적는 이런 글은 스스로 그 피부에 엽록소를 지니지 못한 자의 결핍이다.

수박

아이들이 다 크고 나니까 여름휴가 때 어딜 가자고 졸라대지 않아서 좋다. 그만해도 효도다. 용돈을 좀 주면 저희들 또래끼리 다 알아서 간다. 컴퓨터를 놀려서 시골 간이역 열차시간을 알아내고 피서지 여관방 예약이며 음식점 메뉴까지 챙겨서 간다. 무슨 난리를 치고 놀았는지, 집에 돌아오면 녹초가 되어서 두 발로 제대로 서지도 못하면서 밥도 안 먹고 제 방에서 잠만 잔다. 아직도 한참 더 길러야 되지 싶다.

아이들이 다 놀러 나간 빈집에서 수박 한 덩이와 더불어 여름의 휴일을 보내는 적막을 초로의 궁상이라고 말할 수도 있겠지만 온 천지가 화덕 속이 되어버린 여름날, 한 덩이 수박이 주는 경이와 기쁨에 비할진대 저 악머구리 같은 피서지의 힙합과 하드록은 실로 가여운 바 있다.

수박을 먹는 기쁨은 우선 식칼을 들고 이 검푸른 구형의 과일을 두 쪽으로 가르는 데 있다. 잘 익은 수박은 터질 듯이 팽팽해서, 식칼을 반쯤만 밀어넣어도 나머지는 저절로 열린다. 수박은 천지개벽하듯이 갈라진다. 수박이 두 쪽으로 벌어지는 순간, '앗!' 소리를 지를 여유도 없이 초록은 빨강으로 바뀐다. 한 번의 칼질로 이처럼 선명하게도 세계를 전환시키는 사물은 이 세상에 오직 수박뿐이다. 초록의 껍질 속에서, 새카만 씨앗들이 별처럼 박힌 선홍색의 바다가 펼쳐지고, 이 세상에 처음 퍼져나가는 비린 향기가 마루에 가득 찬다. 지금까지 존재하지 않던, 한바탕의 완연한 아름다움의 세계가 칼 지나간 자리에서 홀연 나타나고, 나타나서 먹히기를 기다리고 있다. 돈과 밥이 나오지 않았다 하더라도, 이것은 필시 흥부의 박이다.

식물학을 공부하는 벗들에게 이 놀라운 사태의 비밀을 설명해달라고 요청한 적이 있었다. 수박은 도대체 어떻게 그 일년생 풀에 불과한 것의 내부에서 이 같은 색과 향기를 만들어내게 되는 것인가. 빗속에도 없고 흙속에도 없고 햇빛 속에도 없는 빛깔과 향기가 수박의 내부에서 어떻게 비롯되는 것인가. 오랜 면학의 세월에도 불구하고 식물학자의 설명은 궁색했다. 그것은 유전형질의 작용이라는 것이었다. 유전형질이 수박 속에서 작용해서 다른 색소를 퇴색시키고 빨간색을 모아나간다는 설명이었다. 그리고 그 향기는 '휘발성 물질'의 일종인데, 그 물질의 정체는 알 수 없고, 수박이 그 물질을 만들어가는 과정의 비밀 역시 알 수 없다는 것이었다. 향기는 공기 중에 떠다니는 것인데 이것을 '휘발성 물질'이라고 해봐야 동의어 반복일 터이고, 유전형질의 작용이라는 말은, 수박이란 본래 그렇게 되어진 생명이기 때문에 그렇게 되어진다는 말과 별 차이 없어 보였다. 그리고 이 궁색한 설명이야말로 수박의 축복이고 모든 과일의 축복일 것이었다. 색깔과 향기로 가득 차서 터질 듯이 팽팽해지는 것이 수박의 자연이다. 이 아름답고 불가해한 것이 한 번의 칼질에 두 쪽으로 열린다.

그러므로 수박을 먹을 때는 수박의 과육을 주사위처럼 오려내서 포크로 콕콕 찍어먹을 것이 아니라, 수박을 껍질째로 초승달 모양으로 잘라서 하모니카 불듯이 두 손으로 쥐고 좌우로 밀어가면서, 입과 코와 가능하면 턱까지 모두 빨간 과육 속에 깊숙이 파묻고 손가락 사이로 과즙을 줄줄 흘려가면서 입을 크게 벌려 걸신들린 듯이 아귀아귀 먹어야 한다. 수박의 경이로움은 식물학자들도 설명할 수 없고 인간의 언어로 바꾸어놓을 수 없는 것이므로 이 축복에 동참하려면 입과 코를 깊숙이 박고 몸속으로 빨아들이는 것 이외에는 달리 아무런 방법이 없다.

수박은 속이 빨간데, 자두는 껍질이 빨갛다. 자두의 생김새는 천하의 모든 과일들 중에서 으뜸으로 에로틱하다. 자두는 요물단지로 생겼다. 자두는 식물임에도 불구하고 동물적 에로스의 모습을 하고 있다. 수박의 향기는 근본적으로 풀의 향기다. 풀의 향기가 수분에 풀려서 넓게 퍼진다. 자두의 향기는 전혀 다르다. 자두의 향기는 육향肉香에 가깝다. 그 향기는 퍼지기보다는 찌른다. 자두를 손으로 만져보면, 그 감촉은 덜 자란 동물의 살과 같다. 자두는 껍질을 깎을 필요도 없이 통째로 먹는다. 입을 크게 벌려서, 이걸 깨물어 먹으려면 늘 안쓰러운 생각이 든다. 이 안쓰러움은 여름의 즐거움이다.

나무에서 어떻게 이런 살덩이들이 열리는 것인지 알 수 없다. 알려고 해도 알아지지 않는다. 그러니 이 또한 아귀아귀 먹어두는 수밖에 없다. 입을 크게 벌리고 앞니를 자두의 살속으로 깊이 찔러넣을 때 살아 있는 인간의 몸은 자두의 살과 한 덩어리가 된다. 자두가 빨아들였던 햇빛과 공기와 물과, 또 그것들을 짜맞추어 빛깔과 향기에 도달하는 자두의 비밀들이 목구멍을 넘어서 몸속으로 퍼진다. 아마도 자두의 생태와 광합성 작용의 비밀을 공허하게 반복되는 동의어로 거듭 설명하기보다는 자두 한 개의 생김새와 맛과 기쁨을 온전하게 내 몸속에 간직하는 편이 보다 확실한 앎에 가까울 터이다.

무등산 수박이 다 익으면 여름이 끝난다. 무등산 수박은 메마른 산비탈의 돌밭에서 온 여름 내내 폭양을 쪼여가며 익는다. 무등산 수박은 햇볕이 뜨겁고 날이 가물수록 더 농밀한 빛깔과 향기와 수분을 끌어모아 연두색 껍질 속에 저장한다. 힘이 좋은 넝쿨에는 20킬로그램이 넘는 수박 덩이가 서너 개씩 달려 있다. 메마른 땅과 뜨거운 햇볕은 여름 과일들의 고난이 아니다. 어디로 피서를 가야 할 것인가를 생각하다가 온 여름이 다 지나갔다. 축복은 저 숨막히는 무더위 속에 있었던 것임을 여름의 끝물에 한입의 과일을 깨물면서 문득 알게 된다. 이 많은 과일들을 지상에 차려놓고, 힘센 여름은 이제 물러가고 있다.

11월

나는 자연사한 새들의 주검을 본 적이 없다. 숲속의 그 많은 새들이 어디로 가서 죽는 것인지 나는 모른다. 내 창 앞 모과나무 가지에서 우는 새도 내가 모르는 어디론지 가서 죽을 것이다. 겨울 철새들은 11월에 날아온다. 시베리아에서 날아오는 겨울 철새들이 시베리아로 돌아가서 죽는지, 을숙도에서 죽는지 나는 알지 못한다. 을숙도 갈대숲을 뒤져봐도 새들의 시체는 없다. 그러므로 시베리아의 전나무숲 속에도 새들의 시체는 없을 것이다. 새들은 대륙을 오고가는 동안에 하늘에서 죽어서 바다로 떨어져내리는 것인가. 새들은 죽음에 죽음을 잇대어가면서 날아오고 또 날아오지만, 새들의 죽음은 보이지 않는다.

나는 자연사한 벌레들의 주검을 본 적이 없다. 여름 풀밭의 그 많던 벌레들은 다들 어디로 가서 죽는가. 숲을 다 뒤져도 벌레들의 주검은 보이지 않는다.

그 사소하게 바스락거리던 것들은 다들 어디로 가는가. 11월에는 이런 하찮고 가벼운 것들의 무거움에 마음을 다치기 십상이다. 봄의 어린 벌레들은 가볍고 명랑하다. 봄의 벌레들은 연두색이다. 봄의 어린 벌레들은 풀잎에서 풀잎으로 건너가지 못한다. 여름의 벌레들은 뒷다리에 힘이 넘쳐서 풀섶을 마구 뛰어다닌다. 여름 벌레들은 초록색이다. 가을에 벌레들은 햇빛에 그을려 누레진다. 가을 벌레들의 머리통에는 숲속에서 이리저리 긁힌 생채기가 나 있다. 가을이 더 깊어져서 11월이 끝나갈 때, 벌레들은 힘이 빠져서 양지쪽에 몰려 있다.

그것들에게도 생애가 있다. 그 사소한 것들도 생로병사와 산전수전을 통과한다. 연두 벌레, 초록 벌레, 누런 벌레 들은 11월에 모두 사라진다. 그것들은 이슬이 마르듯이 사라지고, 주검의 자취를 이 세상에 남기지 않는다. 봄부터 가을까지, 그것들의 주변에서는 늘 바스락거리는 소리가 난다. 11월에 이 바스락거리는 소리가 사라진다. 11월에 죽는 벌레의 임종을 보려고 들판에 나가보아도 벌레의 주검은 보이지 않고 마른 풀만 서걱거린다. 그것들은 본래 없었던 것처럼 가뭇없이 사라진다. 11월에는 있음과 없음 사이에서 길을 잃기 십상이다.

자전거를 타고 임진강 쪽으로 나갔다가, 11월의 마지막 나비를 보았다. 늙고 병든 나비였다. 날개가 부서지고 무늬가 망가진 나비였다. 늙은 나비는 메마른 들꽃을 물고 가을바람에 시달렸다. 바람이 몇 번 더 불어오면 들꽃은 땅에 쓰러질 지경이었다. 바람이 들판을 스칠 때, 나비는 바람의 힘을 감당하지 못하고 쓰레기처럼 이리저리 휩쓸렸다. 아, 저것이 내가 기어이 보려 했던 가을 벌레의 임종이로구나……

나는 오랫동안 나비를 들여다보았다. 나비는 바람에 날개를 뜯기면서, 애초에 바람이었던 것처럼, 바람에 풍화하고 있었다. 나는 나비들이 바람 속에서 죽는다는 것을 알았다. 죽어서 바람이 되어, 들판 저쪽으로 불어간다.

11월의 억새밭을 자전거로 달릴 때, 몸은 하찮은 몸이다. 몸은 가루처럼 바람에 날린다. 내 백골이 자전거를 저어간다. 생명은 가지런하다.

11월은 습기가 빠진 존재의 모습을 가차없이 드러내 보인다. 말라서 바스락거리는 것들이 11월의 들판에 가득하다. 벌레들의 죽음에서도 그런 바스락거리는 소리가 들린다. 11월은 말라가고 바래어간다. 갈대와 억새의 죽음에서도 바스락거리는 소리가 들린다. 11월의 들판은 조용히 바스락거리면서 죽어가는 것들로 가득하다. 나뭇잎이 죽고 벌레들이 죽고 새들이 또 어디선가 바스락거리면서 죽을 것이다.

11월의 추위는 살 속으로 스민다. 11월의 추위는 기어이 살 속으로 스며들어와 살의 일부를 이룬다. 그래서 11월의 추위에는 저항할 수가 없다. 내 몸은 바람 속에서 풍화된다. 살점들이 바람에 뜯겨나가서 가루가 되어 산화한다. 억새도 바람에 끄달리면서 온 들판에 출렁거리며 풍화되어가고 있다.

억새의 뿌리는 땅에 완강히 들러붙어 있고 줄기는 바람에 끌려간다. 땅과 바람 사이가 억새의 삶의 자리다.

억새는 땅에 못박힌 운명을 거역하지 못한다. 억새는 다만 바람에 몸을 뜯김으로써 그 운명에 저항한다. 흰 씨앗들을 모두 바람이 훑어가면 억새는 못박힌 자리에서 죽는다. 순응과 저항이 다르지 않다.

11월에 연애를 하고 있는 내 친구는 말했다. "11월에 사랑하는 사람들아, 길에서 떨지 말고 골방으로 들어가서 살을 부벼라"라고. 나는 그 친구에게 대답해주었다. "내가 졌다"라고.

바람

가을에는 바람의 소리가 구석구석 들린다. 귀가 밝아지기 때문이 아니라 바람이 맑아지기 때문이다. 바람이 숲을 흔들 때, 소리를 내고 있는 쪽이 바람인지 숲인지 분별하기 어렵다. 이런 분별은 대체로 무가치하다. 그것을 굳이 분별하지 않은 채로, 사람들은 바람이 숲을 흔드는 소리를 바람 소리라고 한다. 바람 소리는 바람의 소리가 아니라, 바람이 세상을 스치는 소리다.

맑은 가을날, 소리를 낼 수 없는 이 세상의 사물들이 바람에 스치어 소리를 낸다. 그 난해한 소리를 해독하려는 허영심이 나에게는 있다. 습기가 빠진 바람은 가볍게 바스락거리고 그 마른 바람이 몰려가면서 세상을 스치는 소리는 투명하다.

태풍이 몰고 오는 여름의 바람은 강과 산맥을 휩쓸고 가지만, 그 위력적인 바람은 세상의 깊이를 드러내지 못한다.

가을에는 오리나무숲을 흔드는 바람 소리와 자작나무숲을 흔드는 바람 소리가 다르다. 오리나무숲의 바람은 거친 저음으로 폭포처럼 흘러가고 자작나무나 은사시나무 숲의 바람은 잘 정돈된 고음으로 흘러간다. 나뭇잎의 크기와 흔들림, 그리고 나뭇가지들이 휘어지고 다시 일어서는 강도가 다르기 때문일 것이다.

여름의 바람에 끄달리는 숲은 고통받는 짐승과 같다. 그러나 가을바람에 스치는 숲은 바람과 더불어 편안하게 풍화되어간다. 메마른 가을의 억새숲을 스치는 바람 소리는 하얗게 바래서 자진하는 억새의 풍화를 완성한다. 누렇게 시든 옥수수밭을 스치는 가을바람 소리는 파도의 소리를 닮아 있다. 풍화란, 세상이 바람 쪽으로 이끌려가면서 닳고 또 무너지고 사위어가는 모습이다. 이때의 바람은 시간의 본질이다. 가을에, 물기 빠진 나뭇잎들에는 백골과도 같은 잎맥이 드러난다. 잎맥은 식물의 삶의 통로이며 구조이다. 그 통로가 늙은이의 정맥처럼 돌출해서 바람에 스치운다.

억새잎의 마른 잎맥을 스치고 가는 가을바람 소리는 대금의 소리와 같은 계통이다. 대금을 불 때, 바람은 인간의 몸에서 나오고, 소리는 그 떨판에서 나온다. 바람을 저장한 몸은 가볍다. 바람을 저장한 몸은 또다른 바람에 의해 순하게 풍화되어갈 준비를 마친 몸이다.

가을에, 눈은 산맥을 넘어가고 귀는 수평선을 건너간다. 먼 바다를 건너와서 연안 쪽으로 다가오는 바다의 바람은 원양의 미세한 출렁임을 실어온다. 손으로 만질 수 없는 것들이 가을에는 더욱 확실하고 뚜렷해진다. 가을에는 바람이 불어서 먼 것들이 가까이 실려온다.

겨울의 바람은 날카롭고 우뚝하다. 그 바람은 세한도의 화폭 속을 불어가는 바람이다. 겨울의 바람은 마른 나뭇가지들의 숲을 베고, 도시 빌딩 사이의 좁은 골목을 휘돌고 전깃줄을 울린다. 겨울의 바람은 사람을 낮게 움츠리게 하지만, 가을의 바람은 사람의 눈을 맑게 해서 세상을 보게끔 해준다.

가을의 바람은 세상을 스쳐서 소리를 끌어낼 뿐 아니라, 사람의 몸을 스쳐서 몸속에 감추어진 소리를 끌어낸다. 그 소리 또한 바람이다. 몸속의 바람으로 관악기를 연주하는 인간의 호흡은 그래서 가을날 더욱 선명히 느껴진다.

바람 부는 가을날, 모든 잎맥이 바람에 스쳐서 떨릴 때, 나는 내 몸속의 바람을 가을의 바람에 포개며 스스로 풍화를 예비한다. 악기가 없더라도 바람에 내맡긴 내 몸이 이미 악기다.

5부

글

칠장사
_ 임꺽정

소설 『임꺽정』을 읽는 즐거움은 페이지마다 넘쳐나는 신바람에 올라타서 글과 함께 출렁거리면서 흘러가는 일이다. 밟히고 싸우고 지지고 볶는 기층적 삶의 구체성 속에 녹아 있는 신명이, 구어체 문장의 발랄한 사실성으로 펼쳐지는 것이어서 그 신바람은 막힘이 없고 다함이 없는 강물과도 같다. 그 강물은 삶의 신명과 글의 신명을 합쳐서 나아가는 장강대하長江大河이다.

임꺽정은 이념화된 지향성을 가진 도둑이 아니다. 그는 미래에 대한 전망에 의해 인도되는 자가 아니었고, 탐학과 억압으로 가득 찬 당대 현실 전체에 대한 구조적 인식을 지니고 있지 못하다. 그의 화적질은 혁명이나 변혁 또는 전환이라고 불릴 수 있는 수준이 아니다. 그의 무리는 이념적 일관성이나 완결성을 애초부터 결여하고 있었고 또 그러한 목표를 지향한 적도 없었지만, 그 대신 삶의 구체성과 사실성 위에 탄탄히 뿌리박은 자들이었다. 삶을 살아내는 자들은 삶을 설명하거나 추상화하지는 않는다. 그는 끝없이 짓밟히고 빼앗기는 일상의 현실을 견딜 수 없는 자이고, 그 야만의 현실에 대해 야만의 방법으로 대항하기를 주저하지 않는 자이다. 그는 건설하는 자라기보다는 거부하는 자이고, 거부함으로써 자신의 삶의 정당한 자리를 확보하려는 자이다. 이념이나 추상이 얼씬거리지 못하는 자리에서, 삶의 구체성은 뒤엉켜서 들끓고, 힘찬 무질서들로 생동한다.

칠장사七長寺(경기도 안성시 죽산면 칠장리)는 소설 『임꺽정』 속에서 삶의 역동성을 보여주는 중요한 현장이다.

임꺽정과 그의 무리는 안성 감옥을 부수고 막내둥이뻘인 길막봉이를 구출해서 칠장사로 데려온다. 이때 임꺽정의 무리가 모두 칠장사로 따라와서 불상 앞에서 도둑 일곱 명이 임꺽정을 두목으로 삼고 의형제를 맺는다. 그 칠형제는 임꺽정(38세), 이봉학(38세), 박유복(37세), 배돌석(37세), 황천왕동(34세), 곽오주(27세), 길막봉(22세)이었다.

임꺽정과 그의 무리는 칠장사를 늘 정신적 의지처로 삼고 있었는데 그 절에는 그들의 사부인 병해대사가 계시기 때문이다. 병해는 그 근본은 극천極賤이고 생업은 백정이었는데, 노년에 이르러 칠장사에 주석하면서 생불生佛의 덕성과 위엄에 도달해 있었다. 그러나 임꺽정의 무리가 칠장사에 도착했을 때 병해는 이미 세상을 떠났고, 임꺽정의 무리는 돌아가신 병해를 추모하면서 목불木佛을 만들어 봉안하고 그 앞에서 의형제를 맺는 것으로 이야기는 전개된다. 세상의 신비나 해탈 따위를 믿지 않는 임꺽정에게 칠장사만이 유일한 지성소至聖所인 셈이다.

칠장사는 신라 선덕여왕 때 자장율사慈藏律師(590~658)가 창건한 후 고려 현종 때 혜소국사慧炤國師(972~1054)가 왕명으로 중창한 것으로 전해진다. 칠장사 경내에 남아 있는 혜소국사비(보물 488호)의 비문은 이 절이 소설 『임꺽정』 속에서 도둑들의 지성소로 등장할 만한 배경을 짐작하게 해준다. 혜소慧炤의 소炤는 '조'라고도 읽는데, 소설 『임꺽정』에서는 '조'라고 표기되어 있고 그 밖의 기록에서는 '소'라고 표기되어 있다. 이 글에서는 '소'를 따른다. 이 비석은 가운데가 갈라진 두 토막을 이어놓은 것이어서 허리 부분의 글자를 읽을 수는 없으나, 이어지는 문맥만으로도 혜소의 도력과 행적을 짐작할 수는 있다. 이 비석의 글씨들은 획이 날카롭고 결구가 엄정하여 고려 중기 서체의 삼엄한 금석기가 번뜩인다.

비문에 새기기를,

—갑신년(1044)에 광제사廣濟寺 문 앞에 솥을 걸어놓고 밥을 지어 굶주리는 사람들을 구제하니 천 개의 창고를 다 비웠으며,

—을유년(1045)에 삼각산에 사현사沙峴寺를 새로 창건하고 이곳에 객사를 지어 흉악한 무리들을 불러모으니 도망쳐나온 자들이 모여서 울창한 숲과 같았다.

—도둑들이 공부를 마치고 돌아갔는데, 귀향처는 알 수가 없다.

—무자년(1048) 5월에 가뭄이 들어 백성들이 괴로워하니 대사께서 연좌에 올라 사자후를 펼치시자 갑자기 구름이 일어나 단비가 쏟아져 고루 적시고 만물의 생장을 도와 이삭들이 뽑아올리듯이 자랐다.

—갑오년(1054)에 스스로 토굴로 들어가시어 평상에 앉으셔서 승복을 풀어헤치시고 단정한 모습으로 만 가지 인연을 모두 끊으셨다. 제자들을 불러모아 말씀하시기

를 "인생이란 번개와 같고 밤바람과 같고 별빛과 같고 새벽과 같으니, 나는 이제 무물無物로 돌아가련다. 너희들은 서로 헐뜯고 상하게 하지 마라" 하시었다. 말씀을 마치시고 가부좌로 입적하시니 안색은 마치 살아 계신 듯하였다. 햇빛이 흐려지고 산림山林이 모두 슬퍼하였다. 향년 84세이시고 법랍은 74년이었다.

옛 선사들의 비문이 대체로 그러하듯이, 혜소의 일대기도 짙은 설화의 안개에 덮여 있기는 하지만, 혜소의 비문에는 분명한 연대가 적혀 있고, 또 그 연대에 해당하는 사실적 기록이 딸려 있어서 산문山門과 세속을 함께 아우르던 혜소의 행적을 짐작할 수 있다.

비문에 따르면 혜소는 사찰의 재산을 크게 기울여서 빈민을 구제했으며 '흉악한 무리들'과 '도망쳐나온 무리들'을 사찰 안으로 불러들여 그들을 위해 별도의 건물을 지어 집단적으로 수용해가면서 교화시켰고, '공부'를 마친 도둑의 무리들은 다시 뿔뿔이 흩어져서 사람의 마을로 들어갔다는 것이다. 다시 비문에 따르면 혜소는 가뭄을 괴로워하는 백성들을 위해 사자후 한마디로 비구름을 불러들이는 생불의 도력을 갖추었으며 임종을 맞아서는 단아하고도 단호한 작별로써 무물로 돌아갔다.

이 비석은 혜소의 입적 6년 뒤인 1060년(고려 문종 14년)에 건립되었다. 이 비석에 칠장사는 '漆長寺'로 표기되어 있으나 그후 1383년(고려 우왕 9년)에 내륙 깊숙이 쳐들어온 왜구의 화를 피하여 충주 개천사에 두었던 사적史籍을 죽주竹州 칠장사로 옮겼다는 『고려사』의 기록에는 '七長寺'로 표기되어 있다.

1390년(고려 공양왕 2년)에 왜구들이 다시 안성 쪽으로 육박하므로 고려 조정은 칠장사의 사적들을 다시 충주로 옮기는데, 사적을 옮겨놓고 또 실어내던 즈음에 칠장사는 참혹한 병화를 입었던 것으로 보인다.

지금도 전해지는 이 절의 설화에, 혜소국사가 이 절에서 악인 일곱 명을 거두어 먹이며 교화시켰는데, 악인들이 모두 크게 깨우쳐서 현인이 되었고 이 현인들을 기리기 위해 절 이름을 '漆'에서 '七'로 바꾸었고 절 뒷산도 칠현산七賢山으로 불렀다고 한다.

칠장사는 창건 이후부터 혜소의 재세在世 때까지 '漆'로 표기되었으며, '漆'에서 '七' 사이에 320년이 흘렀고, 이 일곱 도둑의 설화는 혜소의 입적 이후에 형성되었음을 이 기록을 통해서 짐작할 수 있다. 그리고 이 일곱 도둑의 설화가, 혜소의 비문에 기록된 바와 같이 죄 많은 악인들과 떠도는 도둑들과 주린 백성들을 거두어 먹이고 재우면서 교화시켰던 혜소국사의 사실적 행적을 바탕으로 한 것임을 또한 알 수 있다.

소설 『임꺽정』 속에서 도둑들의 정신적 지주였던 병해대사가 백정 출신의 천민으로 생불의 지위에 오른 인물이며, 도둑 칠형제가 칠현산 밑 칠장사에서 의형제를 맺고 그 절에 의탁한다는 설정은 혜소국사의 행적과 그 절을 둘러싼 설화와 긴밀한 연관 속에서 구상된 것으로 보인다.

그러나 길막봉이를 데리고 칠장사로 들어온 도둑 칠형제는 별다른 종교적 제의를 수행하지 않는다. 칠장사 목불 앞에서 벌어지는 제의는 종교적이라기보다는 세속적이다. 일곱 도둑들 중에서 서열 2위라고 할 수 있는 이봉학이 도둑들의 이름과 나이를 연령순으로 읽어내려가고 나서 "그대로 마치기 심심하여"

—결의형제 사생동고

라고 보태었다는 것이다. 그리고 도둑들은 불상에 절하고 또 서열대로 늘어앉아 아우가 형을 향해 절을 한다. 임꺽정은 여섯 명의 절을 받고, 이봉학은 다섯 명의 절을 받고 막내 길막봉이는 여섯 번 절을 해야 하는 방식이었다.

이것이 그들이 칠장사에서 치른 제의의 전부이다. 도둑들이 칠장사에서 보여주는 여러 짓거리와 농담질로 보아 칠장사는 도둑들에게 종교적 비의秘義의 공간이 아니라 세속의 일부일 뿐이다. 도둑들에게 칠장사는 세속의 왁자지껄함과 세속의 거래와 세속의 질서와 세속의 호기심으로 넘쳐나는 곳이었다.

임꺽정은 칠장사에서 부처에 귀의하거나 불경에 귀를 기울이지는 않는다. 도둑들이 모신 목불은 석가모니불이 아니고 죽은 병해의 모상이다. 칠장사에서 임꺽정을 매혹시킨 것은 부처가 아니라 그 절에서 기르는 말馬이다. 임꺽정은 칠장사에서 말타기의 이론가 허담虛潭의 조롱을 받아가면서 말타기를 배웠다. 결국 임꺽정은 말과 마음이 통하게 되었는데, 그 대목의 문장은 다음과 같다.

> 꺽정이가 두 귀 사이의 늘어진 갈기를 만져주니 말의 영리한 두 눈 속에는 정다이 여기는 빛이 보였다. 달포 지내는 동안에 꺽정이가 말을 사랑할 뿐 아니라 말도 꺽정이에게 정이 들었던 것이다.
>
> _홍명희, 『임꺽정』 3권 '양반편', 사계절, 2008

임꺽정은 사나운 도적이었지만, 세상과의 친화력, 사물에 대한 직감적인 이해력을 지닌 인물이었는데, 칠장사의 사나운 말과 마침내 사귀고 통하는 모습을 보여주는 벽초의 문장은 아름답고 힘차다.

칠장사는 임꺽정 무리의 지성소였지만, 그곳은 속俗을 이끌고 성聖으로 향하는 자리가 아니라 오히려 성을 끌어내려 속으로 향하는 자리인 셈이다.

이중환李重煥(1690~1752)의 『택리지』는 안성의 칠장산七長山을 경기 지역 산세의 조종祖宗으로 삼는다.

> 충주 서쪽이 경기도 죽산·여주의 경계이다. 죽산 칠장산이 경기도와 호남의 경계에 우뚝 솟았고 그 산에서 나온 맥이 서남쪽으로 가다가 수유水踰고개에서 끊어져 평지가 된 다음, 다시 솟아나 용인의 부아산, 석성산, 광교산이 되었다. 광교산의 서북쪽이 관악산이고 바로 서쪽은 수리산인데 맥이 서해에서 끝났다.
>
> 죽산에서 또 한 가지가 갈라져 북으로 가며 음죽을 지나 여주에서 그쳤다.
>
> _이중환, 『택리지』, 이익성 옮김, 을유문화사, 2004

이중환은 한 생애에 걸친 방랑의 신산辛酸으로 경기 지역

산세를 묘사하는데, 칠장산이 그 중심에 있고 거기서부터 다시 남북으로 산줄기들은 뻗어나가고 있다. 2003년에 경기도가 촬영한 안성 지역 위성사진을 들여다보면 대동여지도상의 한남금북정맥이 안성시 죽산면에서 높은 기세로 솟구치면서 인접 칠장산 쪽으로 다가오다가 다시 거기서 한남정맥과 금북정맥으로 갈라져 남과 북으로 뻗어나간다(『경기도의 근현대지도』, 경기도, 2005). 아무런 장비가 없이 목측과 발걸음만으로 강호의 표정을 살핀 이중환의 글은 산하의 대종大宗을 정확히 드러낸 것인데, 그 발걸음의 치열함을 가히 알 수 있다. 위성사진으로 들여다보는 안성의 산하는, 죽산에서 솟구치는 산세가 자진모리의 기세로 숨가쁘게 뻗어나가면서 수많은 골짜기와 물줄기를 거느리고 있고, 그 사이에서 편안하게 자리잡은 마을과 들이 물줄기를 맞이하고 있고, 산세가 숨을 죽이고 들이 시작되는 어귀에는 많은 저수지들이 박혀 있다.

안성 지역에는 64개 소의 저수지가 있다. 이 숫자는 경기도의 다른 시군에 비해 압도적으로 많은 숫자이다. 화성·용인 지역은 50여 개 소의 저수지가 있지만 그 밖의 시군들은 1~20개 소의 저수지가 있을 뿐이다.

안성의 이 많은 저수지들은 금광저수지(금광면 소재)처럼 저수량이 1천 2백만 톤이 넘는 대형 저수지도 있지만, 방축저수지(양성면)나 중동저수지(서운면)처럼 4천~1만 톤 미만의 작은 저수지들도 많다(「경기도 저수지 현황」, 경기도 행정자료 참조).

안성의 이 많은 저수지들은 안성 산천의 표정을 여실히 드러내고 있다. 골짜기가 수없이 많고 골짜기마다 한 개씩의 물줄기가 흐르고 물의 하류 쪽으로 마을이 펼쳐지면서 산과 물과 마을이 숨고 또 드러나면서 한없이 이어지는 산하에서 수많은 저수지들이 빚어지고 있다. 그 산하는 산과 들의 리듬과 신명으로 펼쳐지는 활기찬 강호이다. 그러니 농사짓기도 좋고 장사하기도 좋고 화적질하기에도 또한 좋은 땅이었을 것이다. 임꺽정과 그의 무리는 거기서 의형제로 작당했다. 골짜기의 아랫도리마다 들과 마을이 펼쳐지고 마을에는 여기저기 돌미륵이 들어서 있다. 안성의 돌미륵들(안성시 아양동 주공아파트 뒤 공터, 삼죽면 기솔리 국사봉 중턱 쌍미륵, 고삼저수지 아래 대농리 마을 미륵, 죽산면 매산리 고려 미륵)은 모두 동네 미륵이다. 대부분이 고려시대의 미륵상인데 지금도 표정은 생생하게 살아 있다. 이 미륵들은 사찰에 모셔진 불상이 아니라 마을 어귀, 논두렁, 마을 앞 공터, 또는 장꾼들이 지나다니는 고갯마루에 세워졌다. 그 미륵의 표정은 동네 주민의 표정과 흡사하다. 그 돌미륵들이 세상을 쓰다듬는 손바닥을 펴 보이고 있다. 임꺽정의 무리가 칠장사를 오고갈 때도 길목에서 도둑들에게 손바닥을 펴 보이던 돌미륵들은 지금도 산길 언덕에, 아파트 공터에 들어서 있다.

벽초는 이 먼 곳의 골짜기와 마을들과 길과 지리를 어찌 다 알아서 소설 안에 들어앉힌 것인가……『임꺽정』의 사람들은 늘 길 위에 있다. 그들은 가고 또 간다.

안성 들판 여기저기에 들어서 있는 돌미륵들은 모두 다 찾아보고 서울로 돌아왔다. 미륵은 언제나 마을에 있었다.

연어

_ 고형렬

고형렬의 산문 『은빛 물고기』는 연어의 생로병사에 대한 관찰과 명상이다. 300여 페이지에 이르는 이 글의 흐름은 깊고 느리다. 고형렬의 글은 기나긴 독백으로 읽힌다.

물고기의 생태와 해부학적 구조를 인간의 분석적 언어로 치환해놓은 결과물은 과학이라는 대접을 받고 있다. 이 과학적 결과물이 물고기의 본질적 성품과 어떤 관련이 있는가를 과학에 묻는다면 과학은 거기에 대답하지 못한다. 연어는 왜 기어코 모천으로 돌아와서 죽는가라는 질문은 너무나도 큰 질문이어서 인간의 분석적 언어는 이 질문을 감당해낼 수가 없다. 그 질문은 그래서 공허하고도 무내용하게 들린다. 그것을 연어의 '성품'이라고 말하는 것은 연어를 연어다라고 말하는 것과 같다. 인간의 언어가 몽매한 동어반복의 지옥을 헤매는 동안에도 알래스카 바다에서 되돌아오는 젊은 연어들은 기어코 극동의 조국, 한반도의 동쪽 하천으로 올라와서 알과 정액을 쏟아내고 암수가 함께 죽는다.

죽기에서 실패하는 연어는 없다. 종족의 한 세대가 다 함께 죽어서 허연 배때기를 뒤집고 쓰레기처럼 떠내려가면서 그 마지막 육신을 다른 물고기들에게 보시한다. 이 장엄한 떼죽음의 하천이 바로 신생新生의 자리이다. 그것들의 개별적 목숨은 종족의 영원성 속으로 소멸하는데, 이 소멸 안에서 삶과 죽음은 서로의 꼬리를 물고 있어 본래 구별되는 것이 아니다.

저절로 되어진 것들의 힘은 무섭다. 한줄기 조국 하천의 모성은 태평양을 건너간 내 자식들을 기어코 불러들여서 그 물냄새 속에서 죽고 또 태어나게 한다. 연어들은 그 하천의 모성에 투항하고 귀순한다. 자연과학의 지식을 녹여내고 또 넘어서서, 운명에 투항함으로써 운명을 완성하는 업業의 두려움과 아름다움, 그 허무와 환희를 말할 때 고형렬의 글은 비통한 아름다움에 도달한다. 작년 봄에 양양 남대천, 삼척 오십천, 울진 왕피천을 떠난 연어 새끼들은 지금 알류샨 열도의 겨울바다 속을 지나고 있다. 그 겨울바다는 말의 길이 끊어지는 언어도단言語道斷의 바다다. 고형렬의 글이 그 언어도

단의 바다를 건너간다.

겨울의 남대천과 오십천은 흰 눈에 덮인 산협에서 완강하게 얼어붙어 있었다. 폭설이 내린 태백산맥 위에 또다시 대설경보가 내렸다. 눈은 세상을 다 덮어버릴 모양이었다. 강원도 삼척시 신기면 신기리는 오십천이 바다와 만나는 정라진포구에서 23킬로미터 상류 쪽으로 올라간 첩첩산중이다. 신기마을에서 오십천은 가파른 산들의 앞자락을 휘돌면서 급격한 파행을 이룬다.

이 마을 고인봉옹(92세)의 집은 오십천 물가 언덕 위에 있다. 그의 기억에 따르면 60년대 말까지 연어떼들은 이 깊은 산속에까지 올라왔다. 냇물이 숨을 죽이고 낮아지는 가을날, 갑자기 물속에서 수런거리는 소리가 들리고 어린애 크기만한 연어떼들이 줄지어 산속으로 올라가던 저녁 무렵을 회상할 때 그의 목소리는 떨렸다.

"정말로 대단했소. 물이 끓듯이 올라왔소. 며칠씩 계속 올라왔지. 마을 사람들이 다 물가로 뛰어나와 작살로 연어를 찍어댔소. 그놈들은 제 죽는 자리가 따로 있소. 기어코 태어난 자리를 찾아가서 죽지. 알을 낳으면 바로 죽어서 허옇게 썩어 떠내려갔소. 새떼들이 내려앉아 썩은 연어들을 쪼아댔소"라고 그는 말했다.

그는 은둔하는 비결파秘訣派의 후손이었다. 그의 7대조가 세상의 환란을 피하고 생명을 온전히 보존하기 위해 이 깊은 산속으로 숨어들었다고 한다. "내 목숨 보존하고 자식 목숨 보존하는 것이 사람 사는 일이오"라고 그는 말했다. 그가 연어의 생로병사가 펼쳐지는 오십천 상류 물가에서 삶의 터전을 물려받은 것은 우연한 일이 아닌 것 같았다.

"여기는 첩첩산중이오. 아무도 찾아오지 않았소. 연어들만이 찾아왔지. 그놈들이 다시 왔으면 좋겠소"라고 고옹은 얼어붙은 냇물을 들여다보며 말했다.

오십천은 수중보로 첩첩이 막혔다. 연어는 이제 이 깊은 산골마을까지 올라오지 못한다. 아직도 눈이 덜 녹은 봄날, 성냥개비만한 어린 치어들이 떼를 지어 산골마을을 떠나 바다로 향하던 아침의 그 안쓰러움을 고옹은 기억하고 있다. 그의 시렁 위에서 연어잡이 작살은 하얗게 먼지를 뒤집어쓰고 있었다.

양양 내수면 연구소에서는 겨우내 30만 마리의 연어 치어들을 부화시킨다. 발육이 빠른 놈들은 이제 눈 덮인 야외 축양장으로 나와 있다. 이 어린 치어들은 2월 말에 방류된다. 내수면 연구소는 이 어린 치어들을 바다로 내보낼 때 태극기 앞에서 애국가를 부르며 생환과 재회를 기약하는 의식을 치른다.

연어들은 곧바로 바다로 나가지 않고 한 달 정도를 남대천 하구에서 머문다. 이 한 달 동안 연어의 치어들은 어머니 강의 냄새와 풍속을 몸속에 각인시킨다. 그러고 나서 그것들은 바다로 나간다. 일본 북쪽 바다를 지나서 알류샨 열도, 쿠릴 열도를 지나고, 알래스카 바다를 돌아서 베링 해를 지나고 캄차카 반도 앞바다를 지나서 오호츠크 해를 건너서 극동 조국의 남대천으로 돌아온다.

섬진강에도 멸종된 줄 알았던 연어가 해마다 5~6마리 정도씩 돌아오고 있는 것이 1997년에 확인되었다. 내수면연구소는 1998년부터 60만 마리의 연어 치어를 섬진강에 방류했다. 이 연어들이 섬진강을 어머니의 강으로 여긴다면, 그 선발대는 2001년 10월에 섬진강으로 돌아올 것이다. 남강은 금강산의 남쪽을 흘러 동해로 들어가는 하천이다. 그 지류 한 가닥이 DMZ를 따라 동해에 닿는다. 내수면연구소는 이 남강 지류에 96년부터 매년 5만 마리의 연어 치어를 방류했다. 그 선착대는 이미 지난가을에 금강산 산속으로 돌아와서 죽고 또 태어났을 것이다.

"연어들은 자신의 몸과 자신의 몸을 준 몸을 서로 마주보지 못한다. 이 끝없는 생명의 반복인 무명과 보시는 인연이고, 그 인연은 세상의 찬란한 허상이다"라고 고형렬은 썼다.

조국의 연어들은 이 인연의 강을 따라 돌아오고 또 돌아온다. 죽음에 삶을 잇대어가며 그것들은 돌아온다. 돌아와서, 생명의 기쁨과 생명의 허무를 사람들에게 알게 한다.

1975년 2월 15일의 박경리

1975년 2월 15일은 낮 최고기온이 영하 7도였다. 며칠째 퍼붓던 눈이 멈추고, 날은 흐렸다. 흐린 날이 저물자 기온은 영하 12도 아래로 떨어졌다. 얼어붙은 거리에 북서풍이 불었고, 그날 밤 서울 영등포구 고척동 영등포교도소 앞 거리에는 라면 껍질과 연탄재가 북서풍 속에서 회오리치면서 솟구치고 있었다. 1974년 7월 13일에 군사재판에서 긴급조치 4호 위반, 국가보안법 위반, 형법상의 내란죄로 사형선고를 받고 무기징역으로 감형되었던 김지하는 1975년 2월 15일 밤 9시 40분께 형집행정지로 영등포교도소에서 출감했다.

나는 그날 아침 10시께부터 서울 영등포교도소 정문 앞에서 김지하의 출감을 기다리고 있었는데, 그것은 긴급조치가 선포되던 1974년부터 신문기자의 업을 시작했던 나의 밥벌이였다. 춥고 어두운 겨울이었다. 희망이란 없었다. 이쪽저쪽으로 나눌 수 있는 일은 아닐 테지만 사람들은 두 그룹으로 나뉘었다. 포기한 사람과 아직 포기하지 않은 사람이었다. 나는 아마도 포기한 사람 쪽에 속해 있었던 것 같다. 그때 나는 스물일곱의 청춘이었다. 포기하지 않은 사람들도, 이 세상에 더이상 희망이란 것이 부재한다는 것을 현실로 인정하고 있었다. 포기하지 않은 사람들은 존재하지 않는 것들, 존재하는 것이 불가능한 것들을 향해 필사적인 손짓을 보내고 있었다. 기자들은 스스로의 소망이나 지향성을 외칠 수 없었다. 그들은 이미 스스로 폐기처분해버린 소망과 지향성이 타인에 의하여 불붙여지기만을 기다리면서, 그 기약 없는 겨울을 통과해나가고 있었다. 그날 영등포교도소 앞에는 대낮부터 기자들이 몰려들었다. 교도소 쪽은 김지하의 석방 시간을 예고하지 않았다. 또 예고했다 하더라도 정치범의 석방 시간에 관한 약속을 법무 당국은 번번이 지키지 않았고, 기자들을 따돌리기 위하여 출소자들을 새벽이나 심야에 교도소 뒷문으로 내보내는 경우가 허다하였으므로, 기자들은 하루종일 교도소 문을 지키고 있는 수밖에 없었다. 기자들은 교도소 앞 거리에서 나무토막이나 종이상자를 주워와 모닥불을 때거나 혹은 인근 음식점에서 내다버린 구공탄 재에 아직도 남아 있는 불기 주변에 모여 언 발을 녹여가면서 교도소 정문을 주시하고 있었다. 언제 교도소 문이 열리고 김지하가 나타날지 알 수 없었으므로, 기자들은 저녁을 먹으러 갈 수도 없었다. 교도소 정문 앞은 텅 빈 벌판이었고, 그 벌판 가장자리에 매우 더러운 몰골의 중국음식점이 있었다. 우리는 수습기자 한 명을 그 음식점으로 보내 저녁밥을 배달시켰다. 나는 뜨거운 국물이 먹고 싶어서 짬뽕을 시켜달라고 했다. 기자들 대부분은 짜장면보다는 짬뽕을 주문했다. 그런데 배달되어온 짬뽕 국물은 차게 식어 있었다. 우리는 내버린 연탄재 주변에 모여 그 차가운 짬뽕을 후루룩거리며 들이마셨다. 지방판 마감은 대체로 오후 6시였다. 김지하가 5시 30분 이전에 출감하지 않는다면, 조간기자들은 지방판을 포기할 수밖에 없었다. 조간기자들은 교도소 안으로 전화를 걸어서 "야, 풀어주려면 제발 지방판에 맞춰서 풀어주라. 지방 독자는 사람이 아니냐"고 욕설을 퍼부어댔다. 교도소측 답변은 출소자들에 대한 소장의 정신 훈화가 남아 있고 또 교도소 담장 밖 분위기가 너무 과열되어 있어 출감 절차가 지연되고 있다는 것이었다.

결국 하루종일 추위에 떨고 나서 지방판을 포기해버린 저녁에, 우리들은 연탄재와 쓰레기 더미 속에서 살얼음이 잡혀오는 짬뽕 국물을 마시면서 김지하의 출감을 기다렸다.

그리고 그때 나는 보았다. 아마도 오후 5시 30분쯤이 아니었을까. 내가 짬뽕 그릇에 입을 대고 국물을 들이마시고 고개를 쳐드는 순간, 교도소 정문 맞은편의 야트막한 언덕 위에, 웬 허름한 여인네가 포대기로 아기를 업은 채, 추위 속에서 웅크리고, 저물어가는 교도소 정문 쪽을 내려다보고 있었다. 그 여인네 옆에는 영업용 포니 투 택시가 한 대 정차해 있었는데, 그 여인네가 출소자를 마중하기 위하여 대절한 택시였다. 아마도 운전기사가 연료를 아끼느라고 택시 안의 히터를 꺼버린 모양이었다.

아이 업은 여인네는 자동차 밖에서 떨고 있었다. 그 여인네는 자꾸만 허리춤을 추켜올려 미끄러져내리는 아이를 끌어올리고 있었다.

'저 여인네가 혹시 박경리가 아닐까'라는 생각이 미치자, 나는 짬뽕 그릇을 슬그머니 내려놓고 기자의 무리를 떠나서 그 여인네 쪽으로 접근했다. 날이 이미 어두워졌으므로 멀리서는 인상을 확인할 수가 없었다. 가까이 가보니, 그 여인네는 과연 박경리 선생님이었으며, 그 아이는 그 아버지가 수배

망을 피하여 도망 다니던 1974년 4월 19일날 태어난 강岡*이 가 틀림없었다. 김지하는 1973년 4월 7일 김영주와 혼인하였고 강은 그로부터 1년 후인 1974년 4월 19일에 태어났으므로, 강은 그 부모의 신혼 초에 점지된 것이 확실하고 강이 태어난 지 일주일 후에 인혁당 사건과 민청학련 사건이 발표되고 바로 그날 흑산도에 피신해 있던 그의 아버지 김지하는 검거되었던 것이다. 그렇다면 지금 박경리 선생님의 등에 업힌 저 아이는 생후 10개월 미만일 터였다.

태교였던가
원보는 초생달을 무서워한다
초생달이 걸리는 밤마다
이불 뒤집어쓰는 원보에게
까닭을 듣는다
'애기들을 죽여요 초생달이,
날카로운 피 묻은 칼이
내 눈 속을 들여다보고 있어요'

* 강은 후에 원보圓普로 이름을 바꾸었다. 흑산도에 도피중이던 김지하는 아들의 출생을 예감했던 것 같다. 그때의 이야기가 김지하의 시 「초생달」(『김지하 시전집』 1권, 솔출판사, 1993, 264쪽)에 적혀 있다.

정녕 태교였던가
보름달 차기 전 그 한밤
사리때 오기 전 숨어 지내던
남녘 바다의 그 한밤
어둑한 뻘밭에 내던져진 웬 애기
마지막 비명을 미미하게 웃으며
찍어 가르는 찍어 가르는
붉은 초생달에 가위눌리던 그때
그 밤 제 아비의 흉한 꿈
아아 태교였던가
원보는 지금도 초생달을 무서워한다
_「초생달」 전문

어쩌자고 생후 10개월 미만의 어린것을 업고 영하 12도의 강추위 속에 바람 부는 교도소 앞 광장으로 나온 것인지 나는 알 수가 없었다. 아마도 집안에 아이를 맡길 만한 사람이 없었던 모양이었다. 나는 박경리 선생님 쪽으로 바짝 접근해서 그분이 나를 전혀 알아보지 못할 위치에 쭈그리고 앉아서 그분을 마음 놓고 관찰했다.

"여기 박경리가 왔다"고, 나는 내 동료기자들에게도 말하지 않았다. 나는 나 혼자서 그분을 관찰하기로 마음먹었던 것이다. 그분은 담요로 만든 방한화에 버선을 신고 있었다. 발이 몹시 시려왔던지 이따금씩 방한화를 벗고 손으로 언 발을 주물렀다. 등에 업힌 아이는 머리끝까지 온통 포대기로 감싸고 그 포대기 위를 다시 두꺼운 숄로 덮어서 아이의 모습을 볼 수는 없었다. 아이가 칭얼거릴 때마다 그 여인네는 몸을 흔들어서 아이를 얼렀다. 칭얼거리는 아이에게 그 여인네는 고개를 뒤로 돌려서 무어라고 말을 하는 것 같았는데 그 말은 나에게까지는 들리지 않았다. 나는 그 여인네가 그때 아이에게 한 말을 들을 수 없어서 답답했다.

'울지 마라 느 아비 곧 나온다.' 아마 이런 말이었을까. 그 여인네가 아기를 업은 포대기는 매우 낡아 있었다. 포대기는 누빈 포대기였는데 허리 부분을 넓게 접어서 아이의 등에 힘이 걸리게 바싹 조였으며 아이의 엉덩이 밑으로 포대기끈을 여러 겹 둘렀다.

그래도 그 여인네의 야윈 몸으로부터 아이는 자꾸만 흘러내리는 것이어서 여인네는 자꾸만 몸을 추슬러 아이를 끌어올렸다. 아무도 그 여인네를 알아보는 사람은 없었고, 그 여인네는, 교도소 정문 앞에서 들끓는 그 어떤 사람과도 무관해 보였다. 그때 그 여자는 길섶에 돋아난 풀 한 포기보다도 더 무명無名해 보였고, 자신의 존재를 드러내 보일 아무런 이유가 없는, 어떤 자연현상처럼 보였다. 그 여자는 다만 사위의 옥바라지를 나온 한 장모였으며, 감옥에 간 사위의 핏덩이 아들을 키우는 팔자 사나운, 무력한 할머니의 모습만으로, 오직 그런 풀포기의 모습만으로 그 교도소 앞 언덕에서 북서풍에 시달리며 등에서 칭얼대는 아기를 어르고 있었다. 그런 그 여인네의 모습을 훔쳐보면서, 나는 아무것도 생각지 않기로 했다. 시대도, 긴급조치도, 국가보안법도, 무슨무슨 협의도, 성명서들도, 군법회의도, 김지하도, 나는 아무것도 생각할 수가 없었다. 나는 다만, 그 여인네의 등에 매달린 아이가 발이 시려우면 안 될 텐데, 그런 걱정만을 했다. 지방판 마감이고 유신독재고 뭐고 간에 어서 빨리 저 여인네의 용무가 끝나서 그 아이가 할머니와 함께 집으로 돌아가 이 추운 언덕의 바람을 피해야 한다는 생각만을 했다. 그러자 내 마음속에서, 나에게 없었던 따듯한 것들, 정체를 알 수 없는 어떤 울음에 가까운 따듯한 것들이 돋아나고 있음을 느꼈다. 그것이 무엇이었던가. 나는 지금 그 20년 전의 따스함의 정체를 겨우 말할 수 있을 것도 같다. 그것은 나에게 감염된 그 여인네의 모성이었으며 허름하고 남루한, 그 풀포기와도 같은 무력과 무명의 모습이야말로 그 여인네의 힘의 모든 원천이었음을. 가로등 하나

없는 교도소 앞 광장은 캄캄하게 어두워졌고, 기온은 점점 떨어지고 있었다.

밤 9시께 옥문이 열렸다. 나는 언덕 위의 박경리를 버리고 김지하를 맞기 위해 교도소 정문 앞으로 내려가서 기자의 무리 속에 섞였다. 이제 김지하가 나타나면 기자 동료들 사이에서는 서로 김지하에게 가까이 접근하려는 난투극이 벌어질 것이 분명했다. 나는 구두끈을 졸라매었다. 그날 영등포교도소에서 출감한 정치범은 모두 12명이었는데 대부분이 긴급조치 위반으로 걸려든 학생들이었고, 김지하와 박형규, 백기완이 이날 석방의 초점이었다. 적어도 기자들에게는 그랬다. 밤 9시부터 학생들이 풀려나기 시작했다. 학생 한 명이 나올 때마다, 만세 소리가 터지고 마중나온 사람들이 〈우리 승리하리라〉를 불렀다. 교도소 정문 안쪽에서, 구내 가로등 불빛 속에 머리를 빡빡 깎은 김지하가 나타나 정문 쪽으로 걸어오자, 교도소 정문 밖 사진기자들은 전원이 전투배치되었다. 그들은 교도소 철문 위로 기어올라가거나 교도소 수위실 지붕 위로 몰려 올라갔다. 취재기자들은 제2선에 포진하고 있었다. 그날 밤 나는 팔꿈치로 인접 기자를 찍어서 물리치고 또 딴지를 걸며 쑤시고 들어가는 전법으로 김지하에게 가장 가까이 접근한 일군의 기자들 속에 낄 수 있었다. 고은, 천승세, 조태일, 김광협 들이 목이 터져라고 만세를 불렀고, 학생들이 김지하를 무동 태워서 캄캄한 교도소 앞 광장을 미친듯이 달리며 고함을 질렀다. 김지하는 그때 무동 위에서 기자들에게, "나는 종신형을 받았다. 이제 풀려나니 세월이 미쳤는지 내가 미쳤는지 아니면 둘 다 미쳤는지 알 수 없다"고 말했다. 이어서 그는 말했다. "내가 관련된 민청학련 사건은 순수한 민주구국투쟁이며 정정당당한 합법운동이다. 이제 참으로 끔찍스런 사실이 낱낱이 공개될 것이다. 나는 부패한 정권, 무능한 권력과 끝끝내 싸우고 또 싸울 것이다."

나는 김지하에게 바싹 붙어서 취재를 하면서도, 교도소 광장 건너 언덕의 어둠 속에 서 있는 그 아이 업은 여인네 쪽으로 시선을 주었다.

김지하가 무동을 타고 아우성을 치며 광장을 휩쓰는 동안에도 그 여인네는 어둠 속에서 내려오지 않았다. 그 여인네는 다만 바라다보고만 있을 뿐이었다. 김지하는 출감한 옥문 앞에서 장모를 만나지 않았다. 김지하는 장모의 안부를 물을 겨를이 없었던 모양이었다. 김지하는 무동을 타고 기세를 올린 후 그의 지지자·찬양자 무리가 미리 준비해놓은 승용차에 올라타서 어둠 속으로 사라졌다. 그는 그날 밤 명동성당에서 하룻밤을 새웠다. 김지하가 떠나버린 어둠 속에 그 여인네는 혼자 오래오래 서 있었다. 아무도 그 여인네를 알아보지 못했다. 김지하가 어둠 속으로 사라지자 기자단의 대부분은 김지하의 승용차를 따라 명동성당으로 향했고, 환영 나온 학생들, 기독교인들의 무리도 썰물처럼 빠져나갔다. 교도소 앞 광장은 매서운 추위가 몰아쳤고, 아직도 출감하지 않은 백기완을 기다리는 사람들 몇 명이 남아 있었다.

나는 김지하가 출감하던 순간을 기사로 엮어 전화로 본사에 송고하고 다시 백기완이 나오기를 기다렸다. 백기완은 밤 11시께 석방되었다.

그때까지 남아 있던 기자단은 백기완의 석방이 늦어지는 이유를 교도소 당국에 추궁했다. 이미 발이 시려서 마비 지경에 이르렀고 추위와 배고픔에 지쳐 기자들은 악에 받쳤다. 기자들은 교도소 당국에 욕설을 퍼부었다. 그런데 교도소 당국의 설명은, 백기완의 긴급조치 위반 부분은 형집행정지가 되었으나, 그로부터 6년 전에 국민투표법 위반으로 벌금형을 선고받은 전과가 또 있어서, 그 벌금 10만 원을 납부하지 않으면 석방할 수 없다는 것이었다. 이 소식이 교도소 담 밖에 알려지자 즉각 모금이 시작되었다. 그러나 그때는 군중들, 기자와 학생들 대부분이 김지하를 뒤쫓아서 빠져나간 다음이었다. 사람이 없으니 모금이 될 리가 없었다. 기자들은 모금에 참가할 수 없었다. 그것은 오해받을 수 있는 매우 위험한 일이었다. 나는 내 주머니 속에 들어 있는 만 원짜리 몇 장을 다만 만져볼 뿐, 그 돈을 내놓지는 못했다. 그때 나는 또 박경리 선생님을 쳐다보았다. 그분은 10만 원에 얽힌 백기완의 사정을 어떻게 알았던 모양이다. 박경리 선생님은 어느새 언덕에서 내려와 교도소 정문 앞 광장에 있었다. 그분은 아이를 감싼 포대기의 앞섶을 뒤적거리더니 만 원짜리 지폐 몇 장을 꺼냈다. 그러더니 가까이 있던 웬 대학생을 불렀다. "학생, 이 돈을 좀 보태시오!"라고, 다만 그렇게 그분은 말했다. 그러고는 그분은 대절해온 택시에 몸을 실었다. 택시 안에서 그분은 등에 업었던 아이를 풀어서 무릎 위에서 재우고 있었다. 시간은 밤 12시에 임박하고 있었다. 만 원짜리 몇 장을 내놓고 그분은 다만 잠든 어린애와 함께 어둠 속으로 사라졌다. 아무도 그분을 뒤쫓아가는 사람은 없었다.

그날 밤 나는 신문사로 돌아가 마지막 기사를 작성했다. 나는 박경리에 관해서는 한 줄도 쓰지 않았다. 나는 다만 백기완의 출감 모습만을 추가로 썼다. 나는 박경리에 관하여 쓸 수가 없었다. 나는 어쩐지 그것이 말해서는 안 될 일인 것만 같았다. 새벽 2시께 집으로 돌아왔다. 나는 잠자다 일어난 아내에게 그날의 박경리에 관해서 말해주었다. 아내는 울었다. 울면서 "아기가 추웠겠네요"라고 말했다.

춥고 또 추운 겨울이었다.

■ 이 글은 솔출판사가 『토지』를 완간하고 나서 박경리 선생님을 추억하는 여러 사람들의 글을 모아 간행한 『수정의 메아리』(1994)에 수록되었던 것이다.

작가의 말

본래 스스로 그러한 것들을 향하여 나는 오랫동안 중언부언하였다. 나는 쓸 수 없는 것들을 쓸 수 있는 것으로 잘못 알고 헛된 것들을 지껄였다. 간절해서 쓴 것들도 모두 시간에 쓸려서 바래고 말하고자 하는 것은 늘 말 밖에 있었다. 지극한 말은, 말의 굴레를 벗어난 곳에서 태어나는 것이리라.

이제, 함부로 내보낸 말과 글을 뉘우치는 일을 여생의 과업으로 삼되, 뉘우쳐도 돌이킬 수는 없으니 슬프고 누추하다. 나는 사물과 직접 마주 대하려 한다.

2015년 여름은 화탕지옥 속의 아비규환이었다. 덥고 또 더

워서 나는 나무그늘에서 겨우 견디었다. 그 여름이 가고, 가을이 또 와서 숙살肅殺의 서늘함이 칼처럼 무섭다.

낮고 순한 말로 이 세상에 말을 걸고 싶은 소망으로 몇 편의 글을 겨우 추려서 이 책을 엮는데, 또하나의 장애물을 만드는 것이 아닌지를 나는 걱정한다.

2015년 가을

김훈

김훈

1948년 서울 출생.

2000년까지 여러 직장을 전전.

소설 『칼의 노래』, 산문 『풍경과 상처』 외 여럿.

라면을 끓이며

1판 1쇄 2015년 9월 30일

1판 28쇄 2024년 7월 24일

지은이 김훈

책임편집 이연실 | 편집 고선향

디자인 김선미 유현아 | 저작권 박지영 형소진 최은진 오서영

마케팅 정민호 서지화 한민아 이민경 안남영 왕지경 정경주 김수인 김혜원 김하연 김예진

브랜딩 함유지 함근아 박민재 김희숙 이송이 박다솔 조다현 정승민 배진성

제작 강신은 김동욱 이순호 | 제작처 한영문화사(인쇄) 경일제책사(제본)

펴낸곳 (주)문학동네 | 펴낸이 김소영

출판등록 1993년 10월 22일 제2003-000045호

주소 10881 경기도 파주시 회동길 210

전자우편 editor@munhak.com | 대표전화 031) 955-8888 | 팩스 031) 955-8855

문의전화 031) 955-3579(마케팅) 031) 955-2697(편집)

문학동네카페 http://cafe.naver.com/mhdn

인스타그램 @munhakdongne | 트위터 @munhakdongne

북클럽문학동네 http://bookclubmunhak.com

ISBN 978-89-546-3777-0 03810

www.munhak.com

김훈이 연필로 꾹꾹 눌러쓴 책들

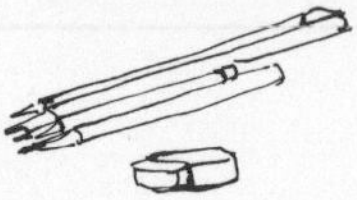

강산무진 소설

"벗들아, 이제 헤어져야 할 시간이다. 늙은 강의 하류에서 나는 너무 오랫동안 주저앉아 있었다. 그러므로 벗들아, 이제 헤어지자. 나는 강을 거슬러서 상류로 가려 한다. 모든 낱말과 시간이 다시 새롭게 태어나는 그 시원의 물가로."

이상문학상(2004), 황순원문학상(2005)

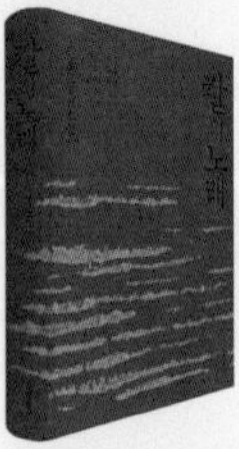

칼의 노래 장편소설

"사랑은 불가능에 대한 사랑일 뿐이라고, 그 칼은 나에게 말해주었다. 영웅이 아닌 나는 쓸쓸해서 속으로 울었다. 이 가난한 글은 그 칼의 전언에 대한 나의 응답이다."

동인문학상(2001)

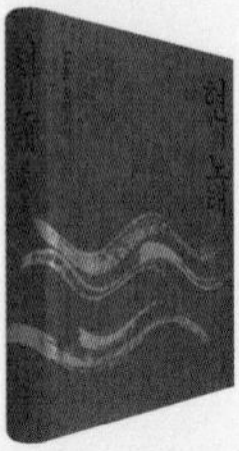

현의 노래 장편소설

"들리지 않는 적막을 어찌 말로 옮길 수 있었겠는가. 내 글이 이루지 못한 모든 이야기는 저 잠든 악기 속에 있고, 악기는 여전히 잠들어 있다."

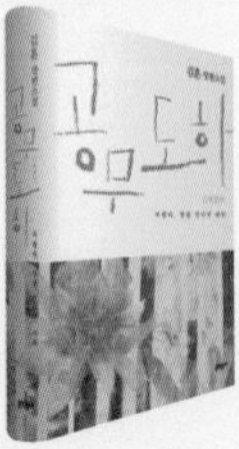

공무도하 장편소설

"'공무도하가'는 강 건너 피안의 세계로 가자는 것이 아니라 약육강식의 더러운 세상에서 함께 살자는 노래이다. 나는 인간 삶의 먹이와 슬픔, 더러움, 비열함, 희망을 쓸 것이다."